LA HECHICERA Y SU COFRE

Germiniano González

Novela histórica

Título: La hechicera y su cofre

Autor: © Germiniano González
Dibujo portada y contraportada: Elvira Clemot

ISBN: 978-84-8454-857-7
Depósito legal: A-807-2009

Edita: Editorial Club Universitario Telf.: 96 567 61 33
C/. Cottolengo, 25 – San Vicente (Alicante)
www.ecu.fm

Printed in Spain
Imprime: Imprenta Gamma Telf.: 965 67 19 87
C/. Cottolengo, 25 – San Vicente (Alicante)
www.gamma.fm
gamma@gamma.fm

A la memoria de FERNANDO III
Rey de Castilla y León

1- La novela se sitúa en los tiempos de Fernando III el Santo. Rey que nació en Zamora en 1201 y murió en Sevilla en 1252.Rey de Castilla desde 1217 y de León a partir de 1230. Fue hijo de Alfonso IX de León y de Berenguela, hija de Alfonso VIII de Castilla. De ahí nació la oportunidad de juntar dos reinos en una misma corona.

Hombre sabio y justo, emprendió la reconquista del Sur entrando en el valle del Guadalquivir y la vega granadina a partir de 1224. Luego, conquistó Úbeda, Chiclana y Córdoba. Después, Murcia, Arjona y Jaén. A continuación negoció la frontera entre Castilla y Aragón con Jaime I. Y por fin, pudo dedicarse a la conquista definitiva de Sevilla, que logró en 1248.

2- Mientras Fernando III avanza en la Reconquista y prepara un camino seguro para que otros devuelvan a la Hispania cristiana los territorios ocupados, en su reino se desarrollan episodios que nada tienen que ver con las campañas de guerra y sobre las que nadie escribió. El autor de la Hechicera y su "cofre" va a novelar intrigas y aventuras que amenicen al lector que desea regresar a un pasado del que pocos quieren saber hoy día.

3- Alusiones históricas:

Fernando III – La toma de Sevilla – Jaime I – La conquista de Valencia – La muerte de Violante de Hungría – Los Templarios – Roma – Jerusalén – La ciudad de Burgos – La Laguna Negra.

Eje ambiental: la provincia de Burgos.

Introducción: año 1212 de la era cristiana

Fecha memorable y día universal del más allá. Por primera vez en la historia terráquea seres de ultratumba se reunían en aquel bosque o hayedo, estando la luna llena embriagada de transparentes azules.

El espíritu o alma de quien fue el primer humano muerto en este planeta había conseguido convocar a cada Energía de los grupos que representaban a las fuerzas ocultas. Alrededor del haya milenaria se fueron sentando, de derecha a izquierda, el Gnomo, un Elfo, la Ninfa, el Ogro, un Mago, el Fauno, un Hada, un Gobling, el Duende, un Troll y en último lugar, el Dríade.

Aquellos emperadores de otro reino no hablaban. Sus intenciones e ideas iban de ser a ser sin canal de comunicación. Eran dioses de otro espacio, aunque en esos momentos tenían forma corpórea. Todos estaban de acuerdo en seguir siendo guías de este mundo a pesar de lo poco que en él podían hacer.

Como colofón o recuerdo de tan privilegiada reunión el Gnomo lanzó una idea atrevida que fue aceptando cada Energía: crear un ser material, femenino, sanador; una sabia médica que aliviara al hombre de tanta enfermedad contagiosa.

Sólo la Ninfa no sintonizaba con los demás. Y tras una breve espera en la que dejaron de parpadear las estrellas, el Ogro completó la propuesta del Gnomo, lo que hizo entrar a la Ninfa en sintonía con los otros: la sabia médica tiene que ser a la vez una gran hechicera. Hecha con nuestras energías podrá así utilizarlas cuando lo necesite.

Fue un latido de eternidad: el tiempo se paralizó. Las hojas no respiraban y el suave murmullo del viento enmudeció. Se congeló la luz para dar nacimiento a aquel extraordinario ser. De un sueño eterno nacía en el bosque la primera niña hechicera. Volvían a reír las estrellas mientras se iba escondiendo la luna y cuando huyeron los espectros a sus respectivos reinos quedó como recuerdo, al pie del haya milenaria, un trocito de nube que fue tomando la forma humana, la sabia, la primera hechicera médica.

Cuenta una leyenda que el viejo y achacoso duque de Olivera regresaba aquella tarde de la que sería una de las últimas cacerías de su vida, cuando a la salida de un bosque vio a una niña asustada apoyándose en un árbol. Se bajó del caballo y acercándose le dijo: —Estos son mis dominios y no conozco familia que viva fuera de palacio. Nadie te va a hacer daño, pero sí espero me digas de dónde vienes y hacia dónde vas.

Con débil voz le contestó la jovencita: —La verdad que no lo sé. Alguien me ha regalado esta cesta con un cofre dentro y me indicó que caminara en la misma dirección que va usted, señor.

—No puedo creerte y tampoco quiero cargar con una responsabilidad más en mi vejez. Me acompañarás a palacio y mañana te dejaré en el Obispado de Lines para que la Iglesia resuelva tu futuro hasta que lo juzgue oportuno. Y ahora, dime cuántos años tienes, si es que lo recuerdas.

—Creo, señor, que son diez, según he oído.

—Bien, bien, jovencita. Si el obispo no te busca educación y destino, cuando cumplas los veinte, del ducado irán a recogerte para darte en él un trabajo. Dejaré escritas en el testamento las mismas palabras que has escuchado, pues a mí pocos años me quedan de vida.

Era el año del Señor, 1212.

Educada en un convento, aquella huérfana tenía asombradas a las religiosas por la rapidez con que aprendía todas las cosas y por los conocimientos de medicina que mostraba ante las dolencias y enfermedades que contraían las hermanas. Hasta el señor obispo tuvo la oportunidad de acudir a ella ante una infección que lo aquejaba y que los galenos de prestigio no pudieron cortar. Aquella curación dejó perplejo al clérigo, que decidió enviarla al Ducado de Olivera cuando cumpliera los 20 años, como agradecimiento por haber sido aquel de donde vino.

Rondaba ya los 18 años cuando unas hermanas celosas corrieron la voz de que la joven huérfana abría por las noches un cofre y en lugar de dormir hablaba y leía delante de él, sin que hubiera libro visible. Con discreción, fue llamada por la abadesa a su despacho para insinuarle si le podía explicar qué hacía muchas noches sin dormir, delante del cofre, con dos velas encendidas.

Y esto fue lo que respondió: —No se preocupe, madre abadesa. No quiero olvidar nada de lo que aprendo de día. Ante el cofre que me regalaron leo de nuevo mis pensamientos y en él encierro mi poco saber.

—Si es así, puedes irte en paz, pero recuerda que también necesitas descansar por el bien de tu salud.

La joven huérfana había dicho media verdad. La otra media era algo muy distinto. Cuando habría el cofre, sus amigos invisibles le colocaban delante, cada día, un nuevo libro y le iban pasando despacio las páginas mientras ella iba leyendo todo lo que la humanidad había escrito sobre medicina y de algunas artes ocultas.

Cofre donde habitan los amigos de la hechicera

Capítulo I:
Encuentro inesperado

Un rayo partió el horizonte y otro seguido anunciaba los gritos desgarradores de unas campanas siniestras. Los truenos salían como del infierno y el borrico pegó sus peludas orejas al cuello, mientras el hermano monje se acurrucaba debajo del animal agarrándose a sus patas delanteras. Si el asno temblaba, el fraile sólo esperaba que el próximo rayo matara primero a su amigo de aventuras.

—¡Ay! —decía el hombre—. ¿Será esto el castigo del Todopoderoso por engañar a mi superior?

Aunque era un falso o disfrazado monje, aquellos pocos meses llevando hábito le habían hecho temeroso de los poderes del Cielo. En su torcida mente guardaba el secreto de aquel campesino que encontró una noche en la oscura taberna de la ciudad episcopal y que iba a cambiar su vida.

Un empobrecido hombre de campo, un pastor solitario, había hecho un descubrimiento que no pensaba compartir, pero necesitaba ayuda y sólo se le ocurrió acudir a buscar un compañero inocente en una humilde y pestilente taberna. Allí estaba otro pobre o desgraciado, desheredado por vago y charlatán, nuestro futuro fraile. Compartió una aguada cena con el recién llegado forastero, mas... pronto el vino abrió el cajón de las sorpresas. El campesino confió en el locuaz vago describiendo con cada palabra dónde había un tesoro escondido. Y un trago tras otro de una jarra llena de sabios vapores y agradable sabor fue haciendo que el pastor dibujara el valle, los montes, el río y los cerros del soñado lugar, mientras la garganta del futuro fraile no disfrutaba ni del vino ni del agua, atento solamente al misterio. Su oído iba pasando las entrecortadas frases del campesino a los perversos rincones de su retorcido cerebro.

Horas más tarde salían del local los dos casuales amigos perdiéndose en las entrañas de una lluviosa noche camino del puente sobre el río que dividía a la ciudad. Poco después un cuerpo inerte bajaba como velero sin rumbo entre las turbulentas aguas. La esperanza de un pobre enriquecía los sueños de otro.

Aquella diabólica mente trazó el primer plan que tuvo en su vida: entraría de monje en el monasterio más cercano al lugar del posible tesoro. Convento que estaba a dos días en burro o a uno en caballo. En la soledad del claustro tendría tiempo de planificar el futuro.

Meses más tarde... cuatro arruinados caballeros se habían despedido del mísero marqués al que servían para unirse a los cruzados que partían desde Francia en busca de fortuna o gloria en Tierra Santa. Dos días llevaban sobre sus caballos cruzando aquellas tierras o páramos sin vida aparente, aunque ricas en hierba, arbustos, agua, y con unas montañas cercanas cubiertas de nieve hasta en verano, cuando dieron con un asustado monje que descansaba al amparo de su borrico.

—Hermano monje, ¿qué hace tan solo por aquí? Si necesita ayuda y está a nuestro alcance, diga en qué podemos servirle. ¿No quiere que lo acerquemos a su monasterio o a un castillo cercano?

—No, no, hermanos en religión. Me resguardaba de la espantosa tormenta, esperando un pronto final.

—Querido fraile, debe encontrarse muy asustado por el aspecto que tiene su rostro. ¿Tanto le hablan del Infierno y sus tormentos en el convento? Hermano, mire al cielo de nuevo. La tormenta es pasajera y camina por el norte. Hasta aquí sólo pueden llegar truenos y relámpagos, no los rayos. Vea y admire también en el firmamento las bondades de nuestro Dios y deje al demonio en paz.

—Es cierto, cruzado, lo que dices, pero el venir a este lugar fue por un motivo muy importante. Esperaba encontrar a alguien de buen corazón y vosotros que vais de cruzados podéis quizás ayudarme, porque sé que lleváis sanas intenciones.

—Pues... díganos, hermano monje, en qué podemos ayudar.

—Confiando en la divina Providencia os contaré un secreto que espero compartáis conmigo. He descubierto un pequeño tesoro, si no estoy equivocado, y...

—Vamos, hermano, la soledad le ha hecho ver lo que no existe, pero siga contando rápido que no podemos esperar a que caiga la noche.

—Es verdad, cruzados. Os diré que he descubierto oro muy cerca y no estoy dispuesto a comunicárselo a mi superior que es un monje may avaro. Prefiero dárselo a los pobres.

—¿Y por qué habéis venido hasta aquí, si no es indiscreción preguntarlo?

—Escuchad, caballeros cristianos. He venido a meditar en este medio desierto durante cuarenta días como hizo nuestro Salvador, y éste me ha recompensado haciéndome ver dónde hay oro, posiblemente mucho, aunque no soy entendido en la materia. Estoy, pues, dispuesto a repartirlo por igual si me ayudáis a sacarlo.

—Hermano monje, ¡ qué nos dice! Si es verdad, Tierra Santa puede esperar. Hacemos ya juramento de repartirlo con toda equidad entre los cinco.

—Mirad, cristianos caballeros: esta colina de enfrente tiene por detrás un arroyo que nace en las nieves del Norte. Pues bien, hermanos en el Señor, ese arroyo comienza a tener pepitas del precioso metal justo al desgastar la colina.

—Veamos, hermano fraile, el dichoso lugar. Después, uno de nosotros irá a la ciudad más próxima a comprar palas, picos y cribas, con toda discreción.

—No hace falta, caballeros del Señor. Hace días que tenía ya pensado empezar solito, pero he temido caer enfermo ante tanto trabajo, esperando ayuda del Cielo, y ahora estoy seguro que el buen Salvador os ha enviado a vosotros.

—Podría ser, querido monje. Hay destinos que sólo están en las manos de Dios. Prosigue, hermano, sigue contando.

—Así es. Con el borrico que me prestó el monasterio para venir a meditar he traído, sin ser visto, las herramientas necesarias. Mirad hacia aquellos arbustos. Allí tengo mi humilde choza. Podríamos empezar mañana, una vez repongáis vuestras fuerzas.

—Ah, hermano, ¿y cómo resolveremos el tener comida diaria y abundante?

—No os preocupéis por ello. Yo seré el recadero y repostero. Haré excursiones, cuando sea necesario, al lejano monasterio y con la disculpa de que estoy fundando un pequeño convento en el que ya viven cinco personas conseguiré viandas suficientes cada vez que vaya a pedir ayuda.

...Y allí... en medio del silencio del páramo por el Oeste, del verde valle que recorre el río por el Este, de colinas con zarzas y arbustos al Sur, y de los bosques de pinos que crecen hacia las nevadas montañas del Norte, aquellos caballeros creyeron en las palabras de un desconocido monje y levantaron con adobe y piedras unas cuadras para el ganado y unas estancias individuales para ellos.

De la nada surgió un falso monasterio en tierras que de momento no tenían dueño, pero que un día, hace muchísimo tiempo, sí fue el lugar de una espantosa batalla de la que tuvo noticia el monje durante su estancia en el monasterio y que en alguna de esas noches venideras de mucho cansancio contaría a los incautos caballeros.

Si por casualidad llegaba una inspección del rey, de la iglesia o de su anterior convento, sería una acertada disculpa la creación de un nuevo monasterio. Prueba de ello sería la capilla construida, con una gran cruz de madera encima del campanario, donde una olla hacía de campana, con la intención de dar a conocer su pobreza y con la esperanza de que algún conde, duque u obispo les regalara una auténtica campana con badajo. Dentro, en lugar de un altar, se fijó otra enorme cruz de viejo roble.

La veta del oro iba hacia las entrañas de la colina, pero aquel se dejaba ver y recoger sin pausa. Después de un mes de trabajo el túnel con su mineral dejó de ir en horizontal y comenzó a caer poco a poco en oblicuo. El dorado estrato quería perderse hacia el centro de la tierra, pero día tras día sacudía sus pequeñas o diminutas pepitas. Los caballeros cavaban bajando ahora escalones y el monje cribaba todas las horas del día. Cuando estaban a una profundidad de treinta metros bajo el nivel del arroyo, teniendo que bajar o subir cinco metros de escalera, la veta tomaba de nuevo la dirección horizontal, pudiendo picar otra vez con facilidad.

Calculaban en veinte kilos el oro extraído y había que celebrarlo. Aquella noche fue una fiesta en el pequeño centro minero. Corrió el vino un poco más de lo acostumbrado y le dieron, sin parar, muela y diente a unos picantes chorizos. Fue el momento elegido por el fraile para narrarles por qué un lugar de buenos pastos había sido olvidado y odiado durante siglos.

—Esta noche, hermanos cruzados, os contaré algo que ignoráis y de lo que me enteré en el viejo monasterio.

—Cuéntalo pronto, hermano monje, que el vinillo de la cena nos llevará enseguida a dormir.

—Bien, fervientes cristianos y cruzados de la fe. Sé que el miedo no existe para vuestro valor. Escuchad con atención la leyenda "Las lanzas como pararrayos". En este preciso valle y a ambas orillas de este riachuelo se encontraron dos implacables enemigos, dos hermanos que querían conseguir el título del condado. Eran gemelos y no querían compartir la nobleza dividiendo el rico territorio. Habiendo perdido a su madre de niños, su madrastra se inclinó por uno de ellos y el padre por el otro. Creció el odio entre ellos hasta el punto de dividir a escuderos y caballeros en dos bandos irreconciliables. En lugar de un torneo decidieron salir al campo y luchar lejos, muy lejos del palacio condal. Aquel sitio fue éste, pero eligieron un mal día y una maldita tarde. La tormenta que estaba a punto de romper el silencio de los escudos y envidias dio la voz. El primer trueno lanzó a los bandos al choque sobre el mismo río. Caían de uno y del otro lado sin darse nadie por vencido cuando la tormenta se colocó encima y los rayos usaban lanzas y espadas para caer y matar. Ya no luchaban los hombres, sino los rayos contra los cuerpos. Las lanzas y las espadas hacían de pararrayos y los enemigos no eran los verdaderos enemigos, sino los implacables rayos.

—¡Por Santiago y por los Santos Lugares! —exclamó el capitán de los cruzados—. Hermano monje, yo no hubiera querido estar allí luchando contra lo invisible, pero díganos, hermano, si no ha sido el vino de esta noche quien ha dado alas a esa leyenda o batalla.

—Por el mismo Santiago Apóstol, lo juro. En los Anales del viejo monasterio consta que tal refriega ocurrió en el siglo X, cuando se esperaba la segunda venida de Cristo, entre dos hermanos de la familia Olivenza y que después de aquel castigo divino la familia cambió el nombre por el de Olivera, título que lleva hoy el Ducado de Olivera, a quien podían pertenecer tan extensas tierras abandonadas, con fértiles valles si se cultivaran y bosques cercanos. De todo ello no quiere saber el duque ni dónde están, por lo que la gente dice que el dueño es el conde Tora, quien tampoco pisa este lugar de maldición.

—Adelante, hermano, queremos saber el final de la batalla.

—Bien, cristianos y cruzados. Los truenos sembraron el terror y los rayos de esa tormenta aniquilaron a todo combatiente que portaba un arma de hierro. El río se llevó algunos cuerpos y toda la sangre de los caídos. Sólo se salvó el monje capellán que vino a disuadirlos del combate y que al no conseguirlo se apartó a rezar pidiendo a Dios por aquellas almas condenadas.

—Triste final, hermano, dejar a los caballeros muertos a los escarnios del tiempo, aves y lobos.

—Así fue, cruzados; pero los cuerpos de los gemelos tuvieron mejor final. En vez de comérselos unos zorros y lobos, aquel hermano capellán juntó los pedazos de los dos en el mismo lugar, los envolvió en las mantas que llevaban los caballos bajo las sillas y los enterró a cien pasos del arroyo, al pie de una fuente que he buscado sin éxito.

—Hermano en Cristo, espero no sea ese lugar el que has elegido para tu choza. Si es así, nos vamos de aquí hoy mismo.

—Confiad, cruzados, en mis oraciones y no perdáis el ánimo para trabajar.

—Hermano monje, me queda por preguntar qué habrá sido del alma de esos gemelos que tanto se odiaban. ¿Les habrá salvado la oración del capellán?

—Eso pertenece a los designios de Dios, pero escuchad, buenos cristianos, el trueno que acaba de oírse. Puede ser la señal de que esas almas en pena todavía no han olvidado sus rencores y vagan aún por este valle y sus cerros.

—Espero que no ocurra tal cosa. Se aviva la tormenta y deberíamos olvidar este triste episodio si queremos dormir tranquilos.

—No sin antes escuchar lo que dicen de aquel encuentro fraticida. Según se narra en los Anales, el Señor reveló al fraile capellán que cada año, por las mismas fechas, las almas de los gemelos volverían a encontrarse en el mismo sitio de la batalla y tendrían que purificarse nadando en el agua transparente del arroyo hasta que el Salvador lo juzgue oportuno.

El monje se detuvo unos instantes tras su discurso y concluyó: —Ahora, valientes cruzados, os bendigo pare que paséis una buena noche. Olvidaos de este horrible suceso hasta el amanecer. La paz sea con vosotros.

Y también el fraile se acostó, mas tratando de resolver a su favor la tragedia que se avecinaba.

Poco les duró el placer de cavar y cribar pepitas de oro. Una semana después se interrumpió el trabajo y nació la desilusión. El agua comenzó a filtrarse en el fondo del túnel llegando hasta los peldaños superiores de la escalera. Allí se detuvo sin dar señales de bajar. Era imposible seguir.

—Hermano monje, vuestro Salvador no quiere darnos más riquezas. Debemos abandonar y repartir nuestro pequeño tesoro que habéis dicho son unos 25 kilos. Es una buena parte la que nos toca.

—Bien, caballeros cristianos. Repartiremos por igual los bienes que el Señor nos ha dado. Él sabrá por qué no quiere entregarnos más. Quizás lo deje para otros menos afortunados. Propongo celebrar esta noche nuestra despedida, y para este feliz desenlace comeremos sin prisas del jamón que tengo guardado y beberemos cuanto queramos del pellejo con vino tinto que igualmente tenía escondido para una circunstancia así, el día que llegase.

—Ah, hermano monje. ¡Cómo sabéis cuidaros en el convento! Oraciones y penitencias dicen que hacéis muchas en ciertas épocas del año, pero ya veo que el resto de los días tenéis mucho de qué gozar. Me alegro, con mis compañeros, de tener una despedida tal.

Y cayó la noche con luna creciente. En la hoguera se quemaba la poca leña que había. Sobre una mesa de piedra iba el jamón perdiendo peso y láminas mientras las jarras de barro cocido se llenaban una y otra vez con el sabroso vino del gran pellejo. Terminar no iban a terminar con el placentero líquido. Antes caerían redondos por disfrutar de aquel embriagador elixir. Mas no todos bebían igual. El monje hacía que bebía y se ocupaba más de llenar la jarra vecina que la propia.

Pronto, los vapores y jugos del "dios Baco" enturbiaron el lenguaje y la razón de los cuatro caballeros. Y bebiendo, bebiendo, se quedaron dormidos cada cual por un rincón.

Aquí terminó su historia. Dormían, claro que dormían, pero el sueño de la eternidad. Uno a uno fueron arrastrados por el monje hacia el fondo del túnel y arrojados a las profundas aguas. Ahogados, pasaron al juicio final, mientras aquel astuto monje que había engañado al mismo prior del convento y a unos crédulos caballeros, soñaba solamente en una vida regalada de ciudad.

Con el amanecer se le presentó el primer problema.¿Qué hacer con tanto oro? Pasó las horas disertando cómo llevárselo todo, pero llegó a la conclusión de que tanto peso podía ser un estorbo y un peligro al llegar a la ciudad, donde a todo forastero se le revisaba de pies a cabeza pensando si sería un afortunado al que asaltar o un ladrón del que cuidarse.

—Ya sé qué hacer—reflexionaba el monje, desprendiéndose de los hábitos—. En el monasterio me llamaban Braulio, ahora seré Toribio y mi oficio es el de escudero, por lo que llevaré siempre a la vista una espada y el puñal, aunque trataré de hablar lo menos posible de mi pasado. Y bien, ¿qué hago con mi oro? Creo que debo esconder una parte en la capilla. Sí, sí, bajo la hermosa y pesada cruz de roble donde solía rezar para tener un futuro mejor.

Y Toribio, el futuro escudero, levantó unas baldosas de piedra y después cavó haciendo un hoyo de medio metro de profundidad donde depositó hasta 15 kilos de pepitas tan preciosas dentro de una alforja de cuero. Colocó varias delgadas lajas de piedra gris encima, echó una capa de tierra, apisonándola, y luego puso las baldosas originales o primeras, bien ordenadas y pegadas con barro como estaban las demás de la capilla, con el fin de no crear sospechas si con el tiempo alguien pasaba por el lugar. Repartió en pequeñas bolsitas de lana los diez kilos restantes y los cargó en las raídas alforjas de su borriquillo creyendo que si algún curioso intentaba robarle era más fácil entregar los valiosos y jóvenes caballos que no un avejentado borrico.

Partió, pues, feliz sobre el más joven alazán hacia la vieja ciudad del obispado donde iba a deshacerse de los briosos corceles y negociaría con cautela cómo comprar una casa que fuera al mismo tiempo un negocio para sobrevivir modestamente sin grandes esfuerzos. Si las cosas le salían mal, siempre le quedaba el recurso de volver a una olvidada capilla.

El pastor que encontró oro busca ayuda en una taberna

Capítulo II:
El castillo-palacio del conde Tora

Un año más tarde, a una mina abandonada y a unas frágiles construcciones aún en pie llegaba un joven albañil que había conseguido el título de maestro en dicho oficio. El hombre había vendido su casa, más los bienes de una herencia y no teniendo familia esperaba, con esos dineros, construir en el lugar que estaba pisando una verdadera fortaleza, pero antes tendría que hablar con un ambicioso conde cuyo solapado deseo siempre era extender sus dominios y eclipsar a los demás nobles con título.

A más de un día a caballo se hallaba el viejo palacio del conde Tora, que heredó de su padre, y hacia allá se fue. A cambio de ese primer trabajo gratis, le pediría ser en adelante el maestro albañil único del condado, disponiendo de un pequeño sueldo y de una vivienda con cobertizo para sus propios animales, hasta el día de su muerte.

Confiado iba el maestro en que el conde no tenía nada que perder, sabiendo además cómo crecería la vanidad de un señor que tendría más tierras y mejor castillo que sus amigos duques y marqueses de la región. Un palacio y fortaleza nuevos no existían en aquel reino cristiano del norte de la Hispania en el siglo XIII que corría.

Aquella mañana estaba el conde Tora contemplando desde la balconada los preparativos en la plaza exterior del castillo para los juegos y lances de apuestos caballeros que celebrarían la entrada de la primavera, cuando un paje o mensajero subía con paso firme los escalones que le acercaban al conde.

—Conde Tora, ha llegado un maestro albañil que dice tiene proyectos importantes para vuestras tierras.

—Pues, primero, dile que deje las armas en el control.

—Sí, conde. Ya está advertido, mas insiste en que es un honrado maestro y que en estos tiempos una espada vale igual que la vida.

—Bueno, mensajero. Dile a los escuderos que le acompañen de cerca y que lo vigilen mientras esté en mi presencia.

—De acuerdo, conde. Cumpliré sus órdenes.

Y llegó al balcón el forastero.

—Señor conde Tora, acabo de ser titulado como maestro albañil y quiero ser independiente en mi trabajo. Tengo un gran proyecto para usted, si tiene a bien escucharme unos momentos.

—Te escucho, maestro.

—En las tierras abandonadas que hay hacia el Oeste puedo construir una fortaleza que muchos envidiarían.

—No creo sea posible. Esos páramos llevan en la soledad cientos de años y corre la voz de que son refugio de salteadores y asesinos.

—Esa es la voz que han hecho correr personas ignorantes y creyentes en el diablo, pero no es así.

—Explícamelo, caballero, y puede que atienda tu petición.

—Yo las he recorrido y no hay tales salteadores. Son colinas que se podrían trabajar para plantar vides. En los amplios valles se darían trigo y centeno y pastos para ovejas. Además, el arroyo que los cruza nace en unas montañas que tienen nieve todo el año y por ello siempre dispondrá usted de saludable agua para personas, ganado y para algunas siembras.

—No sé cómo creerte.

—Si lo duda, gran conde, podemos hacer un recorrido por esos kilómetros solitarios desde hace siglos. Hay, además, para empezar unos barracones de adobe y piedra que alguien construyó y luego abandonaron. No he visto ni diablos ni anacoretas por ahí, aunque existe una capilla o ermita que serviría para realizar las ceremonias religiosas de palacio. Con los ahorros que tengo puedo mejorar esas estancias y levantar la torre del futuro castillo y construir los salones y dependencias que usted juzgue necesarios. Luego, gastados mis ahorros, me pasaría un pequeño sueldo para seguir siendo el maestro, el arquitecto que mantenga su reino o condado, hasta mi muerte.

—No sé si eres un iluso o sabes lo que te traes entre pecho y espalda. Acepto tu desafío y en cuanto creas terminada la primera fase pasaré a verlo y cerraremos el contrato. Sí quiero hacerte una oferta: no tengo en mi servicio un joven tan alto y fuerte como tú. Te nombraría mi primer escudero si cambias de opinión.

—Gracias, conde, pero mi preparación ha sido para maestro de un gran destino. Me despido, pues, hasta que pueda volver con la promesa cumplida.

—Bien, maestro, suerte por esos páramos del diablo. Cuídate de los salteadores.

Y el maestro albañil se fue pensando: —Este conde no me cree, pero tiempo al tiempo.

Saliendo del castillo encontró a unos campesinos que trabajaban tierras alquiladas, a quienes convenció para trabajar unos meses con él por un salario digno y una frugal comida. Con ellos se llevó un rebaño de quince ovejas para que sirvieran de alimento seguro en el arduo trabajo futuro que les esperaba.

Con esos cinco aprendices reformó aquellas abandonadas estancias y construyó un amplio cobertizo para unos treinta caballos, más dos pajares. Luego, levantó la torre espía en el extremo opuesto a la mina pensando en hacer, a partir de la torre, el palacio del conde frente a una amplia explanada bordeada por el río. Su proyecto era para unas sesenta personas, entre siervos, cocineros, escuderos, guardianes y caballeros.

Junto a la mina estaría su vivienda con el leñero debajo que ocultaría la entrada a la mina y otra estancia por si tenía familia algún día.

Dedicó un trabajo especial a construir una cuadra o caballeriza ocultando la salida al exterior de la fortaleza.

Un año después, habitaciones, corrales con cobertizos y un verdadero palacio convirtieron la zona en una fortaleza envidiable. El conde no podría resistirse a cambiar de lugar y dejar un castillo que necesitaba reformas diarias.

Agotadas las reservas de dinero que se trajo, comunicó a sus peones el regreso a las antiguas tierras de labranza, mas aquellos siervos no creyeron al maestro y esa misma noche lo sorprendieron cuando dormía quitándole las armas y exigiéndole el dinero que tenía escondido.

—No, señores. Os despido por no tener una moneda más. Podéis buscar y se confirmará lo que os digo.

—Escondido lo tendrás, estamos seguros.

—No os puedo engañar, buenos empleados como habéis sido. Es mi palabra de caballero.

El maestro albañil recibió un golpe sin saber de dónde venía. Cuando despertó no encontró a nadie. Faltaban todos sus enseres y el caballo. Solo, se puso a pensar:

—Al menos, conservo la vida. Se lo han llevado todo. Y no les mentía. La próxima vez seré más desconfiado. Los salteadores de caminos también pueden estar cerca o en la propia casa. Aprender de los errores es bueno, siempre que sigas vivo.

Cuando el maestro trajo de visita al conde Tora a la nueva obra, éste se quedó mudo. Y así, su viejo castillo se lo dejó en herencia al escudero mayor y se mudó con sus dos hijas al nuevo territorio con tan esbelta fortaleza. Los límites por el Oeste daban a los dominios del duque de Olivera con quien pronto entraría en buenas relaciones, olvidando la antigua y duradera enemistad de su fallecido padre con aquél.

El nuevo castillo del conde Tora

Capítulo III:
La sabia matrona

Cumplió, por fin, aquella mujer huérfana los 20 años. Cumplió, también, el obispo su palabra y unos días más tarde se encontró la joven en el palacio del duque de Olivera. Atrás quedaban diez años de disciplina, meditación, estudio y colaborar con las hermanas del convento donde fue bautizada con el nombre de Leonor. Ella tenía otra misión. Era el año 1222 de la era cristiana, y aquí comenzó la verdadera leyenda de la hechicera.

La nueva joven llegada a palacio era una mujer educada, según el obispado, en la ciencia médica y en diversos saberes antiguos. Y pronto lo demostró recibiendo títulos como sabia matrona, la sabia o la médica, por sus aciertos al tratar heridas, enfermedades y partos. Más adelante se la conocería igualmente como la anciana y hasta como la hechicera.

En esos momentos el nuevo duque de Olivera tenía 22 años y seguía soltero, preocupado únicamente por cuidar unas extensas tierras.

Un año después un noble castellano invitó al duque a una cacería de lobos, animales que estaban haciendo verdaderos estragos entre los rebaños de ovejas. Eligieron el comienzo de la primavera cuando las lobas tenían más crías. Los perros dieron con dos madrigueras donde las madres trataron de defender a sus cachorros, lo que facilitó su captura y muerte. Tras la batida vino la amistosa comida que pagaba siempre quien invitaba. Entre las gracias, cuentos, mentiras y la bebida salió a relucir que el noble (con el título de marqués) tenía una hija llamada Alfonsina, no precisamente agraciada en belleza, pero sí bien dotada en algunas partes. El vino fue subiendo la ilusión del duque que terminó por decir al noble si podía presentársela otro día. En la mente del joven duque nació la idea de tener un territorio mayor, aumentando su poder. En la despedida, el noble se dirigió medio en secreto al duque: —Tendrás esa entrevista con mi hija en tu castillo la próxima semana.

De nuevo en el palacio, el duque se dio un baño en agua templada como era su costumbre si había tenido mucha actividad en la jornada y luego hizo llamar a la joven sabia, con la disculpa de tener dolor de cabeza. Siempre actuaba igual cuando sentía la necesidad de estar con ella. Esta joven, por no proceder de clase o cuna con nobleza, según la tradición y la doctrina religiosa del reino no podía esposarse con hombre que poseyera escudo, castillo o palacio. A la sabia le caía bien la sinceridad del duque y cuando éste le pedía relación amorosa lo aceptaba con pasión si no había peligro de preñarse, de lo contrario el rechazo era total y la aceptación del duque a esa negativa era sincera.

Hoy, el duque tenía razones de peso para dirigirse a la sabia matrona.

—Te he llamado, hermosa mujer, para decirte que dentro de unos días un noble castellano me presentará a su hija Alfonsina con el interés de conseguir una relación matrimonial que asegure la continuación de mis bienes y posesiones. Quiero ser sincero contigo en nuestra relación una vez más. Si acepto a Alfonsina, ella vigilará para que no me salga del matrimonio y perderé los felices instantes que podría pasar a tu lado, como los que he vivido hasta hoy. Te pido que esta noche sea como una despedida y que la pasemos en armoniosa entrega.

La sabia se quedó clavada mirándole a los ojos sin abrir los labios. Repasó en unos segundos cómo se encontraba su cuerpo y lo vio claro: estaba en los días fértiles y aquello podía ser un peligro y un castigo, pero también era la última vez que podría yacer con quien amaba. Cogió de las manos al duque y pensó que si quedaba preñada saldría con éxito de aquel enredo. Sería una de esas noches que no podría olvidar jamás, aunque le trajera problemas.

Salió aquella mañana el granado sol repartiendo rojos claveles por las tierras del ducado. La llegada de Alfonsina en carruaje cubierto fue el acontecimiento del año. Hasta el propio duque de Olivera estaba al pie de la muralla para ofrecerle sus manos al bajar los tres peldaños del carro. El joven duque no articuló palabra al alargar sus brazos como ayuda. A la noble Alfonsina se le cayó la mantilla que cubría sus hombros y algunas otras partes y los ojos del duque sólo vieron la mitad superior de dos lujuriosos pechos que lo turbaron. Desde la mente a los pies el cuerpo del joven gozaba ya del futuro misterio sexual que ocultaba la virginal Alfonsina.

El deseo del duque fue casarse cuanto antes y no pasó de aquel día. El noble castellano había previsto el impacto que haría su hija en aquel inexperto joven solterón. Tras aquella primera comitiva llegaría otra con el señor obispo y sus sirvientes, a quien el noble había invitado por cortesía y como ocasión para bautizar a los nacidos durante el año.

Vio el duque el cielo abierto y desde esa misma noche se entregó a doña Alfonsina con los deseos de satisfacer el apetito del cuerpo y de tener pronto descendencia que continuara su obra.

Con la felicidad trajo además la nueva duquesa Alfonsina el regalo o dote de su padre, que fue un rebaño de ovejas compuesto de doscientas cabezas. Pero al joven duque no le importaba tanto la dote, como el tener hijos que conservaran las tierras. Mas aquellas buenas intenciones tomaron un rumbo equivocado. Doña Alfonsina quedó preñada desde el principio y la voz llegó, cómo no, a quien debía cuidar de la futura salud de la duquesa. Allí estaba la mejor médica y matrona, la pequeña y débil sabia que, entre otros saberes, era experta en ocultismo, magia y adivinaciones, algo que ya conocía el duque.

Los pensamientos de la sabia entraron de golpe en una corriente de aguas turbulentas y sin rumbo. Ella también estaba preñada de la última noche que accedió a los deseos del fogoso joven. Eso cambiaría su vida y la de muchos otros en aquellos tiempos aciagos donde el poder lo tenía el hombre rico, la Inquisición y los clérigos. La mujer era simplemente una esclava, pero ella, la sabia, había estudiado secretamente para ser igual o más que el hombre y había venido a este mundo de otra forma. Su ambición no tenía límites y no iba a vivir la vida como las otras mujeres. Trazó un plan sin fisuras. La duquesa Alfonsina no tendría hijo, pues el suyo nacería casi al mismo tiempo y ocuparía su lugar sin levantar sospechas. Tenía que eliminar a doña Alfonsina y ello tendría que ocurrir como muerte natural cuando se acercara el parto.

¡Qué noche! La mente de la sabia trabajaba como una tormenta. Del trueno o posible asesinato saltaba a la luz de los relámpagos, al ver ya crecer en su ilusión algo que saldría de sus entrañas. Y del rayo, miedo y temblor ante el desconocido porvenir, pasaba a la serenidad de oír dulcemente llover sobre los campos que ella en su interior sembraba. Ella no había venido a esa sociedad para hacer el mal, sino para curar enfermedades. Pero ese trabajo era como una imposición. Ella no lo había elegido. En cambio, sí podía elegir tener un hijo del joven duque, aunque esto suponía eliminar a otro ser inocente. ¿Estaba dentro de un laberinto? Sólo enterrando a tiempo a la duquesa encontraría la salida a esa oscuridad. ¿Enfrentarse a un futuro negro e incierto? La tentación de elegir ella su destino y no como hicieron sus amigos invisibles era la única oportunidad que tendría en el mundo de los humanos. No había otra forma de descubrir cómo luchaban, sufrían y morían los demás. Y la eligió.

En las cortes y palacios se usaban mucho los amplios vestidos femeninos desde la cintura hacia abajo para evitar los rumores malignos que corrían cuando las siervas o cortesanas se preñaban de los no maridos. Fue fácil, pues, a la sabia matrona, usar esa holgada vestimenta desde el primer día de su sospecha.

Respecto a doña Alfonsina, por consejo de la médica de palacio, en la cocina le preparaban diariamente una rica infusión que aliviaría los duros momentos antes y en el parto y que durante los meses anteriores conseguiría que no tuviera malos sueños ni alteraciones emocionales.

Como duque y duquesa estaban convencidos de que aquella prescripción era una ley a seguir, la infusión trajo relajación y sosiego durante un tiempo y nadie dudó de las buenas intenciones de la sabia matrona.

Meses después la joven sabia cambió sus saberes médicos por los de hechicera y fue sustituyendo las hierbas de la beneficiosa infusión por otras que provocarían un aborto al final, en el que la intervención de los galenos del siglo XIII casi nunca conseguían salvar ni al niño ni a la madre.

Sintiéndose muy mal doña Alfonsina, entrado ya el octavo mes, el consejo de la sabia fue llevar a la duquesa, cuando llegara el alumbramiento, a la ciudad del obispado donde estaban los verdaderos galenos o sabios médicos reconocidos y que disponían de instrumentos apropiados para un caso de parto difícil.

Durante el viaje y la estancia en la ciudad no le faltó a la duquesa la compañía de la joven matrona. Llegado, pues, el momento crítico, los galenos, en su primera inspección dieron por muerto al feto, causa de los grandes dolores que venía sufriendo doña Alfonsina. Aconsejaron al duque una operación urgente, si daba el consentimiento, pues necesario era sacar lo que ya no tenía vida desde hacía tiempo. ¿Peligraba la duquesa? Los galenos se reunieron casi una hora y el duque recibió la respuesta que no esperaba. Pocas mujeres se libraban en estos casos. Sólo quedaba hacerla beber mucha adormidera antes de operarla y después rezar por su vida o por su alma.

Pasó la duquesa a mejor gloria, la del Cielo. Fue el momento esperado por la joven sabia. A solas con el deprimido duque trató de consolarle como pudo:

—Dejemos que Dios se apiade y lleve a su reino el alma de tu duquesa. Es la hora de decirte lo que corre en silencio por palacio y tú sospechas. Yo también estoy para tener descendencia, que es tuya. Aquella última noche de pasión en la que no tuve valor para negarme a tus deseos me dejaste preñada y no quiero perder tal fruto ni tal recuerdo. Es duro expresarlo, pero es así de real. Siempre te he querido como tú a mí, pero la ley impide nuestro matrimonio. Podemos alargar la estancia en esta ciudad cuatro días más, pues mi hija, a la vez tuya, está a punto de nacer. La presentarás como la que tuvo Alfonsina, quien murió en el parto, mas dirás que los galenos consiguieron salvar a la criatura. Buscaremos en palacio alguna madre que esté amamantando a su hijo para que ayude con su leche a tu hija. Yo sé cómo retirar la de mis pechos y sólo velaré por nuestra hija en frecuentes visitas a quien haga de madre. Dejo a tu mente le pongas el nombre que más te guste o te traiga mejores recuerdos.

Durante todo ese discurso permaneció mudo el duque, perdido en otro mundo y escuchando a medias lo que la sabia le decía. Solamente con movimientos de cabeza parecía decir que sí a los consejos de la médica. Y así transcurrieron dos días más en los que el duque no probó bocado, ausente del entorno. Fue un fraile enviado por el señor obispo el que le sacó de aquel lamentable estado. Aceptó los buenos consejos del religioso y vio en la sabia la protección esperada y en el nacimiento de esa hija la sustitución que había perdido con la noble Alfonsina.

Días después un mensajero llegó a palacio con la triste noticia de que la duquesa había muerto en el parto, pero no su hija a quien pronto podrían ver. Se retrasaba su llegada para poder enterrar dignamente con solemnes ceremonias el cuerpo de la querida Alfonsina cerca de la iglesia del Priorato, donde las limosnas del duque harían decir oraciones por su alma durante un mes seguido.

Tal fue cómo nació y creció en el palacio del duque de Olivera una niña que tomó el nombre de Inés, en recuerdo de una tía desaparecida a quien adoraba el joven duque. Este no pensó tomar nueva esposa por un tiempo, prefiriendo ocasionales aventuras hasta que pudiera casar a su hija Inés con hombre de castillo o palacio merecido. Mas... como el destino no está a merced de caprichos humanos, el futuro proyectado por el señor duque resultó ser otro. La atención hacia su pequeña hija requería la presencia diaria de una mujer que hiciera vida común con el señor, y éste contrajo, al poco tiempo, matrimonio con una noble dama llamada Regina, muy cariñosa y hogareña. De este enlace nació un varón, el próximo heredero del ducado.

La joven médica en el palacio del duque

Capítulo IV:
Los probemas del gran duque Olivera

—Guardián, dile al primer escudero que deje los ejercicios y se presente aquí cuanto antes.

—Bien, duque, la orden será cumplida.

El primer escudero dejó a su ayudante el dirigir los largos entrenamientos que los servidores de Olivera realizaban cada tarde en tiempos de paz, como eran aquellos. Dejó las armas en el salón, se dio un baño rápido en la cuba con agua templada y con pasos rápidos llegó al aposento central donde colgaban ejemplares de cada arma útil para la guerra y donde paseaba inquieto el joven duque.

—Gran duque, si he dejado los ejercicios sé que se trata de algo importante.

—Así es, entrañable escudero. Sabes que confío en ti desde hace mucho. Necesito tu consejo en estos momentos. Tengo heredero y fiel mujer que está educando al hijo para ocupar sabiamente mi puesto, pero no he resuelto el futuro de la joven Inés. Mi hija ha entrado en la edad de matrimonio y no sé a quién dirigirme para que tenga un buen porvenir. Ninguno de mis escuderos tiene título de nobleza y tú ya has elegido bien con esa preciosa Olita, que además ha recibido de su padre una gran dote con tierras de excelentes pastos en la orilla alta del río.

—Gracias, duque, por esta sinceridad y confianza. Dime qué deseas que haga.

—Primero, guarda lo que oigas como un secreto. Quiero que seas discreto y consultes a la anciana si le parece buen proyecto ofrecer a mi hija Inés como esposa al viudo conde Tora. No deseo que se entere mi esposa de esta consulta.

—No es mala idea, amigo duque, pero el conde tiene ya dos hijas a quienes dejará su herencia, supongo, si lo apoya la Iglesia.

—Es cierto, escudero. Pero yo le dejaré a Inés como dote una parte de los viñedos que lindan con sus dominios. Siendo un hombre tan avaro no dudará en aceptarla. Necesito conocer la opinión de la "sabia".

—Bien, señor. Si te parece eso lo justo, acudiré esta noche a su casa o pequeña vivienda. Le rogaré que interprete un hecho futuro tan importante. Si lo que se dice de ella es verdad, esta es la mejor ocasión.

—Aunque sea tarde y la noche esté avanzada, vuelve después a contármelo al salón. La duquesa ya sabe que estaré ocupado hasta muy tarde preparando la venta de unas cabezas de ganado.

El simulacro de torneo entre aquellos ociosos caballeros terminó un día más. Cada cual se fue a su aposento en busca de aseo y de una buena cena, para acostarse cuando las cinco lámparas de aceite de la torre mayor se apagaran.

Y llegó el total y misterioso silencio que cada noche envolvía las extensas tierras que protegía un prestigioso castillo en tiempos de paz. Mientras, un escudero envuelto en negra capa, como aquella noche sin luna, cubiertos los campos de oscuros nubarrones, repicaba con sus dedos en el aposento de la anciana.

Se oyó una débil voz que decía: —Aunque no es hora de consulta, ¿quién es? Aclara tu voz y di tu nombre.

—Soy el primer escudero y me manda nuestro duque.

—Ya, ya. Conozco tu voz. Pasa y cuéntame tu problema.

—No es para mí, amable anciana. El duque dice que ha llegado para su hija la hora del casamiento y quiere saber cómo le iría con el conde Tora que acaba de enviudar.

—¡Ah, qué difícil me lo pone el señor! Ven y observemos a las aves embalsamadas que me guían.

—Suponía que haces brujería, pero no temas. La Inquisición no se enterará. Confía en nosotros, como confiamos en ti. Secreto eterno, ha dicho el gran duque.

—Pues bien, joven escudero. Observa a este par de lechuzas. Vinieron a vivir a una torre poco después de nacer su hija Inés, como ha querido llamarla. Mal augurio en su nacimiento.

—¿Estás segura de ello, amiga anciana? ¿Cómo se lo digo?

—En sí la llegada de estas lechuzas no fue muy buena señal, mas es peor lo siguiente: han logrado vivir 16 años y su muerte ha ocurrido hace unos días. Un siervo las ha encontrado envenenadas al limpiar el torreón. Las he embalsamado ayer y al duque se le ocurre preguntarme hoy por un futuro. Mal presagio para su hija. Pero..., pero quizás lo salve ese casamiento si su hija le da un varón al conde. Si le da otra niña se cumplirá un destino con maldición. Aunque en tema tan importante también para mí, vamos a intentar otra llamada al más allá. En tu presencia contemplaremos cómo sobrevive o muere una pareja de ranas.

El escudero, petrificado y mudo, no tenía bastante con los dos ojos, viendo a la sabia actuar. Esta se dirigió a una esquina de la cocina-salón donde una gran tinaja de barro llevaba por tapa una chapa de cobre agujereada como un colador. La hechicera destapó aquella vasija y con una estrecha jarra pescó una pareja de anfibios. El escudero seguía inmovilizado. La sabia encendió un fogón sobre las negras baldosas del suelo y colocó encima de una parrilla la olla con mucha agua. Luego, vació dentro, con suavidad, el contenido de la jarra, que eran los indefensos anfibios, y se apartó para decir al escudero: —Deja ya de admirar y escucha: se acerca el choque de dos mundos, hermano. El conocer del hombre se enfrenta al saber de los espíritus. En esta lucha siempre gana el más allá. Observemos de lejos lo que pasará en el interior de la olla. El creciente calor irá adormeciendo los músculos de las ranas y llegará ese instante en el que deben saber si se duermen eternamente o quieren seguir aquí.

—¿Acaso no podemos mirar y contemplar cómo es ese momento? —exclamó el escudero.

—No, no. Si nos asomamos, nuestra presencia les hará saltar asustados antes de tiempo. Ellos vivirán una lenta relajación, creyendo es el calor del sol quien los acaricia. Y ahora es mi turno: abriré este cofre y los espíritus benéficos actuarán sobre las ranas, explicándonos el porvenir que desea conocer el duque.

Apenas terminó el discurso la hechicera, cuando saltó o salió despedida de la asfixiante olla un animal. La sabia lo recogió con unas pinzas y mirándolo atentamente susurró: —Es la hembra, escudero. Bueno es el mensaje. Inés no está incluida en la desgracia que anunciaban las lechuzas. Pero hay que esperar y seguir contemplando qué puede pasar en la olla.

Poco después, el agua hervía y los dos humanos pudieron ver cómo flotaba muerto el anfibio macho.

—¡Comprendido! —dijo la sabia—. No sé el qué ni cómo, pero es el conde quien tendrá serias desgracias en el futuro.

Que el conde Tora tome como esposa a la joven Inés traerá un peligro real para aquél, no para Inés.

—¿Qué le digo, pues, a mi señor?

—No hay otra solución. Dile que con una buena dote lo podrá arreglar. Tiene a su favor el que Inés, aunque sea poca cosa, tiene un cuerpo que envidiarían todos los caballeros. El conde aceptará de buen grado.

Cuando el escudero abandonó aquella casa otra pareja de lechuzas vino a vivir a la torre solitaria. Al cerrar la puerta y dar los primeros pasos aquel hombre creyó oír un extraño ruido. Se detuvo pensando si el castillo no se estaba agrietando: —Seguro que me he equivocado —murmuró.

Y siguió adelante, pero al llegar a la puerta central y abrir, el silencio de los goznes se quebró ante el estruendo del primer trueno de una noche que se llenó de relámpagos y de una fragosa tormenta.

—¿Qué pasó, escudero? Dímelo pronto.

—Señor, la anciana opina que debes hablar con el conde Tora, quien en estos momentos está triste por enviudar y puedes ofrecerle la mano de tu hija. Eso sí, con una buena dote. Además, cree que el atractivo de Inés hará el resto, con toda seguridad.

—¿Y esta tormenta, escudero? ¿No será presagio también de otro mal? ¿Puede ser augurio de que mi hija tenga un mal parto o sea envenenada?

—Confía en la anciana. Después de la tormenta siempre viene el buen tiempo. Casa a tu hija Inés con dicho conde.

—Así lo intentaré, escudero. Puedes retirarte, satisfecho de haber cumplido mis órdenes.

La hechicera averigua el futuro de Inés

Capítulo V: Matrimonio sin suerte

Estando el conde Tora disfrutando del nuevo castillo y nuevas tierras recibió una tarde al duque de Olivera, quien llegó en lujosa carroza tirada por dos briosos caballos negros.

—Salud, escuderos guardianes. Avisad al gran conde que su vecino el duque de Olivera viene en plan de amistad y negocios.

—Pasad, pasad, duque, que los rumores ya han llegado hace rato a palacio. Seáis bienvenido. Adelante, sin más.

—La paz del Salvador sea con vos, conde.

—Igual os respondo, duque. Contadme lo que os preocupa, que a mí me alegra haber cambiado un castillo viejo por esta nueva fortaleza, pero a la vez llevo días con mucha tristeza por haber quedado en viudedad y con dos hijas, sin varón heredero de tanto territorio.

—Participo de vuestra angustia, mas en esta ocasión vengo por aliviar un tanto vuestro pesar. Tengo una hija en edad de casamiento y las buenas almas que me rodean me han aconsejado ofrecerla en matrimonio a vuestra persona, con el consentimiento ya dado por ella. Quizás alivie este enlace vuestro ánimo y pueda a su vez daros varón heredero. En vos queda la respuesta a estas palabras de amigo y vecino.

—Agradezco vuestra amistad y buen discernimiento. Será el obispo quien nos case, aunque no celebraremos gran fiesta, pues tengo muy presente la ausencia de la condesa. Haremos una comida con los familiares más cercanos si os parece bien.

—Por supuesto, conde Tora. La felicidad de mi hija, su futuro y tu recuperación es lo único que importa. Te dejo a ti concretar con el señor obispo esa ceremonia.

Y así ocurrió. La atractiva Inés tomó el nombre de doña Inés, condesa de Tora desde el día de su matrimonio con el conde. Asistió a la fiesta también, como único invitado de fuera, su Excelencia el obispo, quien en la ceremonia religiosa se quedó perplejo y sin voz por unos instantes al ver a aquella joven vestida con un traje tejido en algodón que dejaba asomar sus hombros e insinuaba unos pechos blancos y virginales como no había visto jamás en otras ceremonias. Lo que pensó el obispo no debió ser muy sano para su alma, mas seguro que disfrutó intelectualmente de aquella mujer.

Conde y condesa pasaron meses felices mientras el maestro albañil pudo terminar la casa palacio con todo detalle justo a tiempo para recibir el nuevo nacimiento de otra hija del conde. La joven esposa tampoco traía fortuna. Sus hijastras recibieron con alegría a la nueva hermana, pues para ellas el heredero no suponía todavía un problema. Con 3 y 4 años no podían comprender el futuro. Pero el conde, a sus 25 años, comenzó a preguntarse qué maldición lo perseguía. Dejó de dormir con su esposa aislándose en otra habitación del piso superior, y el duque de Olivera, que se enteró de ello, acudió en secreto a dialogar con la sabia. Esta escuchó al duque con atención y para no descubrir lo que sus artes adivinatorias le decían tranquilizó al duque diciéndole que podía resolver el enredo trasladándose ella como matrona médica al castillo del conde a vivir, pues en el ducado no la necesitaban tanto.

Por el bien de su hija accedió el duque a hablar con su amigo, a quien propuso ceder una mujer sabia en medicina que siempre había resuelto los problemas físicos y mentales de sus siervos y guerreros.

Y allí se fue a vivir la médica, en una estancia pegada a la vivienda del maestro, con quien empezó a llevarse bien desde el primer momento. Mas la vieja o anciana, como la iban a llamar después, pidió al maestro albañil le trajera unas ranas de la charca más cercana. Y al día siguiente en la mesa de las adivinaciones un verdoso macho expiaba sus recuerdos bajo la atenta mirada de la hechicera. Abierto como un panal de miel, la sabia leyó el futuro del atormentado señor. La única solución, por el momento, consistía en que el conde fuera infiel a la condesa y probara herencia con otras bellas mujeres que había dentro y fuera del condado.

Con cierta satisfacción recibió el señor aquel mensaje llevado por un guardián.

Al cabo de un año, nacieron por aquí y allá algunas otras hembras atribuidas al conde, pero no nació varón.

Consultó el conde de nuevo a la anciana y salió convencido, tras larga conversación, de que una maldición atribuida a la infidelidad constante de su padre ya fallecido le perseguiría por mucho tiempo a él también.

Lo único que pensó desde entonces fue hacer testamento a favor de sus primeras hijas si el señor obispo no ponía inconvenientes a que heredaran las mujeres.

Cómo se enteró la anciana de aquello nadie lo sabe, pero se enteró. Y una noche de tormenta, apagadas ya las luces de la torre, cuando todos estaban en el mejor de los sueños, llamó la anciana en la alcoba de la condesa:

—Soy yo, la anciana. Ábreme, que tengo nuevas para ti.

—Pasa, pasa, querida amiga. ¿No te habrán visto?

—No te preocupes por ello que tengo aquí cómplices que me ayudan a menudo.

—Dime qué quieres o en qué puedes ayudarme.

—Mira, querida condesa. Sé, por las adivinaciones, que tu esposo es el culpable. Él lleva encima una maldición y no puede dar varones. No sé bien la causa, pero los oráculos dan siempre lo mismo. Tú no tendrás hijos con él, sino solamente hijas.

—Pero, querida y amiga anciana, ¿no puedo ser yo también el problema? ¿No tendré yo alguna pena que cumplir en vida?

—Condesa, no dudo de mis artes. No han fallado hasta hoy. Pero si quieres saberlo mejor tienes sólo una prueba que te dará luz, vete a ver al señor obispo y exponle tu caso.

—Me hablará de resignación y sacrificio; ese es su trabajo, amiga anciana.

—No lo creas, condesa. Créeme por una vez. Visita al señor obispo, que además sé que se quedó muy impresionado el día que te casó y dicen por ahí que también aconsejó al conde no durmiera más contigo y probara con otras jóvenes la fortuna de tener varón.

—Eso es hablar mal del conde y del obispo.

—Pues te voy a contar la verdad sobre nuestro clérigo. Es hijo ilegítimo de un noble que al no poderle dejar herencia lo colocó en el obispado gracias a la gran amistad que tenía con el obispo. Entró como aprendiz de todo, pero pronto su Excelencia le tomó cariño y le encomendó la administración y después le ayudaba en los oficios religiosos. Cuando el obispo se vio un tanto viejo hizo un viaje a la santa ciudad de Roma. Aquel ambiente de riqueza y oración inclinó al anciano obispo a quedarse allí por el resto de sus días y el joven administrador y secretario volvió con el nombramiento de obispo.

—Quizás se lo merecía, ¿no? —replicó doña Inés.

—Más bien fue la necesidad de sobrevivir quien actuó. Este obispo que conoces nunca tuvo vocación de clérigo.

—Pero sigue siendo representante de la Iglesia, ¿no es así?

—Tiene el poder, mi querida condesa, que es lo único importante en la sociedad. Es un aprovechado, mas no le podemos negar que tiene la autoridad que le dieron. Hazme caso. Visita el obispado y a su dueño, que él te admira también como mujer, pues otras han pasado por su vida. Es todavía hombre vigoroso y quizás te dé la prueba de que la maldición no te persigue a ti, sino al conde.

Tardó días en rumiar la joven esposa las palabras de la anciana, pero sabiendo que su marido la repudiaba desde hacía mucho, decidió hacer la visita al obispado.

El día de aquella cita fue concertado por la anciana en un viaje relámpago, para que el señor obispo diera aquel día vacación a su servidumbre y al canónigo que hacía de secretario.

La sorpresa se la llevó la condesa cuando fue el propio obispo quien abrió la puerta de la catedral del obispado. Ni un alma por los alrededores. Le tendió la mano el clérigo para que doña Inés bajara del carruaje sin tropiezo y después su Excelencia ató al caballo en la ornamental argolla de una columna.

—Bienvenida seas, condesa Inés, con un problema que trataré de solucionar.

—No sé qué decir, señor obispo. Mi confusión es total, pero he venido decidida a arreglar lo que ha roto hace tiempo el conde. No ha dormido en mi cama desde que nació mi hija y, ya sabe, siendo joven esperaba de él ciertas satisfacciones.

—Lo sé, lo sé, doña Inés. Nuestro mundo a veces se rompe por equivocaciones o maldiciones familiares, mas la Iglesia está para remediar lo que el mundo exterior no puede.

—¿Qué debo hacer, pues?

—Hablemos tranquilos de tu problema. Ven, siéntate en ese banco señorial, que quiero saber de ti y de palacio.

Los ojos del clérigo rebotaban en aquellos pechos medio al aire, tal era el vestido aconsejado por la anciana para estas circunstancias. Y doña Inés, que llevaba tiempo sin marido, sintió los aguijones del placer por todo el cuerpo. Bien conocía la anciana cómo actúan hembras y machos cuando hace meses no se relacionan.

El señor obispo se acercó tímidamente a la condesa, sentándose a su lado. No dijo palabra, pero miró a la joven mujer con apetito y la joven se dejó besar con una pasión mutua. Se desnudó poco a poco mientras el hombre dejaba caer sus flojos hábitos. Y allí tuvo lugar la escena que siempre deseó aquel hombre desde que unió al conde con la futura condesa Inés.

Dos meses más tarde, por consejo de la anciana, volvió la condesa al obispado para anunciar que estaba preñada, y para celebrarlo repitió la escena de la primera entrega. De esta forma se despidió hasta el nuevo nacimiento, no creando sospechas entre el personal del obispado.

Poco después, doña Inés y la anciana tenían una seria conversación:

—Oh, anciana, ¿qué nacerá?

—Condesa Inés, la maldición no va contigo. Las entrañas de la paloma que examiné ayer dicen que tendrás un varón.

—Pues guarda el secreto, anciana. Digamos que es del conde para que nuestro condado tenga heredero.

—Mal se pone este entuerto. El conde está intentando dejar la herencia a sus dos primeras hijas y rechazará al varón. Pero déjame a mi sola actuar, condesa.

Aquella noche hubo un accidente mortal en palacio. Silenciosamente una sombra llegó a la habitación de las hijas primeras del conde. La doncella que las cuidaba notó un olor desagradable, mas no se dio cuenta cómo se dormía profundamente. La niña mayor no pudo ni despertar. En unos brazos fue transportada hacia el leñero que ocultaba o tapaba la antigua mina de la colina. Obligada a tragar un veneno murió en pocos minutos y desapareció de palacio para siempre.

El despertar trajo una gran conmoción y habladurías en la fortaleza, pues alguien había hecho correr el rumor de que la maldición que pesaba sobre el conde estaba empezando a cumplirse en sus descendientes. El padre del conde Tora se había librado de la Inquisición huyendo hacia Tierra Santa, de la que no regresó, y ahora el propio conde, sus hijas y su descendencia estaban expiando el mal de su antepasado.

Doña Inés

Capítulo VI:
La sospecha del conde

—¡Guardián! —dijo el conde de mal humor—, baja y di al escudero mayor que deje sus obligaciones y que se presente aquí cuanto antes.

—No lo dude, conde Tora; ya estoy en camino.

Instantes después:

—Conde, le noto muy preocupado. Sólo deseo servirle.

—Bien, escudero. Por tu fidelidad ya te he dejado en herencia una parte de los pastos del Este. Ahora quiero que trates de averiguar qué ha pasado en la desaparición de mi hija. Sé discreto, pues al culpable lo colgaré en el patio de entrenamiento.

—Cálmate, amigo conde, que podemos perder el juicio y enemigos hay por todas partes.

—Te entiendo, escudero. Con discreción visita a la anciana que parece más sabia de lo que aparenta. Que no sospeche nada la condesa, por otra parte.

—Soy todo ojos y oídos para ti. Me pondré en tu lugar. Hasta pronto.

El escudero volvió al campo de entrenamiento, se ejercitó como los demás hasta la hora de comer y ofreció descanso por la tarde a todos los combatientes. Con tantas horas libres él no perdió el tiempo. La visita a la anciana lo dejó más intrigado aún. Le oyó decir que el rumor de una maldición era cierta según mostraban las entrañas de la paloma abierta en su misma presencia y que no parecía la última.

—¿Y por qué no es la última, sabia anciana? ¿Puedes tener alguna pista segura?

—No conozco bien al conde y menos a su familia anterior, pero es larga la infidelidad que lleva con la condesa y el diablo ha corrompido sus sentimientos y quizás provoque en él una alteración mental grave viendo como enemigos a todos, incluso a ti si no se soluciona su alterada vida.

—No me dejas muchas opciones para contarle algo bueno. ¿Qué opinas de que no tenga varón?

—Mira, hijo, ni médicos ni brujos ni sabios ni los que tal se creen han tenido respuesta acertada. Sólo mi experiencia me dice que más que una maldición de familia es la propia naturaleza del conde quien no le da varones, pero no sé realmente por qué. Él seguirá creyendo en la maldición y esta ciertamente puede tener un día u otro su desaparición si en su naturaleza se produce un cambio.

—¿Qué puedo decirle, entonces, al conde?

—Si le indicas que puede ser su naturaleza la causa, lo hundirás, no se sentirá verdadero macho. Es preferible le guíes hacia una maldición que lo persigue por causas ajenas y que hay que esperar a que alguien o el tiempo lo remedie.

—Me voy con un interrogante más, pero seguiré de momento tus consejos, luchar contra la maldición familiar. Otra pregunta, anciana, la última: la doncella que dormía con las niñas cuenta que sintió un mal olor y ya no supo más. Al despertar faltaba una de las niñas. ¿Qué opinas, sabia anciana, de ello?

—Verás, hijo y buen escudero. En el campo hay numerosas hierbas que maceradas dan olores desagradables. Lo sabe mucha gente que cuida el ganado. Yo no he traído ninguna a esta fortaleza, pero allí sí las dejé, pues las suelen aplicar al ganado que contrae, por ejemplo, la tuberculosis. Se emplean, además, dichos olores, para dormirlos antes de sacrificarlos.

—Te dejo en paz y con deseos de buen sueño, querida anciana. Espero me sirvan de algo tus consejos.

A media noche, sin luces en el castillo, los nudillos del escudero mayor llamaban en la habitación solitaria del conde.

—Pasa rápido y cuéntame a oscuras, que no deseo se entere nadie, poniéndonos en peligro si encendemos la alcuza.

—Lo único que sabe la vieja es que existen las maldiciones y que una de ellas persigue a tu persona. Que tengas paciencia y buenos amigos. He visto cómo abría y estudiaba al ave con el puñal; todo ello delante de un cofrecillo, ante una alcuza encendida y varios cráneos de animal. He tenido la impresión de que alguien más rondaba a nuestro alrededor. Creo que tiene poderes especiales, amigo conde. Podemos fiarnos de ella.

—Seguiré, entonces, sus consejos y seguiré confiando en ti. Pero tengo otra inquietud que me está alterando los pensamientos. He notado, cuando me cruzo alguna vez con la condesa, que su vientre no está tan plano como antes. Sospecho lo peor. Si nace algo, no será mío. ¿Se acostará con otros?

—¿Tanto te preocupa, amigo conde? Tú también te vas con otras y la corte sospecha que tienes más hijas, no varones. Los rumores no se pueden evitar y te soy sincero.

—Así es y me siento satisfecho de que lo seas y lo digas, pero quiero saber, conocer la verdad. El hombre en esta época tiene libertades que la Iglesia sólo condena en las mujeres.

—Conde, es verdad lo que dices, sin olvidar que esto es un privilegio, no es nada justo.

—En el fondo tienes razón, mas yo sigo en la tradición, amigo escudero. Averigua, con la máxima discreción posible, por dónde anduvo la condesa estos meses, cuando yo salía de caza o a visitar las nuevas tierras.

—Cumpliré, señor. Esté seguro de mi trabajo.

Puso el escudero todo su ingenio a trabajar y con unos pocos sobornos a los guardas que vigilaban entradas y salidas de la fortaleza dio con lo inesperado. La condesa sólo había salido en dos ocasiones y en las dos se fue hacia el obispado en lujosa carroza, observada casualmente por pastores que llevaban el rebaño en la misma dirección.

—En la que me he metido —se decía el escudero mayor—. Todos se lo tenían callado, mas el dinero abre bocas, puertas y ventanas. ¿Cómo se lo diré al amigo conde, conociendo lo liberal y atrevido que es dicho clérigo con las bellas mujeres? Además, ¿qué importancia tiene? Seguro estoy que si la condesa lleva fruto en su cuerpo, no puedo dudar de quién es. Además, la culpa sería realmente del conde por abandonar a tan preciosa y atractiva criatura. Vaya, estoy pensando como si me hubiera gustado el ser yo quien la disfrutó. La verdad es esa, pero en estos momentos no lo haría, por la amistad sincera que me une al conde. Ahora bien, ¿cómo decírselo? No lo sé, pero no le puedo engañar. Se lo contaré.

Volvía esa tarde el conde del campo lleno de barro, sucio y empapado de sudor y con mal humor por haber errado los dos disparos de arco sobre un viejo zorro de las praderas.

—Conde, cuando se arregle y cene, subiré a contarle cosas, aunque de poca monta.

—Te espero pronto, escudero.

Un baño caliente en la cuba y una cena de perdices cambió la cara y el mal humor del conde hasta que se encontró a solas con el fiel escudero.

—Amigo conde, voy a ser sincero, mas tómalo con serenidad y luego pensamos qué hacer. La condesa sólo ha faltado dos veces de palacio y en las dos ha visitado al señor obispo. No quiero pensar mal, pero si alguien crece en su vientre, sospecho de quién es. Tú y todos conocemos la inclinación desmedida de tal señor educado por las jóvenes mujeres. Ahora nos toca reflexionar. ¿Qué hacer? No debemos crear alarma.

—¿Que no? En estos instantes ya no sé si soy el buen conde, si me persigue Satanás o si termino con la maldición arrasando mi fortaleza con todos dentro, menos nosotros dos.

—Calma, calma. Déjame tomar alguna decisión por ti.

—Nada de eso. Tú ya has hecho lo esperado. Baja a la plaza a disfrutar de los chismes y los cantos antes de que se apaguen las luces como señal del descanso.

La hechicera consulta a sus amigos del cofre
sobre el futuro del conde

Capítulo VII:
La noche de las lechuzas

En el patio del castillo... siervos, criados, caballeros y doncellas gozaban del chisporroteo central, de los chistes de los bufones y de algunas canciones nostálgicas. Era el momento de relajarse y esperar a que el vigilante de turno anunciara que se apagaban las teas y alcuzas con aceite animal para empezar el descanso nocturno.

No todos estaban distraídos con el bufón de turno. A los niños no les gustaba la reunión de los mayores y corrían o jugaban entre las caballerizas cercanas. Todos no estaban en aquel improvisado teatro de cada noche, pues tampoco había obligación y así, algunos aprovechaban para alejarse y tener momentáneos amores, y otros se retiraban antes a sus habitaciones. Nadie se daba cuenta del canto de las nuevas lechuzas que habían llegado hace poco a la nueva fortificación, donde había comida abundante al venir con los humanos los ratones, las ratas y cucarachas, más urracas y gorriones. Estos últimos, buen alimento para búhos, milanos y otras rapaces. Mientras el canto de las lechuzas se perdía entre las risas de los concurrentes, una pausada sombra, ocultándose siempre tras algún muro de los cobertizos, iba de acá para allá esperando su oportunidad. No tardó mucho en alargar su brazo. La segunda hija del conde doblaba una esquina escondiéndose para que el de turno saliera en busca de los demás. Una mano con un paño perfumado tapó su nariz y su boca y la niña cayó inconsciente entre unos brazos que se perdían tras los establos, camino de la vieja mina que sólo alguno o algunos conocían.

A la hora de apagarse las luces de la torre, la doncella no encontró a la pequeña y corrió la voz.

Todo el castillo se empezó a iluminar con docenas de candelas y antorchas para buscar en el silencio más profundo conocido a una inocencia perdida. Nadie la daba por muerta, pero la desgracia se impuso a la esperanza soñada en una búsqueda inútil.

La guardia de los controles de la muralla estaba segura que ni siervo ni caballero había salido esa noche. La niña tenía que estar dentro y el no hallarla dio pie al único rumor posible: la maldición que se atribuía a la familia anterior del conde se estaba cumpliendo en éste, y sólo Satanás podía haber hecho desaparecer a una niña.

Con el nuevo día:

—Escudero —dice el conde— prepara dos caballos que tenemos que conversar en el campo. Sólo me fío de ti y aquí hasta las paredes tienen agujeros para ver y escuchar.

—Conde, come algo y después baja, que te estaré esperando.

Fuera ya de la muralla el conde fue el primero en hablar:

—Escudero, observa la dirección del viento que también desconfío de él.

—Conde Tora, tranquilo, que no debemos perder la razón en momentos tan graves.

—Acertada es tu opinión, mas creo que hasta el diablo puede llevar con el viento nuestra conversación a palacio.

—Pues vamos en mala dirección. Cambiemos hacia los pastizales y confíame tus dudas.

—Escucha bien, escudero mayor. Ayúdame a descubrir quién está detrás de mis bienes. Debes averiguar empezando por las personas del servicio, quienes están más atentas a la vida ajena que a sus deberes. Con alguna recompensa lo conseguirás. Procura no levantar sospechas.

—Lo haré, gran conde. ¿De quién dudas, en primer lugar?

—De muchos, escudero. Sin duda, de la anciana, pues fácilmente cambió de dueño y mansión. Y además se dedica a la brujería.

—Vamos, conde. Nos ha ayudado en algunas ocasiones, pero si es sospechosa para ti la obligaré a que me diga dónde han ido a parar las niñas. Si se resiste la amenazo con abrir su vientre para que lo averigüe en sus propias entrañas.

—Estoy dispuesto a que lo hagas. He perdido a mis herederas y ella está gozando aquí de una vida relajada, sin otra obligación que abrir palomas. Estoy harto de hechizos, demonios y ángeles.

—Conde, esta noche será a su alcoba mi primera visita arriesgada y pondré a la anciana entre la espada y la pared.

Si algo guarda o sabe, lo escupirá. A nadie le gusta ver su sangre correr. Cabalga más despacio conde, que así pronto llegaremos al final de los pastos. No tenemos prisa.

—El nerviosismo me puede. Veamos el siguiente sospechoso.

Mientras esto decía, cabalgando ahora muy despacio, aquellos caballeros no podían sospechar que desde una ventana de las torres, tras una cortina de hilo, dos penetrantes ojos los estaban observando desde el instante que salieron por la puerta de la muralla.

—¡Por Satanás! —se decía aquella mente inquisidora—. Esos patanes van en busca del duque de Olivera. Mentiras le han de contar, seguro. Quizás, no. Por esa dirección podrían tomar el camino que también va al obispado, para tratar de dejar la herencia a alguien que no sabemos o para descubrir si el señor obispo conoce el embarazo de la condesa. Mas... ¿he de seguir pensando mal? Mejor será observar de nuevo la llanura. Cuando los vea volver, adivinaré algo más.

—Muy callado estás, querido conde. Sigue proponiendo sospechosos, que sirviendo a buen señor, también me ayudo a sobrevivir.

—No lo creerás, pero hay un gran número de aprovechados, me temo. Al maestro albañil no lo veo tan atento como antes. Y del cocinero que vino con la joven Inés me temo hasta el envenenamiento.

—No sigas, conde. Observo que puedas tener dudas de todos, hasta de la propia condesa. Solamente me salvo yo, si no me equivoco. Y del segundo escudero no dudes tampoco que a parte de ser mi primo, sé lo agradecido que está por darle trabajo. Conde, prefiero quedarme con menos, para planear mejor mi asalto a cada problema. Pensemos únicamente cómo hacer cantar a la anciana y luego al maestro, si te parece.

—Bien, escudero. Es cosa tuya, que siempre has sobresalido en lo que a mí me falta, astucia y valor.

—Gracias por el halago, pero sigo un consejo de juventud: "Hay que ir con pies de plomo y la espada fuera de la funda". Lo único que no comprendo aún es tu sospecha del maestro. Es cierto que desde hace meses no parece tan feliz, mas recuerda que puede ser porque le has quitado prácticamente el sueldo.

—Así es, pero le di seguridad de vivir para siempre aquí.

—Comprende, conde, que eso no es lo que acordaste con él al principio. Además, desde el día de la caída nunca volvió a caminar rectamente y eso puede haber modificado su afable carácter.

—Siempre disculpas, escudero. Los siervos se quejan de todo. Que se vayan a otro castillo si quieren.

—Te entiendo. Con la desaparición de tus hijas cualquiera estaría en la misma situación de desconcierto. Cuenta conmigo en estos momentos.

—Y otra cosa, fiel escudero. El maestro y la anciana viven muy cerca y siempre hablan bien uno del otro. No olvido que el maestro apareció sin más, no vino recomendado y no sabemos cómo era o fue su familia.

—Conde, conde. No dudes más. El maestro albañil sabe muy bien desempeñar su oficio y de ello no podemos dudar. Si bajo esa sabiduría se esconde otra conducta no podemos hacer nada, sólo vigilarlo en adelante.

—Creo que ya podemos volver. Te dejo a ti la iniciativa esta noche y cuando descubras algo ven a contármelo sin llamar la atención. Te esperaré despierto aunque tardes.

—¡Oh, sí! —pensaba aquella mente que estaba vigilando con dos ojos la llanura desde la torre—. Ya vuelven, luego no han visitado al duque ni el obispado, como me temía. Algo trágico se traen en su cabeza. Silencio y astucia como la serpiente me pueden salvar. Esperaré.

Al llegar a la muralla, preguntó el conde: —Guardianes, ¿ha salido alguien hoy?

—Sí, conde. Muy temprano, el rebaño con dos pastores y después el grupo de siervos que está mejorando la acequia de riego.

—¿Y ha llegado algún forastero?

—Estamos seguros que no, conde.

—Seguid vigilando, pues, como siempre.

La tarde en el castillo fue como de costumbre. Juegos y entrenamientos. Tras la cena se entablaron muchas conversaciones sobre las cruzadas que bendecía la Iglesia. Algunos proponían hablar con el conde para saber si estaba dispuesto a ayudarles con dinero y caballos en una cruzada que saldría el próximo año desde la Provenza francesa y en la que se habían alistado varios cientos de nobles guerreros, según contaban en el obispado.

Alejado del bullicio un escudero estaba, mientras, meditando cómo actuar esa noche:

—El conde —se decía— está perdiendo el juicio y pronto nos quedaremos todos sin trabajo o pasaremos a servir a un desconocido que puede traer a otros siervos y a otras huestes. Podemos convertirnos en desterrados sin dinero y sin olla donde cocinar. Aunque sólo sea por mi futuro, ayudaré al gran conde y al castillo que me acoge. Cuanto más deseo empezar, menos corre el tiempo y las antorchas siguen dando pábulo a las conversaciones del patio.

—Calma, escudero —me digo y repito—. No hay peor ayuda que tener prisa. Saldré a respirar aire fresco hasta que llegue la hora.

Las únicas que iban con prisa eran las nubes en la oscuridad.

Por fin se apagaron las antorchas y pronto los sueños y ronquidos hacían canto con el vuelo de búhos y lechuzas en busca de ratoncillos, cucarachas y grillos.

El valiente escudero prefería la oscuridad a la luz de la luna, pues de esa forma ningún siervo o empleado que se levantara al baño podría reconocerlo, dándole siempre tiempo a esconderse tras cualquier columna o esquina. Y para no ser reconocido por la sabia había ensayado el cambio de voz a la vez que una máscara o disfraz le cubría todo el rostro.

Tan ocupados tenía sus cinco sentidos en no ser visto ni oído que al pasar por delante del barracón o sala de armas no se dio cuenta de que la puerta estaba entreabierta, lo cual le hubiera causado algún recelo. Unos treinta metros le separaban de la estancia de aquella bruja o sabia, a quien todos llamaban la anciana. A lo largo del corredor estaban las habitaciones de caballeros y del servicio de cocina y sastrería. Con aquellos monótonos ronquidos de siempre, caminar por el pasillo sin ser objeto de observación parecía lo más fácil, pero alguien que dejó de roncar muy cerca paralizó al escudero. Creyó que el final del ronquido coincidía con unos pasos que se detuvieron al mismo tiempo que él:

—Maldita sea. Este conde y su problema me han puesto nervioso. Nunca he sentido miedo y en estos momentos lo parece. Necesito unos segundos de reposo y aquí mismo esperaré escuchando.

—Nada, todo es igual —se dijo—. Siguen los mismos ronquidos, y... ¿los pasos? Pudo ser alguno que se levantó a beber. Seguiré, que caballero con espada ni al diablo debe temer.

Cuatro pasos más adelante el canto de una lechuza le dejó clavado otra vez:

—¡Maldito sea ese bicho! La lechuza siempre está con la anciana, pero si lo confirmo abriré en canal a las dos.

Y emprendió la marcha decidido a no escuchar ni la voz de la conciencia, confiando en su valor.

Una gran equivocación: alguien, más astuto que él, seguía de cerca su pisar. Cuando tocaba con los nudillos de su mano izquierda en la puerta de la anciana volvió a cantar la lechuza y aquel canto le impidió oír que detrás de la última columna el cuerpo que se giraba alargó un brazo y con aplomo y rabia hundió la daga en el costado del escudero, llegando al corazón y cortando su aliento.

A los ojos de aquel desconocido le fue fácil encontrar la huida en aquella profunda oscuridad. Mientras, las pupilas de la anciana escrutaban las entrañas de otra paloma adivinando el porvenir del castillo.

Así, de golpe, tocando el tiempo la media noche, el aullido lastimero de un perro rompió el sueño de muchos y cortó los ronquidos de los demás. Satán, uno de los cuatro perros de caza, estaba sentado al pie del cadáver y aullaba sin cesar. El corredor de los dormitorios se iba llenando de velas y cuchicheos acerca de la muerte del escudero con disfraz. Pronto llegó el conde protegido por fieles guardas, a la vez que algunos caballeros se dirigían a las puertas de la muralla para que nadie pudiera escapar.

—¡Qué horripilante! —se le escapó decir al gran conde—. Sacadle esa daga, que todas tienen nombre y sabremos a quién hay que colgar.

El guardián más cercano tiró de ella con arte, sin causar más temblor a un cuerpo que ya no tenía el más pequeño aliento de vida.

—Acerca esa antorcha, guardián —dice el conde—. Colgaremos un mes al asesino para escarmiento de los demás.

—Señor, la daga no lleva nombre. Es de las que cuelgan en la sala de armas para entrenamiento de todos.

—¡Maldición eterna persiga al criminal y que los lobos hambrientos devoren cada día el espíritu de ese traidor! —gritó el enfurecido conde.

Después, enmudeció por unos instantes el señor conde y fue entonces cuando el noble Satán lanzó otro cortante aullido, lamió las gotas de sangre que dejó caer la daga al salir del inerte cuerpo y luego desapareció con el rabo entre las patas como si alguien lo amenazara.

—Peones, llevaos al escudero y enterradlo junto a una puerta de la muralla para que todos le recordemos al entrar o salir de esta fortaleza. Y vosotros, fieles servidores, volved a la cama, pero antes ofreced al cielo una oración por el alma de este guerrero.

Cuando desaparecieron velas y siervos, el conde se dirigió al segundo escudero con palabras a media voz: —Seguidme a la sala de armas, que tenemos que charlar sin que existan oídos cerca.

A ambos lados de la sala estaban los depósitos de la mucha comida que necesitaba un personal tan numeroso y que durante la noche era un establecimiento cerrado. Entrar allí después de la cena suponía un castigo público ejemplar. El conde se aseguraba así el poder conversar sin oídos espías.

—Escudero, escucha con atención las sinceras palabras de alguien sin estrella. Si es verdad que una maldición me sigue, ayúdame a saber cuál es. Desde hoy serás el único hombre en quien voy a confiar, como fue el compañero desaparecido, quien te trajo para que yo te diera trabajo. A él le dejé una herencia que ya no necesita y que será tuya desde mañana. Sólo espero que me ayudes a descubrir quién o quiénes de palacio desean mi muerte, que pueden ser todos, menos tú.

—Conde, ¿incluyes en ello a la condesa Inés, también? Y perdona por el atrevimiento o la duda.

—Amigo y noble escudero. La condesa, mi esposa, únicamente piensa y acaricia su vientre. De mí se ha olvidado.

—Conde Tora, si voy a defender tu vida y vigilar por la mía, espero saberlo todo. Los corrillos cuentan que cuando vas de caza tardas semanas en venir a palacio y duermes en las villas que pertenecen al Rey y en los barrios ricos del obispado. ¿Es cierto, gran conde?

—Desde hoy debes conocer que no te voy a mentir. Salgo de caza para dormir lejos de mi condado y yacer con damas que puedan darme varón. Varios son los descendientes que he dejado en poco tiempo en esas tierras, pero ninguno ha sido varón. Por algo que nadie conoce o por maldición de Satanás parece que nunca las hembras han de darme descendiente que lleve espada y escudo.

—Entonces, conde, ¿qué guarda la condesa en su vientre?

—Desde luego, mío no es, que desde que me dio la niña no toco su lecho. Y si lo que nace es varón, no puedo permitir que mis dominios los herede tal ser. Además, odio al que se lo haya dado.

—Tampoco es así, amigo conde. Estoy opinando con sinceridad. Tú también la has engañado a menudo. La culpa es de ambos.

—Quizás tengas razón y no te reprocho la observación. Pero un conde, duque, marqués o rey sin descendiente macho no es hombre verdadero y maldigo esa suerte. Prefiero cambiar las leyes y tradiciones y que mande una hembra. Pero hasta eso he perdido. Mis dos primeras hijas me las han robado y la que tuve con la condesa contrajo las fiebres del diablo y ni las adivinanzas de la sabia anciana encontraron hierbas con las que bajarle la fiebre. Se quedó tan débil que un mal espíritu se la llevó.

—¿Y no has acudido antes al exorcismo?

—Ni eso valió, escudero. El obispo mandó a su ayudante y los rezos, cruces y agua bendita no hicieron sino empeorar la enfermedad hasta su muerte.

—¿Por qué no aceptas lo nuevo que nazca de doña Inés?

—Porque no es mío. Igual me da sea varón que hembra.

—Conde, necesitamos tranquilidad. Opino que debemos dejar pasar un tiempo mientras vamos estudiando las actividades del personal sospechoso. Disimular sería el mejor camino para que alguno de esos traidores dé un paso en falso. Siempre hay quien se deja comprar.

El canto de una lechuza distrajo al escudero

Capítulo VIII: Atentado el día de la competición

Y la fortaleza volvió a una vida engañosa. Cada cual cumplía con sus fines. Los pajares se llenaron de hierba para que el ganado pasara sin hambruna el crudo invierno. La peonada arregló los senderos para las carretas. Los caballos calzaron herraduras nuevas y los rudos pastores mataron corderos y cerdos para llenar cazuelas y estómagos un año más. Y todas las tardes la plaza central se llenaba de escudos, caballos y jinetes preparando futuros combates y defensas que ninguno deseaba tener.

Con los meses que pasaban, también pasaron los días de crecimiento del fruto de la condesa. Las apuestas sobre el nuevo nacimiento estaban casi empatadas. Una mitad del servicio apostaba porque sería niña, ya que el conde no daba otra cosa. Pero la otra mitad conocía la letra de las malas lenguas y pronosticaba que era varón. Y hasta algunos decían en voz muy baja, para no recibir castigo, que la condesa había visitado al galán del obispado y el castillo iba a tener un acólito.

Y llegó el esperado día. La condesa parió con suma facilidad un varón.

—Suerte ha tenido este niño —dijo la anciana—. Pocos han venido al mundo con tanta facilidad como éste y con tan poco sufrimiento de la madre. Riquezas, siervos y tierras es lo que ha de heredar.

—Ojalá se cumplan tus deseos, sabia anciana —le contestó la condesa—. Un día dijiste que la hija que me dio el conde era parte de la maldición que perseguía a su familia y no bastaron las oraciones cada mañana y cada noche para tenerla a mi lado. Espero que este varón ponga fin a las desgracias.

—No te preocupes, condesa. Desgracias habrá y muchas, pero si vivo lo suficiente este castillo tendrá un gobernante fuerte, sano y poderoso. Tus ojos lo han de ver.

No eran estos el pensamiento y los deseos que corrían por la mente del conde Tora.

—Escudero, ya habrás oído lo que sabe todo el palacio. La nueva criatura de mi esposa, la religiosa condesa, fue un varón. Tengo que lograr que no herede. Para ello lo primero que haré mañana es comunicar a toda la servidumbre y nobleza que el nacido no es mi hijo y que sólo la condesa conoce el nombre del padre.

—Pero conde, es mejor callar y obrar. Pensemos cómo trabajar.

—Está claro, escudero. Acepto tu sugerencia. El varón tiene que desaparecer en algún fortuito accidente. Y no debe ser ahora, pues esa precipitación haría sospechar hasta a la Iglesia. Podría ser en una excursión al castillo de su abuelo. Que lo atropellase un caballo o fuera aplastado por un carro sería fácil de provocar. Vete pensando en ello.

Dos años cumpliría el varoncito Albo dentro de unos pocos días.

—Señor conde Tora, un mensajero solitario trae carta para usted. Desea entregarla personalmente.

—Adelante el correo, que pase cuanto antes.

—A sus pies, gran conde. Carta del duque de Olivera. Mi obligación es entregarla en mano al conde, no a sus siervos o escuderos.

—Pues veamos qué dice. No te vayas por si tengo que darle respuesta.

"Salud es lo que más te deseo y después felicidades porque sé has tenido un varón que herede tus extensos dominios. Quisiera ir a ver a mi nieto cuando lo consideréis oportuno. Espero vuestra respuesta. El duque de Olivera".

Tras una larga sonrisa, el conde dio respuesta al fornido mensajero: —Dígale al señor duque que el próximo domingo hay concurso de tiro con arco en las afueras de la muralla y puede traer a sus arqueros a competir. A la vez podrá ver a su nieto correr por el llano con otros niños de la servidumbre. Le espero sin más. Puedes partir, mensajero, si has escuchado bien.

—Así lo creo, conde. Su mensaje será exacto.

Partió raudo el joven jinete y cuando dejó la muralla atrás, el conde llamó al escudero de confianza:

—Es hora de ponerse en marcha. Dos años he soportado sonrisas y palabreo haciéndome pasar por padre de quien no soy, pero llegó la hora de la venganza. El próximo domingo el duque vendrá a ver a su nieto y traerá arqueros que compitan con los nuestros. Tú sólo tienes que preparar un accidente. Todos los niños estarán jugando solos, apartados del concurso. La competición y el orgullo de ganar a los rivales hará que toda la gente esté observando qué bando está consiguiendo más blancos. No sé cómo decirte si me estás poniendo atención.

—Ya lo creo, gran conde. Me lo está poniendo fácil. Sigo su argumento.

—Pues síguelo con más precisión aún. Te has de encargar de que todas las carrozas aparquen cerquita del campo de los niños.

—Es fácil seguir la lección. Creo ver ya el final. No hace falta se extienda más, que los hados no tienen cuerpo y pueden andar muy cerca. Haré realidad sus sueños. Si el niño no es hijo suyo, no tiene por qué heredar.

Fuera de las murallas se montaron estacas y pieles con el blanco para los arqueros. Un largo semicírculo con escaleras de piedra serviría de asiento a tanto espectador como iba a llenar el lugar. El duque de Olivera llegó en su mejor carroza, toda ella tachonada de plata. Detrás venía atado el regalo para su nieto y futuro conde Albo. Era un jovencito potro de la mejor yegua del ducado. Otros carruajes engalanados traían señores y damas nobles al espectáculo. Hasta veinte arqueros de fuera llegaron sobre caballos de todas las edades.

En la tribuna principal se sentaron los realmente nobles y poderosos. Sólo la condesa se permitió el honor de sentar a su lado a dos humildes doncellas.

Y comenzó la fiesta espectáculo. No era la hora para oír cantos de búhos y lechuzas, pero la anciana estaba atenta al susurro del viento por si hasta ella llegaba alguna conversación curiosa. Se situó, a última hora, detrás del semicírculo, ajena a las risas y aplausos del personal y atenta únicamente a los cuchicheos. Como el vino también corría sin pausa aquella tarde, eran pocos los que hacían blanco por ambos bandos.

El público pasaba igualmente las jarras de mano en mano, yendo la alegría en aumento con el correr de la tarde. Los niños saltaban de acá para allá y hasta usaban a los caballos y carruajes para esconderse y engañar al enemigo de turno. Era la oportunidad. Un arriero o peón bien pagado pinchó a los dos pacíficos corceles de un carruaje y aquel inesperado ataque del aguijón provocó la estampida y el choque entre toda aquella ganadería cansada de tanto esperar a sus dueños. Cuando arqueros y sirvientes consiguieron dominar aquel desmadre y desorden... tres jovencitos yacían aplastados, a dos más les faltaba una pierna y otro había perdido un brazo. Mas... ¿dónde estaba el hijo de la condesa? Alguien lo había recogido y entregado a la sabia anciana que corría con él en sus brazos hacia el corredor de los dormitorios.

Un escudero, el confidente del conde, se acercó a éste para decirle: —Ha sido duro, pero ya está. El niño recibió una coz que le dejó las entrañas al aire y parecía muerto.

—Ahora que él ya no sufre, sufrirá la condesa por engañarme. ¿Y dónde está el cadáver?

—Dice el peón que alguien se lo entregó a la anciana y ésta desapareció con él.

—Escudero, la anciana bruja es capaz de resucitarlo, ¿no crees?

—Ahora no podemos hacer nada más. Todos están pendientes del suceso y de dar entierro o cura a los demás. No debemos llamar la atención. Sólo podemos interesarnos por los heridos.

—Todos, menos yo. Pronto iré a ver a la condesa para decirle que es un castigo del Cielo, bien merecido. Suyo era, no mío. Y tú, escudero, mézclate con el personal.

En aquellos momentos solamente una doncella acompañaba a la sabia en su vivienda.

—Agua, agua clara, doncella. Limpia con todo esmero cada tripa. Asegúrate que no quede ni una mota de polvo. No te distraigas mirando lo que hago yo.

Después de purificar en el fuego unas agujas, las bañó en aceite de onagra, las colocó sobre el cofre que le regalaron sus amigos invisibles, invocó a los espíritus de las tinieblas y luego las clavó con suavidad, aunque con energía, en los músculos del cuello y hombros del pequeño, esperando una reacción.

—Ya están limpias las entrañas, anciana. ¿Qué más puedo hacer?

—Nada, mujer. Déjame a mí.

Entre aquellos dedos huesudos, los intestinos y órganos fueron tomando la posición natural. Untó con aceite los bordes de piel aplastados y con la misma aguja curva con la que cosía los animales disecados, desinfectada en el fuego de una vela, unió con acierto el maltrecho vientre. Fue el momento esperado por la anciana. Los músculos pinchados estaban vibrando al unísono y se estaban activando por la interferencia de aquellas agujas. El niño recobró de golpe la conciencia, abrió los párpados y quiso hablar.

—Calla, hijo, calla. Toma un poquito de agua y después habla sin esforzarte. No te apresures, que estás muy débil. Sólo has sufrido un golpe y un gran susto. Tu mamá vendrá enseguida. No te muevas que te acabo de curar y te faltan las fuerzas.

—Tengo sed, señora, mucha sed.

—Pues bien, hijo, la doncella te ayudará a que bebas.

En nombre de la condesa otra doncella llamó a la puerta, mientras el resto del personal estaba ofreciendo oraciones al Todopoderoso por los niños que acababan de enterrar al pie de la muralla.

—¿Quién es? —respondió la anciana.

—Me envía doña Inés. Quisiera saber si puede venir a ver el cuerpo de su hijo.

—Dile que ahora no. Y no tiene que preocuparse por él. Yo haré que lo vuelva a tener tan sano como antes. No importa que corran infames rumores, que piensen que la sabia está haciendo magia y contactos prohibidos. Diga a la condesa, sólo a ella, que lo he salvado, pero necesita recuperación. Que deje a las malas lenguas correr cuanta mentira quieran. El niño volvió a la vida, y pronto algunos dirán que es un milagro o la voluntad de Satanás. Da igual. Este niño será el futuro heredero. Tranquilizad a la condesa.

La estampida, el día de la competición

Capítulo IX: Intento de mutilación

Tras un día de tanta tragedia, mientras la lechuza iba y venía trayendo esa noche ratones a sus pequeñuelos y la vida crecía en el nido de la torre, en el sillón dorado del salón palaciego yacía un conde asustado y tembloroso. Era la primera vez que sentía cómo quiso apagársele el corazón, a la vez que su mente hacía tiempo estaba sin luces. Con el alba, el conde cambió el reposo por la lucha al conocer, por sus espías femeninos, que el varón estaba vivo.

—Doncella, decid al escudero que prepare la carroza para ir a visitar al sanador, aunque sus artes no sean muy eficaces.

—Enseguida cumpliré sus deseos. Esté preparado para bajar.

Cuando la carroza cortaba la mitad de la dehesa, le dio al conde por conversar:

—Escudero, la anciana nos quiere vencer otra vez. Espero que algún día de tormenta los truenos te abran su puerta, la ensartes en una lanza y te la lleves muy lejos. Tu fidelidad te la voy a pagar hoy mismo. Visitaremos, después de hablar con el sanador o curandero, al testamentero o notario oficial nombrado a dedo y pondré a tu nombre toda la zona boscosa de pinos y hayas. Tu sacrificio sólo se puede pagar con bienes.

—Gracias, gran conde. Lo hago también por mi pariente asesinado. Descansa un poco, conde, que el corazón no puede aguantar tantos golpes seguidos.

—Alguno más aguantará. Y al final de esta jornada tengo la intención de que me ayudes en un ajuste de cuentas.

—¿Ajuste? No te conviene por hoy tanta fatiga, conde Tora. ¿Lo podrás dejar para mejor ocasión?

—Será lo penúltimo que haga, pero lo haré.

—¿Qué ajuste es, gran conde? Quiero estar preparado.

—Según los rumores, algunos sabían de quién era el hijo de la condesa. Y lo pude confirmar. Una bolsa con abundante dinero hizo confesar al pretendiente de una de las dos doncellas que asisten y duermen junto a la condesa. Y las palabras de aquel hombre fueron éstas: "Conde Tora, fíjese en la nariz y el pelo del muchacho. No necesita más. El señor obispo, conde, el obispo. Es su propio retrato."

—¿Y qué piensa hacer con el prelado?

—Lo más justo y doloroso. La vida no le vamos a quitar, pero sí esos apéndices que traen tantos descendientes, y se los daremos como alimento a las hambrientas lechuzas de la torre.

—Conde... no digo que esté mal, todo lo contrario. El problema es otro. La Inquisición nos caerá encima al instante y morir en la hoguera es peor que perder nuestros ocultos valores.

—Tú irás bien embozado para que no pueda reconocerte. Diré que me ayudó un pordiosero a quien pagué con unas monedas de oro.

—Y tú no te librarás. Podemos buscar otra solución, otra forma y otro día.

—Nada, fiel escudero. Él tiene que quedar vivo para que me recuerde mientras tenga aliento. Y yo me acogeré a la bula papal: "Quien sea reo merecedor de cárcel o tenga que sufrir los espasmos de la hoguera puede cambiar la pena por una larga peregrinación a Tierra Santa". ¿Has oído bien, valiente servidor? Además, la pena de destierro te da la oportunidad de estar en casa un mes para arreglar los entuertos de la herencia si no volvieras de aquellas tierras.

—Has hablado de herencia. Supongo que tu venganza no llegará hasta tu olvidada esposa y un hijo del que no sabemos mucho. Si la anciana consigue resucitar ese cuerpo, ¿qué hacemos?

—Dejemos este asunto para mañana. Tenemos a la vista el obispado y ciertos negocios que resolver.

—De acuerdo, conde. Empecemos por el sanador. Vamos allá, que las horas se hacen cortas.

El sanador recomendó al gran conde beber unos brebajes que él mismo le vendió. Mas le aclaró que sus síntomas eran may graves. Quizás no podría salir del próximo ataque. Tenía que cambiar de hábitos y de vida.

Cuando salió de allí, el conde se dirigió al acompañante diciendo:

—¿Cambiar de vida? Los brebajes sí los tomaré, pero si paso por otro trance igual y conservo las fuerzas, a este mentecato le daré yo mismo el último jarro de hierbas. Escudero, ¿qué piensas del discurso que me espetó el avaro sanador?

—Cobrar, sí lo hizo bien por poco esfuerzo, mas los consejos son generales y los reparte a todos por igual.

—Pues espero devolvérselos otro día. ¿Cambiar de hábitos con los años que uno tiene? Pueden ser buenas lecciones para jóvenes aprendices. Que el diablo lo envenene un día y que sea pronto.

—Vamos, amigo conde, un poco de sosiego, que aquí tienes un fiel escudero que te puede, no digo aconsejar, sino ayudar. Estamos llegando a la casa del testamentero.

A los golpes en la puerta con la daga enfundada una voz respondió: "¿Quién va? Necesario es presentarse".

—Avisado estás, testamentero: soy el gran conde Tora y debo hacer testamento de otras tierras a un particular.

—Abierta tenéis la puerta, que quien aquí llega es por su bien y también por el mío.

El escudero recibió un papel sellado y firmado legalmente. En él se hacía constar los terrenos boscosos de los que sería dueño en adelante.

Los costes no fueron altos, pues el testamentero oficial hizo la correspondiente rebaja a un asiduo cliente.

—Que el Todopoderoso y el Rey os guarden, señores —añadió aquel hombre de leyes—. Espero veros en otra agradable ocasión.

—Gracias y hasta la vista. —Grandísimo embustero —dijo en su interior el conde.

La tarde se perdió por las calles y la noche puso sus sombras a cada casa. En el obispado sólo dos antorchas eran señal del poder y respeto que se le debía al dueño.

—¿Nos recibirá el clérigo? —dijo el escudero.

—En cuanto oiga mi nombre, no lo dudes. Un poder se entiende bien con otro poder. En ocasiones así, aunque no te guste el enemigo, siempre se disimula.

El aldabonazo en la amplia puerta enrejada llegó con claridad al interior del recinto.

—¿Quién va? —se oyó decir.

—Un gran amigo del obispo, el conde Tora.

—Estoy solo, señor. Soy el secretario auxiliar. El señor obispo partió ayer para reunirse con otras autoridades religiosas convocadas por el Rey a fin de tratar la ayuda a los cristianos que sufren el yugo moro. ¿Puedo servirles en algo?

—No, no. Volveremos en otra ocasión. Es un asunto personal.

La carroza rompió el silencio del empedrado cuando el látigo del escudero hizo salir a los caballos como un repentino relámpago.

Fracasa el intento de castigar al obispo

Capítulo X:
Entrevista del obispo con el duque Olivera

Una semana después de la frustrada visita del conde Tora al obispado buscando un ajuste de cuentas, iba un carruaje lentamente cruzando campos cultivados y dejando su sello en el limo del viejo sendero a causa de la lluvia de la noche anterior. En aquel vehículo, el obispo, protegido por un toldo de piel que hacía de tejadillo, miraba insistentemente a la lejanía ansiando ver cuanto antes la muralla que defendía al castillo del duque. A la sombra iba, era cierto, el pensativo clérigo, como también lo era que bajo tinieblas emergían densas dudas en sus pensamientos. Todas giraban en torno a la "sabia" matrona. El ilustrado obispo asomó la cabeza contemplando cómo dispersas y abigarradas nubes dejaban alargados jirones de sombra sobre los extensos cultivos: —Sombras tengo y sombras también me siguen —se dijo—. Si detrás no vienen los relámpagos o el granizo, poco importa. Me enfrentaré a lo que sabe el duque. Si él no lo aclara, tendré un enemigo más, pero sabré si mis sospechas tienen sentido.

Pasado el mediodía, el macizo portón, entre dos torreones, dejó pasar a la autoridad religiosa cuando ésta mostró su báculo de mando. Poco después:

—Duque de Olivera, éste era el momento esperado. Nuestro obispo se ha dignado venir. Cedió a nuestros mensajes.

—Bien, bien, bajaré a recibirlo para que advierta que aprecio su agradable presencia.

Obispo y secretario acababan de cruzar la puerta de roble ennoblecido que daba acceso al gran salón.

—¡Oh, oh! Bienvenida sea a este lugar la autoridad eclesial. Charlaremos en intimidad mientras tu secretario puede visitar toda la fortaleza.

—Así es cómo esperaba poder resolver los problemas que pueden existir en nuestros negocios. Adelante, duque de Olivera. La Iglesia quiere escuchar, primero.

—Sin rodeos, señor obispo. Corren rumores que usted me puede, quizás, aclarar.

—Eso depende, la Iglesia no tiene que responder de todo. En muchos casos, sólo a Dios.

—Vamos, obispo, no se vaya por los cerros. Ahora estoy hablando como hombre que tiene delante a otro hombre. Deje de lado su papel de autoridad.

—Pues vaya al grano, duque. De tú a tú, sin más.

—Obispo, a mí no me desagrada lo que voy a decirle, pero quiero saber la verdad de sus cartas o juego.

—Adelante, duque, ¿a qué espera?

—Lo veo de buen humor. Me está abriendo el camino en la oscuridad. Allá voy: campanas de palacio repican que mi hija, doña Inés, casada con ese mujeriego del conde, tiene mucho que ver con usted, con unas visitas que le hizo en solitario. Dígame algo seguro.

—Duque de Olivera, en primer lugar respondo a lo del conde como sinvergüenza. Así es, o así me lo han contado.

—Siga, siga, señor obispo.

—El conde no puede tener varones. No sabemos por qué, pero desesperado por ello ha abandonado la alcoba de la condesa desde que tuvo una hija con ella. Por tal motivo empezó a creer en una maldición que lo persigue y ha pasado el tiempo probando cómo romperla. Otras damas le han dado también descendencia femenina.

—Entonces, los siseos de la servidumbre son ciertos. El niño, mi nieto, no es suyo y por eso intentó deshacerse de él en una ocasión.

—Es lo que dicen por todas partes. Sí, duque, no es suyo y tratará de que no herede.

—Creo lo que me está contando, pero falta algo. A la condesa no he querido preguntárselo, pues con mi hija nunca he tenido suficiente confianza. Te lo pregunto, pues, a ti, o al obispo como hombre, no como autoridad religiosa. ¿Qué relación hay o hubo entre doña Inés y este obispo que tengo delante como hombre?

El señor obispo esperaba la fatídica pregunta, mas tenía a su favor la infidelidad del conde y que la condesa fue quien tomó la decisión de visitarlo a solas, aunque la idea había salido de la "anciana", en la que el duque había puesto toda su confianza cuando se trasladó a la fortaleza condal para cuidar de doña Inés.

—Duque, no me arrepiento de lo hecho. Yo soy el padre de su nieto. La Iglesia tiene muchos hijos por ahí. Nuestra obligación es ayudarles en su futuro. No es el caso de su nieto. Si el conde quiere desheredarle, usted y la condesa tienen que unirse para que esto no suceda. Este ya no es problema directamente mío, pues tú tienes medios.

—Señor obispo, debo decirle que no me siento ofendido ni agredido por su actuación. Mejor, hijo suyo que de ese conde faldero. Dicen, además, que está perdiendo la razón, aunque yo ignoraba lo de la maldición.

—Amigo duque, confiaba en vuestro buen entender. Mis obligaciones van por otros caminos. Espero defiendas a tu nieto, lo visites a menudo y si necesitas ayuda, en el obispado estaré. Cuida lo que es tuyo y también mío.

—Gracias por tan afortunada visita.

Había llegado el momento de la despedida y el clérigo seguía guardando sus dudas, pero no podía esperar más. Los labios del obispo hicieron un gesto de asombro. El rostro de su Excelencia parecía una máscara sin expresión. Y el apuesto duque sólo pensó que el clérigo sufría un desmayo momentáneo:

—Excelencia, recuéstese bien, que le traigo un lienzo empapado en agua fresca. Olvídese por un rato de tantos problemas como hay en su obispado. Está en compañía del mejor amigo.

Volvió el obispo a recuperar su anterior actitud y dijo: —No es nada grave, señor duque. Por un instante me asaltó el espíritu del mal. Él me recordó una maliciosa idea que quisiera exponer y a la que sólo tú puedes responder.

—Con sinceridad, exponla sin titubear. El diablo es nuestro común enemigo.

—Espero no se rompa nuestra amistad por lo que voy a decir. Dime, pues, cristiano duque, ¿qué sabes de esa inteligente matrona?

—Primero, poco es lo que sé de su origen. Perdida la encontraron un día volviendo de una cacería. Ella no conocía ni a su familia, y por eso se educó en un convento de tu obispado. De su pasado, lo desconozco todo. Y de su presente te puedo decir que su sabiduría es tanta como la que contienen los libros.

—Bien, duque, acepto esa breve explicación. Pero, ¿qué relación tiene con doña Inés? He contemplado de cerca su cara y... sus ojos, cejas, frente y orejas son imagen una de la otra. Diferencia sólo hay en la nariz, que es más bien una copia de la tuya, duque de Olivera.

—Siempre sospeché que alguna vez lo preguntarías. Por ello voy a decirte la verdad, que delante tengo a la Iglesia para perdonar.

—Sin duda, tendrás el perdón. En cambio, yo tendré que acudir a Roma para expiar mis culpas. Te escucho, pues.

—Tan sencillo es el problema, como verdadero. La "sabia" era la médica del ducado. Siendo este hombre soltero, con ella disfrutaba de amores ocultos. Ese era el límite. Al no ser la "médica" de cuna noble, mi enlace se fraguó con la hija de un noble castellano.

—Así es la ley. Sigue contándome.

—Mi compromiso con Alfonsina hizo que me despidiera de ese amor prohibido con otra noche de pasión, dos días antes de convertir a la joven Alfonsina en esposa. Y por suerte o por desgracia, las dos quedaron embarazadas casi a la vez. El embarazo de la duquesa corrió a cargo de Satanás quien se encargó de malograrlo, y los galenos no pudieron salvar a mi esposa y a su criatura a la hora de un difícil parto. Fue entonces cuando la "sabia" me ofreció lo que de ella naciera, haciéndola pasar por hija de doña Alfonsina. La noticia que llegó a palacio desde la ciudad episcopal fue que los médicos sacrificaron a la duquesa para salvar lo que llevaba en su vientre. La larga estancia en la ciudad hizo posible el cambio, sin que nadie en el ducado sospechara. Y doña Inés pasó a ser la hija verdadera del ducado, siendo alimentada por otra madre que tenía un niño de pocos meses.

El obispo escuchaba sin mover un músculo del rostro, aunque de estas ocultas aventuras sabía mucho.

—Y bien —preguntó—, ¿conoce doña Inés de quién es realmente hija?

—Aún no, señor obispo. Es lo único que no debería conocer jamás, pues si un día llegase a saber que su madre no tenía sangre noble, posiblemente dejaría de luchar por sus bienes y condado. La tradición, en estos lugares y tiempos, pesa demasiado. Suficiente es que nosotros sepamos que sí es noble por parte del padre, teniendo en cuenta que madre más inteligente que la "sabia" no ha nacido jamás.

—Mil gracias, duque, por esta confesión. En el fondo me alegro de ser parte en el negocio. El hijo secreto que me ha dado doña Inés es el mejor regalo que llevaré a Roma donde pienso pasar mis últimos días.

Lo que pudo ser un choque de espadas y sangre, se convirtió en un objetivo común a defender. Un brindis con vino añejo selló aquella nueva amistad. Cuando el obispo subió al carruaje las luces lejanas de la naciente noche celeste habían recogido las nubes y aquellas primeras estrellas señalaban el camino de vuelta con suficiente claridad.

El secretario conducía y el obispo soñaba de felicidad.

Duque de Olivera

El obispo visita al duque

Capítulo XI: El horno del pan

Predilección tenía el conde por desayunar cada día con panecillos recién salidos del vientre del horno. Y como era costumbre, una muchacha soltera, confidente del señor, esperando estaba ya con su cesta de mimbre a que un enrojecido panadero sacara los crujientes panes cocidos sobre ladrillos.

—Bien sabes, joven mujer, que sigo admirándote cada vez un poco más. Tú sigues soltera y yo sigo confiando que algún día respondas a mis deseos de vivir casados, si el conde y la condesa nos lo permiten.

—Por hoy te digo que no, mas quién sabe lo que diré otro día. Y a propósito, sé que además de hábil con las harinas, cuentan por ahí que alguien vio a un desconocido en la sala de armas la noche que asesinaron al escudero mayor. ¿Podrías decirme algo? No espero mucho, es verdad. Confío en ti y te prometo que lo que puedas decir lo guardaré como si fuéramos mujer y marido, que a ello podemos llegar. Y date prisa que el conde bajará pronto a la mesa.

—¡Ay, preciosa mujer! El corazón me traiciona. Te contaré lo que vi, pero pon después cerrojo a tus labios: por olvido tuve que regresar al almacén que se halla frente a la sala de armas a retirar un saco de harina para el pan de la siguiente mañana. Por no llamar la atención, ni la vela encendí y por no hacer ruido, se fue pasando el tiempo. Ya tenía el saco bajo el brazo, cuando en el momento de abrir sentí chirriar levemente el gozne de una puerta. Miedo me entró el descubrir que alguien estuviera robando un arma y me quedé clavado esperando. Lo que después vi por el ojo de la cerradura cuando me tranquilicé es algo que sólo a ti, muchacha, voy a contar como secreto de alcoba. Primero cruzó, por delante de mi puerta, el escudero mayor en la más absoluta oscuridad. Iba camino del fondo hacia la vivienda de la anciana. Luego, guárdatelo bien, mujer, luego salió de la sala de armas un hombre de ancha espalda y alto, con la cara cubierta, pero lo reconocí, era el maestro albañil. En una mano portaba algo, no sé el qué. Después escuché el ruido de un cuerpo al caer y cómo se cerraba una puerta. Cuando salí reinaba el más oscuro silencio. Al cerrar el almacén se comenzaban a oír los aullidos del perro. Lo demás lo conocemos todos, se había cometido un crimen.

—Gracias, noble panadero. Pensaré sobre el amor que me tienes.

Se fue la jovencita muy feliz con sus panecillos. Feliz por servir al conde a quien debía su trabajo en palacio y no ser esclava en el campo. Y feliz por tener noticias frescas, aunque desagradables, para su amo. Lo que no vio la muchacha fue la sombra que escuchaba tras unas cubas del agua y que volvió sobre sus pasos antes de terminar aquella conversación en el horno del pan.

Finalizó el conde su desayuno en solitario, y terminó de recoger la mesa la joven hembra.

—¿Alguna buena noticia? —dijo el señor.

—Sí, conde Tora. Y ahora que estamos solos le doy, en voz baja, la mala nueva. De fuente y boca fiel le hago saber que alguien vio salir, la noche del asesinato del escudero, de la sala, al..., me cuesta decirlo, conde.

—¡Ánimo, mujer! Me he portado bien contigo y con tu hermana. Espero sigas siéndome igualmente una ayuda. De mi boca no saldrá cómo lo supe. Háblame con sinceridad.

—Pues, sí, conde Tora, de la sala de armas salió el maestro albañil siguiendo los pasos del escudero.

—¡Oh, oh, qué noticia inesperada! Puedes retirarte, muchacha, y sigue cumpliendo con tus deberes. Guardaré tu secreto.

Tras varios días de intrigas, la decisión de una segura venganza estaba en marcha. Desde una de las cuatro torres del palacio unos ojos de camaleón observaban continuamente la salida del maestro en su inspección diaria al depósito del agua que abastecía a la panadería, cocina, servicios, al pilón del ganado y a la fuente pública donde recogían el agua de beber cántaros y vasijas.

El depósito o estanque del agua fresca era la clave de la salud y de la perfecta organización de aquella pequeña población del castillo. Situado fuera de las murallas, aquel estanque se mantenía lleno constantemente gracias a un estrecho acueducto cubierto con teja, que tomaba el agua cristalina en el mismo nacimiento de la fuente. Construido con anchos muros de mortero o sólida mezcla, era un cuadrado de cinco por cinco metros, y tres de alto. Una escalera de troncos daba acceso a la cubierta trabajada toda en madera. Sobre gruesas vigas de roble iba la amplia tarima con tablones de haya, sin olvidar el detalle más importante, la tapadera, también de haya.

Desde el torreón los ojos del vigía no sufrían el pestañeo:

—Otro día igual, escudero. El maestro se lleva a cuatro peones que le ayuden en la reparación de las acequias que dan agua a los huertos. Te toca esperar.

—Ni que el diablo hablara con él. Antes solía ir solo. Ahora se va en compañía. ¿Se habrá ido el conde de la lengua en sus ratos de locura?

—Olvídate ya. Un mes tiene muchos días de trabajo, pero también alguna fiesta. En alguna beberemos, escudero. Cada día, aquí te espero.

Taparon las nubes el sol de ese día y, entrada ya la noche, en otro lugar del palacio la escena levantaba otro telón:

—¡Por fin! —decía y repetía la anciana—. Esta noche la lechuza avisa continuamente a sus polluelos que llega con otra pieza. Es el mejor momento. Abriré otro palomo y sus entrañas hablarán—. Lo siento por ti, joven pichón, pero al morir podré observar qué órgano ha sufrido más.

En el aire el olor a sangre atrajo a los espíritus inquietos que daban luz a la sabia anciana.

—Y aquí está: tus pulmones se han llenado de sangre. Señal clara de que quien va a morir sufrirá asfixia, ahogo y una espada los atravesará. Sólo tengo dos urgentes obligaciones, avisar a la condesa para que vele más estos días por su hijo y recordar al maestro que alguien puede buscar su ruina. Y a mí únicamente me queda poner una vela encendida ante la vieja lechuza disecada al pie del cofre regalado por el más allá, esperando a que se apague.

Tras la calma puede llegar la tormenta y así fue:

—Contempla, escudero, contempla esta escena: camino del portón de la muralla va tu próximo enemigo. Cabalga solo, llevando en la grupa del animal una azada, serrucho, martillo y el hacha de leñador. Tuyo es, aunque te acompañaré unos metros por detrás. Sé que te sobra valor y fuerzas, pero te ayudaré a que sea más honda la fosa.

—Gracias por prestarme dos brazos en tarea tan ingrata.

Cabalgaba el maestro al mismo ritmo que otras veces y cabalgaban sin prisa dos jinetes más siguiendo las pisadas del primer caballo. Ató el maestro su cabalgadura a un encorvado arbusto y con el hatillo de herramientas subió tranquilo los peldaños de madera sin volver la vista atrás ni a los lados. En la parte opuesta a la escalera dejó el maestro los útiles para reparar unos viejos barrotes, siempre oído atento a los siniestros jinetes."Maestro prevenido vale por dos", pensaba y no dejaba de pensar el albañil.

Hábil con la espada y con la daga, aquel escudero confiaba en la fuerza y la destreza que le daban los entrenamientos diarios de todo caballero defensor del conde y su condado. Ridículas eran armas como el hacha y un martillo.

—Poco te queda, maestro del agua —se decía a cada instante el escudero—. Después tendré ayuda para hacerte una tumba profunda.

Ató dicho escudero el brioso animal a la misma escalera y asiendo la espada con la mano diestra subió raudo y firme los peldaños. Se paró enérgico y desafiante al poner los pies en la tarima y cuando vio al maestro recoger del suelo su hacha se abalanzó sobre él tan rápido que no observó cómo la falsa tapadera del estanque se hundía... llevándoselo con ella. La carcajada satánica que soltó el maestro heló la sangre al otro jinete cuando iba a desmontar y como rata que huele el veneno, aquel caballo con su carga emprendió la vuelta a palacio.

El día anterior, un desconfiado albañil había quitado el marco que sostenía la útil tapadera poniendo en su lugar dos delgadas cuñas que sólo podrían soportar el peso de un pequeño animal, nada más.

Fácil le fue al maestro albañil empujar de nuevo hacia el fondo a aquel medio cadáver cada vez que asomaba la cabeza.

—Ya no sé qué pensar —meditaba el maestro—. Se cumplió el pronóstico de la anciana, pero, ¿fue por sabia o por adivina? Muchas veces me asalta la misma idea: ¿Es sabia o es bruja? Si fuere lo último, que los Cielos y el Infierno me ayuden a estar siempre de su lado.

Dando al escudero por ahogado, tiró de él y lo arrojó por la escalera. Luego, el caballo lo arrastró lejos, tan lejos que bocas con colmillos de zorros y lobos de la sierra y el pedregal serían sus compañeros enterradores.

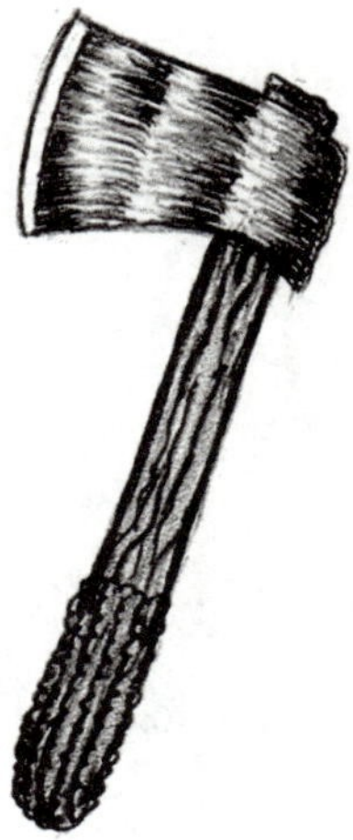

El hacha utilizada
por el maestro albañil

Capítulo XII:
La caza con halcones

La pérdida de su segundo escudero trajo tortura y aislamiento durante días al maltrecho conde, hasta que un relámpago iluminó tanta tiniebla. Meditaba, en sus ratos de locura, si no sería también el duque de Olivera un solapado enemigo, siendo como era el padre de su esposa Inés, quien seguro deseaba que todo el territorio condal pasara pronto a su hija y nieto.

Con el tiempo y la locura maduró la idea:

—Halconero, no sólo eres el mejor en cetrería, sino que además sigues siendo un fiel servidor. Subiré desde hoy tu paga al doble a cambio de que hagas entrenamiento especial con un halcón.

—Conde, eso será un placer siempre que el halcón y yo aprendamos algo nuevo.

—Lo sabremos, espero, pronto. Atento, pues: tienes que entrenar al halcón con un muñeco que represente al duque. Él siempre va de caza con el mismo traje y con un gorro o sombrero muy bajito, representando a una codorniz. Pasa por la sastrería y pide todo lo necesario, pero tú... boca cerrada.

—Supongo, conde, que el ataque debe ser a la cabeza o, mejor aún, a la cara. ¿No es así vuestro deseo?

—Creo, halconero, que lo has comprendido a la primera. Tu lealtad tendrá el precio merecido.

—Gracias, conde Tora. Espero que la cara que le quede al duque alivie vuestras sospechas y penas.

Terminó el verano, con tanto grano caído al recoger el trigo y centeno, que los pichones de codornices estaban ya a punto de irse a la cazuela. Con la entrada en el otoño la caza era el mejor deporte y la única ocupación de todos los ricos con título y escudo.

—Halconero, ¿cómo trabaja el halcón?

—Conde, el animal cae como un rayo sobre todo lo que

sea o imite a la codorniz. El halcón desgarra el rostro que porte tal gorro sin equivocarse nunca. Sólo espera una pechuga o muslo de recompensa. Conde Tora, quisiera preguntar por qué el duque usa siempre el sombrero que imita al ave que se va a cazar.

—Sencillo. Las malas lenguas lo achacan a que es supersticioso y así lo comprobé en una ocasión. Según el duque cuando se sale de caza debemos llevar un disfraz que imite al animal que deseamos matar. Cree que los animales se sienten atraídos y confiados al ver a otros parecidos.

—No creerá el conde en esas habladurías, supongo.

—Es verdad lo que dices, pero este supersticioso duque tiene motivos para ello. Cuenta que su abuelo salía una vez al año en busca del zorro. Pues bien, una tarde estando ya frente a las madrigueras, llevaba un gorro que imitaba al lobo para que los zorros sintieran más terror, ¿y qué ocurrió? Que un zorrillo salió entre las patas del caballo y éste, asustado, salió en estampida estrellándose el caballero en el pedregal. No murió, mas el resto de sus días, que fueron unos meses, los pasó en un sillón elaborado con juncos.

—Qué mala pata caer de cabeza cuando tenemos dos pies, ¿no, conde?

—Pues, sigue escuchando. El padre del duque, el primer día de caza de la perdiz se colocó un gorro que imitaba al búho real para asustar más a las perdices y apenas llevaban dos abatidas cuando otra salió en dirección equivocada viniendo hacia el caballo del duque y pasando entre las orejas del animal. Aquel aleteo encabritó al corcel y tiró al jinete de lado, éste quedó enganchado en el estribo y el caballo emprendió tal carrera que las patas traseras golpearon al jinete y le rompieron varias costillas. De ahí surgió en el duque de hoy una superstición que lo persigue cada vez que sale al campo a cazar.

Camino de los rastrojos se fueron, pues, una mañana de otoño el inconfundible duque, el arrogante conde con dos halcones y su halconero, y cuatro nobles más, cada uno con su equipo. Guardaban bastante distancia uno de otro haciendo un gran corro en el ancho campo, con la consigna de soltar el halcón quien más cerca estuviera de la codorniz que despegara. Luego, soltaron a un solo perro para que fuera levantando las aves. Todos tuvieron oportunidad de cazar, aunque algunos tuvieron más ocasiones. El halconero del conde siempre había soltado al mismo halcón, uno común, algo que los demás no advirtieron, pues lo único importante era observar si la codorniz conseguía burlar al enemigo escondiéndose en otro rastrojo. Una hora más tarde caballos y jinetes encopetados hicieron otro gran corro alejándose del primer lugar. Y aquí, de pronto, salió una pieza, cerquita del conde, que tomó altura para pasar por arriba del duque de Olivera. Soltó el halconero el mismo halcón y mientras todos seguían con la vista la caza... soltó detrás al halcón entrenado para otra finalidad. Según cruzaba la codorniz el límite del duque, todos los ojos vieron cómo el ave era presa de dos terribles garras, mas nadie advirtió que el segundo halcón clavaba sus afiladas agujas en el gorro y la cara del duque. Fue el grito de un ser desesperado el que cortó la respiración de los asistentes. Corrieron al unísono hacia el duque al verlo desplomarse. Segundos después el halcón llevaba entre sus uñas el gorro del duque de Olivera.

Soltaron groseros insultos hacia el halconero condal y no llegaron a usar las espadas por no llevarlas encima. Sólo la voz temblorosa del duque se impuso: —Traed, traed pronto a la sabia anciana, que ella encontrará un remedio. No perdáis tiempo peleando y llevadme a casa.

Muchas horas más tarde, el conde y su halconero celebraban su éxito morboso en una de las bodegas de palacio. Mientras, en el salón del ducado la anciana cosía una ceja y aunque trató con infusiones cicatrizantes de hierbas uno de los ojos destrozado, no pudo evitar que el duque perdiera la visión del mismo.

—Tuerto, por ese maldito conde —decía el señor—. Cómo lo logró, no lo sé, pero nunca he visto ni oído que un halcón atacase a los cazadores. Espero, querida anciana, que si puedes averiguar algo, me llegue pronto el recado.

—Te llegará el mensaje, duque. Tengo oídos y ojos por todos los rincones. Seré la primera en la venganza. Que te ayuden a cambiar dos veces al día los vendajes. No puedo hacer más por ti. Me voy porque tú bien sabes que soy la guardiana de la condesa y tu nieto. Te recuerdo que el conde tiene a menudo actos de locura y espero no esté en estos momentos pasando por uno de ellos.

No se equivocaba la sabia. Es como si estuviera leyendo ya la macabra tragedia que el conde estaba trenzando.

La caza con halcón

Capítulo XIII:
Eliminar a la anciana

Era un atardecer ennegrecido por la tormenta que se avecinaba. Ya los primeros relámpagos herían la tranquilidad de la fortaleza y los retrasados truenos salpicaban las agradables conversaciones del personal en la última comida del día. No habría hoguera, ni cantos, ni cuentos, ni risas antes del merecido descanso. La lluvia iniciaba su esperada descarga.

Una de las doncellas que servía la cena a la condesa, fiel servidora de la sabia anciana y espía segura, recogió una noticia escalofriante entre las múltiples murmuraciones de los cocineros: el fornido caballero que había llegado ese día para servir en las filas de escuderos tenía una actitud reservada y una sonrisa más bien diabólica o siniestra.

—Pies, para qué os quiero —se dijo la doncella—. La anciana debe saber que hay en la fortaleza un caballero nuevo, alto, fuerte, de corta lengua y satánica sonrisa. Dicen que el conde lo ha contratado para suplir la pérdida de algunos que han abandonado el palacio con el fin de poder servir al nuevo Rey que irá en la próxima cruzada a Tierra Santa. Si es verdad o no —meditaba la joven doncella —es el momento de que conozca este hecho nuestra querida anciana. Allá con la noticia me voy, antes de que velas y antorchas se apaguen.

Cerró la noche las puertas, nunca mejor dicho. Cada familia o cada sirviente puso la tranca detrás de su portón esa larga jornada de truenos amenazantes y relámpagos guerreros. Nadie iba a salir esta noche al retrete común. Para eso existían unas ollas oscuras especiales, que aun llenas de fuertes olores no impedían dormir.

Este había sido económicamente un buen año para las arcas del conde Tora. Las pocas y suaves heladas y la ausencia del pedrisco aumentaron la cosecha de cereales. La cría y venta de ovejas aportó grandes sumas de dinero, con el que se pudieron pagar míseros sueldos un año más al personal.

Todas las transacciones y negocios tenían lugar en la populosa ciudad del obispado. No era rica por ser la sede espiritual de unas fronteras sin límites, sino por su vertiginosa actividad comercial. Allí se practicaban las artes y las letras, y se multiplicaban los oficios más curiosos, desde el juzgado civil y el de la Inquisición, hasta los talleres de albañil, zapatero y curtidor, más las casas de cambio, de falsificación, sin olvidar los tugurios de diversión y sexo. En esta ciudad de boato y miseria encontró el conde, cierto día, a un caballero de músculos llamativos, mirada torva y andar sosegado, pero seguro de sí mismo. Con él llegó a un acuerdo y con él llegó una mañana al palacio condal dispuesto a realizar un trabajo poco o nada honesto. No le cayó bien al personal de servicio tal sujeto durante el poco tiempo que lo trataron, que fue a la hora de comer.

Con aquella tormenta desencadenada, todos ya en su nido recogidos, el conde y el desconocido trataron los últimos detalles en la torre principal donde el señor conde tenía su segundo dormitorio desde hacía años.

—¿Un trago de la última cosecha? —dice el conde.

—Después, señor, que el vino altera las reacciones, aunque reconozco que también da valor. Prefiero beber más tarde a placer.

—Pues... aprovecha esta ruidosa tempestad y al tajo, que aquí te dejo las onzas de oro y plata convenidas.

Con cautela bajó del torreón aquel desconocido. Sus ojos de águila vigilaban las posibles sombras, aunque éstas eran siempre las mismas tras los cegadores relámpagos. Sólo el murmullo del agua de lluvia alteraba la soledad. No agradaba al desconocido tanta quietud. Prefería tener al enemigo enfrente, a caballo o a pie; le daba igual, pero enfrentarse a un ser débil, a una anciana, no le daba seguridad. Nunca había tenido delante a un enemigo tan ridículo. Algo le decía que esas enigmáticas personas guardaban armas desconocidas para él. Ahí estaba el peligro. ¿Artes mágicas? ¿Olores durmientes en el aire? ¿Estaría Satanás delante de la bruja como escudo? El "desconocido" sentía erizarse el cabello de brazos y piernas bajo la ropa. ¿Se volverá invisible esa anciana al verme? —se repetía una y otra vez, caminando sin prisas sobre el enlosado de la galería. Ahí tenía ya la vivienda de tal bruja.

La plata y oro que se quedaron de paga en la bolsa bien merecían hacer desaparecer un ser tan odiado por el conde. Él siempre había trabajado para nobles y ricos comerciantes si en sus manos relucían doblones del más precioso metal.

—Adelante, pues —se dijo.

El pique y el repique de sus dedos en la puerta de la anciana tardaron en tener respuesta. Dispuesto estaba a echarle abajo el portón con el empuje violento de su entrenado hombro, cuando oyó la voz apagada de la sabia o anciana hechicera:

—¿Quién va? ¿Acaso tenéis recado de mi señora o del amable conde?

—De parte de él vengo. Me ha pedido que os lleve a su presencia pues siente náuseas y un temblor especial y necesita vuestro saber y conocimientos.

—Si es así, os abro presto, pero esperad que recojo los ungüentos para tales males. !Pobre conde!

Con una cesta en el brazo que contenía hierbas y flores abrió aquella aparente vieja su puerta, creyendo el desconocido que no desconfiaba la anciana. Fue el momento esperado. El hombre la empujó hacia adentro, cerró de nuevo la puerta y sentándola en la única silla que encontró vacía, la ató de manos y pies:

—Por una bolsa de oro y plata tengo que hacerlo —le dijo—. Tú eres, según el conde, una de las causantes de su mala suerte al casarse con la condesa Inés y venirte con ella a palacio. Igual que abrís en canal a las aves para adivinar, curar o traer desgracias, igual haré yo contigo para saber el futuro que le espera al conde Tora. Y he de llevarle en una de esas jarras vuestro sabio hígado para observar si lo tenéis limpio o lleno de manchas.

Se tornó pálido el rostro de la sabia anciana. Luego, se volvió violeta y a continuación se puso rojo como la sangre.

Afiló el desconocido su puñal; dejó la piedra en la mesa y contemplando satisfecho el filo que el arma tenía se acercó al vientre de la enigmática hechicera que en el momento de verse despojada de ropas clavó sus profundos ojos en el arma reluciente diciendo: —¡Abre ya, maldito rufián, diablo y estúpido ladrón!

Tocaba la hoja del puñal aquella rosada carne... cuando el aire y el silencio se congelaron durante un segundo. El aliento de la alcoba se partió en dos, como en dos se dividió el cráneo de aquel desconocido. La puerta que se abrió y el vuelo del hacha que acabó con aquel avaro hombre habían durado ese segundo o instante salvador.

—Gracias, adorable maestro albañil. Búscame si alguna vez estás en serio peligro. Favor con favor se paga. Y gracias, adorable maestro, por haber comunicado nuestras viviendas. Ahora, piensa cómo deshacerte de este desagradable cadáver.

—Sé bien donde esconderlo. Y mientras el cuerpo desaparece, tú limpia esos charcos de sangre enemiga. Querida anciana, me gustaría ver la cara de nuestro mísero conde sentado en su cama o en su mecedora esperando eternamente la vuelta del desconocido. Si le salen ampollas a los sirvientes por trabajar largas horas, otras mayores le saldrán a las posaderas del señor de tanto esperar. De nuevo, escucha, querida anciana: ha vuelto esta lúgubre noche la lechuza a cantar como presagio de la decadencia del conde. Quien pierde la razón, pronto perderá también el ánimo.

Y aquel desconocido, igual que llegó, desapareció.

Fracasa el intento de asesinar a la hechicera

Capítulo XIV: Mutilación

Tras aquella pequeña venganza donde el conde pudo herir casi de muerte al duque, padre de su esposa Inés, mujer estéril para él por no darle varón, se propuso llevar a feliz término el castigo sobre el señor obispo quien había dado heredero a la condesa.

De compras por los bazares de la ciudad, abriendo sus puertas la noche, arribó a un pestilente hostal lleno de gente pobre que mataba su hambre con una ligera sopa, un pan endurecido que mojaba en la cazuela y un vinillo tan aguado que no había peligro de convertirlos en agresivos.

Antes de tomar asiento buscó una mesa donde hubiera uno o dos mendigos que fuesen corpulentos suponiendo que en ellos había la fuerza que a tal volumen correspondía. Encontró, pues, una con dos que juzgó le podían servir para el evento.

—Señores, ¿puedo hacerles compañía? Yo pagaré esta noche la cena y el vino que va por sus gargantas.

No dudaron de la oferta si por una vez podían llenar tanta tripa vacía.

—Este es su asiento, forastero. Bienvenido a esta mesa, donde igual que caben dos, pueden comer tres.

Después de un plato con queso, aceitunas y unas rodajitas de rancio jamón, más una jarra de auténtico vino, se atrevió el conde a ofrecerles un trabajo remunerado con unas onzas de plata. Pusieron cara de sorpresa temiendo meterse en líos con la justicia, pero el conde los aplacó:
—Vosotros no tenéis que hacer daño a nadie, eso corre de mi cuenta. Sólo necesito ayuda, unas manos que sujeten al que quiero dar un escarmiento. Además, iréis embozados para que no os reconozca.

—Señor forastero, si no ha de morir su enemigo, lo aceptamos, que con muertos no queremos negocios.

—Nada de eso ocurrirá, compañeros. Yo seré el verdugo a cara descubierta, que estoy deseando ver las arrugas que le van a salir al paciente.

—Así sea, forastero. Estamos a su disposición.

Cubrieron su rostro ambos pobres con medias de lana a las que hicieron ojos para que los suyos vieran, y a media noche llegaron al palacio episcopal.

Ausente a esas horas la servidumbre, todavía una vela encendida en el despacho del señor obispo indicaba que éste revisaba las cuentas, papeles, o hacía la última oración del día.

Sonó la aldaba o picaporte de bronce en la mansión de la autoridad religiosa hasta tres veces. Por fin, una voz clara contestó por una ventana: —¿Tan importante es la señoría que viene a estas altas horas? Debe identificarse con su propia voz, no por terceros. ¿Quién va?

—Excelencia, soy el conde Tora para usted y la ley. Tengo un serio problema que usted solamente puede hoy resolver.

—Me vale su nombre. Luego me explica el verdadero contenido.

Escondidos a ambos lados del muro que sujetaba el portón principal esperaban los pordioseros su oportunidad. Abrió el clérigo la fortaleza y cuando el conde y obispo caminaban, dando la espalda, hacia el interior, cayeron sobre el incauto religioso seis brazos, seis manos y una fuerza tal que no pudo evitar lo llevaran en volandas al despacho señorial. Sentado el asustado clérigo en un sillón con bordados de oro se vio atado completamente por dos desconocidos, al tiempo que observó la maliciosa sonrisa del conde. Rápido, el clérigo exclamó: —Os costará la hoguera este ultraje, conde y compañía. La Inquisición no perdona estas profanaciones.

—Lo sé, lo sé. Ellos no tienen nada que ver, vienen pagados por mí. Yo me enfrentaré a las penas que me quieran poner, pero en estos momentos mi alegría supera a esos castigos que usted promete. Señor obispo, usted ha puesto en el castillo un heredero que no es mío y me ha quitado el honor de todo macho con nobleza, tener descendiente varón. Se ha burlado de mí y es hora de vengarme de esta infamia. Así le quería ver, sin vestimenta interior, que acabo de rasgar y apartar con esta daga. Así le quería ver, con esos honrados valores al aire, que tanto gustan a las jóvenes mujeres que usted encandila. Sin ellos le verán en adelante las que piense conquistar.

De un corte limpio le segó los dos honores masculinos, los envolvió en una tela y los guardó en el zurrón.

El señor obispo, del susto que recibió y del dolor que siguió a aquella mutilación, no pudo articular palabra durante el proceso. Sintió un pequeño mareo y allí se quedó aturdido escuchando a medias las últimas frases del conde: —Avisaremos al galeno más cercano para que venga a cicatrizar tus perdidos dones, que con ellos alimentaré una noche a las lechuzas del torreón. Señor obispo, sin agraciados bienes, con la justicia... en la Inquisición nos veremos.

El obispo es castigado

Capítulo XV: Peregrinación del conde a Tierra Santa

Apenas había transcurrido una semana, lo suficiente para reponer su salud el señor obispo, cuando el conde se vio en los calabozos de la Inquisición. Húmeda y lóbrega celda, donde en tiempos anteriores se ejecutaba a los verdaderos malhechores. No se limpiaba nunca y las ratas venían a cualquier hora, por lo que el conde siempre dejaba parte de su comida para ellas, con el fin de que no se cebaran en él. Golpes o latigazos estaban prohibidos para los señores con título de nobleza. Un mes tuvo de encierro, lo que duró el juicio. Sus amigos, muy pocos, consiguieron cambiar la primera sentencia, que lo condenaba a ser asado en la hoguera, por una larga peregrinación a Tierra Santa, donde quizás el Arcipreste de Jerusalén aceptara darle una bula con el perdón de aquel grave pecado cometido contra un miembro honorable de la Iglesia. Roma siempre había tenido misericordia con los pecados de los señores nobles y ricos. Una pena máxima se podía cambiar por una peligrosa peregrinación a los santos lugares, donde el Todopoderoso podría ejercer su bondad a través de sus representantes.

Llegó el día de la partida en la más absoluta discreción, aunque era un silencio a voces el motivo de aquella marcha. El conde se llevó los dineros que bien guardados tenía, invitando a los caballeros que quisieran acompañarle para unirse a los cruzados. La idea principal era deshacerse de los viejos caballos que llevaban, comprando unos nuevos en un famoso condado francés que se dedicaba exclusivamente a la cría de los corceles más resistentes conocidos.

Seis caballeros decidieron, pues, hacer con el conde una cruzada con el fin de traerse un día rico botín o convertirse en influyentes comerciantes.

Llegaron, por fin, al condado del Riu, por tierras de Grenoble, donde pudieron vender sus ajetreados caballos y comprar briosos y jóvenes animales. Saliendo del territorio franco, tras unas largas y agotadoras marchas, decidieron pasar la noche en un bosquecillo o matorral, muy cerca de un cristalino arroyo en el que pudieron beber, quitarse el polvo y sudor, y hacerse un té de montaña al final de la cena. Lo que ignoraban los siete caballeros era quiénes seguían sus pisadas muy de cerca. Unos salteadores de caminos tenían claro el mensaje: deshacerse de aquellos aventureros o cruzados equivalía a una apetitosa bolsa con monedas de plata.

Tocó hacer la primera hora de guardia al propio conde que, aun siendo el jefe de la expedición, no quiso librarse de un servicio a los demás, a un grupo que tendría que estar siempre muy unido en tan peligrosa misión.

Atados los caballos junto al río, se echaron a dormir plácidamente los seis caballeros, mientras el conde se escondía, un tanto alejado, entre los retorcidos arbustos de un chaparral, desde donde podía observar sin ser él observado. Saliendo iba la luna por el lejano horizonte y apenas había pasado una media hora cuando el conde se sintió seguro de aquella soledad. Se sentó en el césped y apoyó la espalda en el duro arbusto. Oyó un canto lejano, muy familiar a quienes habitan en el campo, viejas ermitas o monasterios y arruinados palacios. De tronco a tronco centenario iban enviando sus mensajes unas lechuzas. Aquella comunicación de pensamientos, deseos o amor entre las aves, le tranquilizó aún más. El conde se olvidó del murmullo del río y del peligro de la noche. No pensaba dormir, sino descansar, pero pronto apoyó la barbilla en el protegido pecho y cayó dócil y dulcemente en los brazos de Morfeo. No pudo así advertir cómo las aves nocturnas habían dejado ya de cantar, por algún desconocido motivo. Poco después percibió un ruido y un golpe cortante, tan seco y rápido que se desplomó entre las ramas del matorral. Por muerto lo dio el salteador encaminándose raudo a ver el sucio trabajo de sus compañeros.

Pasaron las horas de una noche larga, muy larga. Cuando el conde cobró la conciencia sólo encontró fuerza para llegar al río, quitarse lentamente la capa de sangre que lo bañaba y buscar luego a sus amigos. Lo que encontró no podía creerlo. Quizás eran sus ojos o, más bien, la visión de su único ojo quien lo confundía: los seis compañeros estaban decapitados. Recogió los restos de comida que quedaban en unas alforjas abandonadas y, no habiendo caballos, emprendió el camino hacia adelante, siempre hacia adelante.

No supo cuánto tiempo o cuántos días caminó, escondiéndose cada rato, ante peligros que se imaginaba. Le aterraba encontrarse con un desconocido. Todos podían ser implacables enemigos. Con huellas de sangre en sus ropas, empapadas de tierra y sudor, más parecía un desheredado o un enfermo contagioso que un perdido peregrino a quien socorrer. Poco le habían durada las viandas recogidas, pero el destino no quería ser con él un carcelero o verdugo cruel. De la alforja sacó las manos vacías. El hambre y la sed le lloraban, y decidió buscar una sombra para pensar. Al pie de un altivo roble dejó enseres y la espada que no le robaron. Al recostarse sobre el árbol vio salir, casi a sus pies, una liebre corriendo. La sorpresa agudizó sus debilitados sentidos. Se arrastró como el zorro de las praderas, sin prisas y afinando la puntería de su único ojo. Con el cuchillo en una mano y la sucia alforja en la otra, llegó al supuesto nido. Esta vez, el destino o el azar le ayudaban. En aquella madriguera dormían cuatro tiernas liebres, de un mes de vida. Sorprendidas y aplastadas bajo la alforja, le ayudaron a reparar energías un tiempo más.

Mientras caminaba de nuevo, en su débil mente las ideas iban retorciéndose como el esparto que hace las sogas. Su rebeldía no aceptaba morir sin llevarse a muchos con él.

Por fin, cuando ya había perdido toda esperanza de sobrevivir, su corta visión creyó indicarle lo que realmente era. Por aquel sendero iban o venían huellas de animales caseros. Las pezuñas llevaban herraduras. Fueran caballos, burros o mulas, daba igual. Cerca había casa o corral. Y una pequeña ilusión nació en aquel ser desesperado.

Así fue cómo llegó el moribundo conde a una vieja posada donde reponían fuerza y tenían descanso nocturno los peregrinos a Tierra Santa. Allí curaron sus múltiples heridas, dando por perdido su ojo izquierdo. Él dio un nombre falso y pidió quedarse a descansar unos días a cambio de hacer los trabajos que su salud le permitiera.

Una semana después aquel peregrino aceptó quedarse unos meses más como aprendiz de servicio, puesto vacante, pues el mozo anterior desapareció una madrugada con parte del dinero que ocultaba aquella humilde posada, hostal o bodeguilla.

En otro lugar, por estas mismas fechas, unos salteadores de caminos llamaban en la puerta del palacio episcopal:

—Señor y agradecido obispo, misión cumplida. Como regalo hemos traído los siete caballos que pasarán también, como recompensa, a nuestro cargo; ahora toca a su señoría abrir el arca y depositar en estas manos la bolsa llena de plata.

—Gracias por un trabajo que considero bien realizado. Tomad vuestro dinero y repartidlo como gustéis. Si en el futuro necesitara de nuevo vuestra ayuda, espero estéis a disposición. Id con la bendición del Todopoderoso.

Mientras el equipo de asesinos celebraba con una borrachera el éxito, el señor obispo se acostó entre feliz y triste. Sentía felicidad por haber conseguido venganza. Su mutilación no era igual que una decapitación como suponía le había ocurrido al conde y compañía, pero tenía el consuelo de que el hijo que le dio a la condesa sería el verdadero heredero del condado. A la vez se fue a dormir con cierta tristeza por la pesada bolsa con plata que salió del obispado. Soltar dinero no era nada caritativo, mas cumplir con malhechores era una obligación aceptable.

El conde Tora viaja a Tierra Santa

Capítulo XVI:
El obispo viaja a Roma

Camino de la Ciudad Eterna iba haciendo leguas aquella espléndida carroza con un ilustre huésped, su Excelencia el señor obispo, pastor e inquisidor de la populosa y desordenada ciudad de Lines. Su única preocupación era pisar la Roma papal para conseguir poner paz en su interior pidiendo al Papa perdón por las cosas que había hecho mal en su vida, aunque no nombraría ninguna. Después del asalto que el conde y dos encapuchados hicieron en sus despachos dejándolo sin ambos testimonios para la reproducción, con el tiempo creyó que podía ser un castigo divino y no encontró otra fórmula religiosa para reparar sus escarceos con hermosas damas que acudir a una jerarquía superior, como el representante de Pedro, para obtener el perdón de sus pequeños y grandes pecados contra el Creador. Entre ellos estaba también el haber pagado a asesinos a sueldo para librarse de un conde al que no pudo llevar a la hoguera.

Abriéndose estaba la noche después de irse la luz por cerros y cumbres lejanas, cuando avistaron una posada de peregrinos en un descampado cerca del camino real. Los tres ayudantes que lo protegían miraron al mismo tiempo al obispo como pidiendo reposo o comida. Mas era su Excelencia quien deseaba el descanso y llevarse algo caliente al interior.

—Cochero, detengámonos en este hostal que tiene buena presencia. Merecemos un justo sueño y acallar un tanto el rumor de nuestro estómago.

El escudero que se adelantó fue amablemente recibido por el patrón o dueño de la casa huésped.

—Bienvenidos seáis. Además observo que os acompaña una Excelencia.

—Así es, señor. Camino va de Roma y desea hacer noche en vuestra casa, si hay lugar.

—Por supuesto que lo hay. Y es, además, un placer recibir con buena mesa y mejor cama a una persona tan digna.

Dejad los caballos y carroza ahí mismo, que pronto saldrá el aprendiz y cada animal recibirá su pienso en los recogidos establos. Vayan acomodándose en la mesa que prefieran que empezaré sirviéndoles queso y vino a discreción. Luego les diré el menú de la casa.

Cuando estaban descabalgando y sacudiéndose el polvo del mal cuidado camino real, alguien se quedó cortado y clavado antes de salir por la puerta del corral en busca de los caballos. La sorpresa fue para el lisiado aprendiz. Nadie de la comitiva se percató de su presencia, pero el infeliz sí vio la espalda púrpura de un obispo elegante, caminando a buen ritmo hacia el mesón. Estaba un poco más delgado, pero era el mismo clérigo, su enemigo, posiblemente quien había pagado a salteadores para eliminar a aquellos peregrinos, entre los que estaba él. ¿Qué hacer? La solución era solamente una, huir. Ató a los caballos en el establo y silenciosamente entró en la cocina acercándose al patrón: —Lo siento, señor. Siempre me ha tratado bien y a usted le debo la vida, mas quiero pedirle un último favor. Tengo enemigos en ese grupo que llegó con el señor obispo. Le ruego me preste uno de sus muchos caballos y no me descubra mientras huyo. Algún día volveré si conservo la vida. Me voy con su permiso.

—Espera, espera, aprendiz. ¿Te va en ello la vida o es miedo solamente?

—No, patrón, no es miedo. Me asesinarán como ya lo intentaron una vez. Cuando llegué aquí fue suerte, ellos me dieron por muerto.

—Vamos, hombre, espera un momento. Te bajaré del desván unos dineros ahorrados y te vas en paz. Quizás puedas volver. Estos caballeros estarán muy entretenidos echando leña a sus estómagos. Suerte, pues, buen hombre y buen aprendiz.

Colocar las riendas y la silla al caballo que conocía como más rápido le pareció una eternidad: —Vamos, vamos, amigo; sal tranquilo, sin ruidos. Así, así.

Y fue entonces... cuando a uno de los animales atados no se le ocurrió otra cosa que dar un corto relincho, quizás porque otro del corral los abandonaba.

Aquel relincho atrajo la atención del único escudero que estaba en el retrete. Levantó la vista mirando por la ventana al descampado y de golpe se olvidó si orinaba en el agujero o en la pared:

—¡Que el diablo me proteja! —exclamó—. Ese que se va...

¿Será esta la posada encantada? Ese que se va es… ¡que una víbora le pique y del caballo se caiga! ¡ El conde, el conde Tora!

Reunido con los demás, se quedaron estos contemplándolo asustados:

—¿Te vas, acaso, a marear o morir? ¿Tan mal huele ese lugar? —dice el obispo.

—Creo que he visto a Satanás.

—Si quieres mi bendición, se alejará enseguida.

—Excelencia, ahora que el patrón o cocinero debe estar ocupado con el asado, quiero hablar, pero en voz baja. He visto al mismísimo diablo, al conde Tora en carne y hueso. Se fue a caballo, compañeros.

—¿Seguro estás, escudero? —dijo el obispo.

—Por la cruz y el libro sagrado, Excelencia.

Terció otro de los caballeros diciendo: —Podemos obligar al patrón a cantar.

—¿Hacer cantar al cocinero? ¿No te has percatado que es como dos de nosotros? ¿Y no te has fijado en las dos ayudantes o mulas de mujer que le acompañan?

—Es cierto, amigos. Mejor es la discreción, que además hay peregrinos ya durmiendo. Sólo debemos saber qué dirección ha tomado. La vuelta a sus dominios no será, tenedlo por cierto. Mejor callar y darle pan a cada muela, que aquí vienen con el cordero asado.

Tras una noche haciendo cortos descansos, galopó durante el día a toda prisa, aunque dando merecidos reposos a su corcel. Así llegó el conde a ver en la lejanía la ciudad de Venecia. Pero el manto que otra vez más iba extendiendo la temprana noche le obligó a reponer fuerzas en la última posada del camino antes de entrar en la acuática ciudad. Con el nuevo amanecer pronto descubrió que no necesitaba caballo viendo salir y volver a tanta barquichuela por calles sin piedra. Pasar desapercibido en aquella colmena inundada podía ser ocasión acertada para encontrar trabajo y vivir, pero, ¿vender a aquel compañero de cuatro patas, rápido, joven y fiel al amo que lo tratara bien?

—Que se pudra su Excelencia y acólitos con tanta humedad si intentan buscarme aquí. A Roma tampoco iré, que es el centro de los espías de la Inquisición. Seguiré el sendero de los valientes cruzados a Tierra Santa, que allí conviven todas las razas y pueblos que dispersó Dios destruyendo la torre y caótica ciudad de Babilonia.

Prisa, tanta prisa tenía la carroza con una dignidad, acompañada de escuderos, que casi llegan a Venecia cuando el conde acababa de partir, pero el esfuerzo por atraparlo terminó reventando a un caballo a pocas leguas de la acuática ciudad. Medio día perdieron intentando comprar repuesto en un pueblo cercano sin conseguirlo. Pudo el escudero sin animal ir sentado al lado del señor obispo, algo que su Excelencia nunca hubiera aceptado en otras circunstancias, como era respirar y oler el sudor de un hombre sin escudo real, palacio o castillo.

—¡Alto! ¡Sooo...! —decía el obispo al noble caballo que tiraba de su carroza—. Escuderos, adelantaos uno y entrad en esa posada que parece la única a las mismas puertas de la ciudad. Tienes que averiguar lo de nuestro perro errante. Si es preciso, suelta unas monedas, que ellas ablandan espadas y corazones.

Pidió el escudero una jarra de vino y detrás ofreció cierta recompensa si podían aclararle la estancia en dicha posada de un hombre maltrecho, con el rostro un tanto deformado.

El empleado de la hostería miraba hacia la entrada como esperando más clientela, sin prestarle atención. Entonces, sobre el mostrador cayeron dos pequeñas monedas de plata, con las que se podía comer durante una semana. El sirviente centró su visión en los dedos que aplastaban ambas monedas. La sonrisa del escudero fue como otra pregunta y la respuesta llegó rápido: —Por una se puede saber la mitad; por las dos, el total.

—Pues tuyas son si dices la verdad.

—Tal huésped pasó la noche aquí sin querer decir su nombre y partió antes del amanecer. Por lo tanto les lleva a ustedes todo un día. Sólo dijo que a Roma no iría pues él era un mal cristiano y en Venecia no se quedaría pues le habían contado que en ella se vivía en palafitos. Si era así, únicamente Tierra Santa tenía atractivo. Y ahora, quisiera yo conocer qué pecado ha cometido el huído. Por cierto, le faltaba una oreja y veía sólo por un ojo.

—Ese perro al que perseguimos tiene un problema con la Inquisición.

—Ah, no, caballero. Siendo tan grave el pecado, no he dicho nada. ¿Puedo recoger las monedas?

—Tuyas son. Hasta la vuelta.

Consideró el obispo perdida aquella ocasión de cazar a su enemigo, más no comprendiendo cómo había salido de las garras de los salteadores y además en la dirección que marchaba. Pudo su Excelencia reflexionar toda la tarde, más la noche, y tras un apetitoso desayuno con queso, morcilla, jamón y el compañero vinito, decidió dirigirse en soledad hacia la Roma papal con la idea de pasar sus últimos años cerca de tanta grandeza y brillo, pero hizo prometer a los tres escuderos, con juramento ante una cruz, que seguirían los pasos del conde hasta eliminar a aquella alimaña, para lo cual vendió algunas joyas en Venecia, desprendiéndose también de la bolsa de oro que llevaba y entregando todo el dinero a los tres servidores. Iría pobre a Roma para que apreciaran su sencillez ante el Señor y sus buenas intenciones.

Siguiendo el camino de los cruzados, aquellos escuderos encontraron en la bolsa de oro la distracción que nunca habían tenido. Damas elegantes les entretenían placenteras noches y comidas espiritosas iban despojándoles del oro y otras monedas. En Constantinopla, mujeres con otras bellas facciones los tuvieron distraídos muchos días, y cuando llegaron a Jerusalén fue como si la dorada bolsa hubiera estado llena de grandes agujeros. La cruda realidad les abrió los ojos. Un caballero o escudero sin dinero no era nadie. Tuvieron que olvidarse del obispo y la promesa hecha, ofreciéndose a los mandos de los cruzados para poder comer y dormir. En adelante serían un soldado o cruzado más al servicio de ambiciosos nobles y estrategas.

Viaje del obispo a Roma

Capítulo XVII:
La suerte del conde en Jerusalén

Nunca pensó el conde desprenderse de aquel noble caballo que le regaló el patrón de la hostería en la que aprendió a servir y no ser dueño. Con las monedas que le obsequió fue muy prudente. Gastaba lo necesario para su cuerpo y se detenía a menudo para que su alazán pastara, ahorrándose el dinero de forrajes y cereales. Muchas noches dormía a la intemperie, siempre cerca de algún destacamento o grupo de los cruzados que acompañaban y defendían a los peregrinos, como si fuera él uno más. Su única preocupación era fijarse si alguno de aquellos caballeros que se iban uniendo a los cruzados ponía atención en su persona. A veces tuvo sobresaltos, pero llegó a comprender que el interés de los demás estaba en su cara desfigurada. Fácil era para él acudir a contar alguna escaramuza con salteadores para salir del paso y satisfacer la curiosidad ajena.

La sorpresa se la llevó en la Santa Jerusalén, tierra que todo cristiano quería pisar. Sin dinero ya para sobrevivir, se vio en la necesidad de vender al buen caballo, lo que más quería en ese momento. El corazón le podía, y siempre terminaba rechazando la oferta de los compradores. Desesperado, alargaba como podía el nuevo día que le caía y su comida la conseguía pidiendo limosna. Él conocía bien lo que valía su compañero y cómo los compradores trataban de hacerle chantaje. Decidió que sólo se desprendería de su fiel animal si le daban lo que valía. Por fin, un día tropezó con un árabe que acarició la cabeza del corcel, le separó con ambas manos los labios y observó atentamente la dentadura. Miró después al vendedor o conde y le ofreció directamente un bajo precio.

—No, hermano árabe. Este caballo vale más, mucho más. Vale dos onzas de oro más, amigo.

Sonrió el árabe al darse cuenta de que aquel cristiano no sólo conocía el valor del animal, sino que había intuido el interés que tenía por él.

—Está bien, cristiano. Acepto el valor que pides y al mismo tiempo te diré que si no tienes trabajo, yo sí necesito un obrero cristiano en mi bazar, casi al extrarradio de la caótica ciudad, para vender regalos a los peregrinos que llegan de Occidente a esta santa ciudad.

Acertaba el comerciante árabe contratando a quien había aprendido, en la hostería que le cuidó, a trabajar y hacerlo con suma habilidad. Lo que nunca hizo en palacio lo sabía hacer ahora tan bien como el que nace en el oficio.

Medio año llevaba el conde sirviendo a un señor que veía crecer su negocio y aumentar el número de peregrinos que allí compraban. Los días de descanso los dedicaba a pasarse por los despachos del arcipreste cristiano, quien controlaba los problemas religiosos de la Iglesia Romana en los santos lugares. Esperaba que su larga residencia en Jerusalén sirviera para que el arcipreste le diera una bula perdonando sus fechorías pasadas, impuestas por la Inquisición, cuya penitencia era la peregrinación a Tierra Santa y la consecución de la bula. No había olvidado el conde la idea de vengarse, arrojado de su condado por culpa de una esposa que tuvo un varón con otro y por las intrigas de una bruja que usaba artes satánicas contra él, el conde Tora. Con la bula podría volver y esa era su única esperanza de seguir viviendo.

Cerraba el conde ese día el bazar, cuando dos hombres con espada en mano lo asaltaron obligándole a seguirles. Desde el interior de la tienda vio la mujer del comerciante el suceso y avisó a su marido para que saliera a ver lo que pasaba. Tras ellos mandó al hijo menor. Seguirlos de lejos era su misión. A golpes consiguieron los dos ladrones hacer llegar al conde a una casita-dormitorio, de barro y madera, en las afueras de la capital, pero cerca del bazar. Volvió el niño con la noticia del lugar donde metieron al conde. Dos hombres, dos amigos, dos de los tres cruzados que lo habían perseguido desde el día que se lo prometieron al obispo, lo encontraron por casualidad al trasladarse a vivir en una fortificación cercana, como soldados del orden cruzado.

—Conde Tora, olvidado te teníamos al haber gastado el dinero de la recompensa y al no saber más del obispo que nos pagó. Ahora no tenemos que dar cuenta a nadie, pero tú puedes entregarnos parte de los ahorros ganados en el bazar. Te vamos a soltar para que vuelvas con lo ahorrado, de lo contrario cumpliremos la promesa hecha en su día a aquella Excelencia.

—Os daré mis ahorros si antes me queréis decir qué castigo deseaba el señor obispo para mí.

—Por supuesto que lo sabrás si prometes no engañarnos. Al saber dónde trabajas nos da igual si no cumples, pues daremos contigo igualmente. Escucha: el clérigo quería tu muerte. Después de que nos enteramos del primer fracaso, donde sí murieron los otros seis, nos pagó para cortarte la lengua. Y ahora, nos gustaría conocer por qué te odiaba él. ¿En qué lo engañaste?

—¿Engañar? Él sí que me traicionó. Mi esposa tuvo un hijo con él. Yo no lo engañé, lo mutilé, le corté los órganos reproductores como venganza.

La carcajada de los caballeros se oía a mucha distancia.

—¿Qué tal, compañero, si hacemos lo mismo? Sería una forma de obligarle a entregar sus ahorros. ¿Caparle como a un asno? No está mal la idea.

La cara del asustado conde palidecía. Quería hablar y no podía.¿Se le anudaron las cuerdas vocales? Seguían las carcajadas tan seguidas que aquellos cristianos servidores del orden no sintieron abrirse la puerta y al oír el grito: "¡Alá a a...!", se volvieron al unísono para encontrar dos lanzas que atravesaban sus cuerpos. Abandonados en aquel local solitario, refugio de pobres y delincuentes, nadie los buscaría, más siendo simples soldados.

Por una vez le salían bien las cosas al mutilado o deformado conde.

Un árabe compra el caballo al conde

Capítulo XVIII:
Espíritus del palomar

Aquella noche salía la luna llena preñada con el azul más elegante, pero poco después las cumbres lejanas vomitaban espesos nubarrones, elevaban su húmedo aliento y la luna se vistió de agua, primero, y de una mortaja negra, después. Era uno de esos momentos que esperaban los inquietos seres que habitaban en la torre. Sólo faltaba que llegara el director y éste llegó: la anciana dirigía el cuchillo por los caminos del moribundo animal.

Aquel tierno palomo había caído del nido sin ninguna necesidad, a no ser que estuviera enfermo, y se había refugiado junto al lavadero principal. Unos niños lo recogieron y se lo llevaron a la médica de palacio.

—Ocasión —se dijo la vieja— para averiguar el futuro con el rito de las palpitaciones.

El pobrecito iría despidiéndose pasito a paso del mundo mientras la sabia hechicera adivinaba a través de sus movimientos y entrañas.

—Dime, dime, espíritu animal: ¿Vive aún nuestro enemigo? ¿Qué hace en Jerusalén? ¿Le darán la bula del perdón?

La vieja sabia pinchó de nuevo los muslos del recién abierto palomo y estos reaccionaron en su lenta agonía.

—Maldito bicho, no eres muy claro, pero has dado señal de que el conde vive.

—¡Vamos ya, maldito espíritu! ¡Que acudan aquí todos los demás! Sé que el conde está vivo, pero dime algo nuevo. ¡Ah..., sí! Tienes un riñón hinchado. Buena señal, el enemigo está enfermo, aunque no de muerte, que el otro está sin daño. ¡Más, más, espíritus del palomar! ¡Seres que me rodeáis, habladme!

Lentamente se despedía de los mundanos el inconsciente animal, mientras la vieja insistía en preguntar a las fuerzas que aún tenía aquel cuerpo.

Se murió el ave y los seres invisibles no querían dar otra

respuesta. Cuando los seres del más allá llegaban a los aposentos de la hechicera, en el resto del palacio la paz más absoluta llenaba todos los rincones. La condesa Inés, su hijo y las doncellas de compañía dormían plácidamente sin tener pesadilla alguna durante toda la noche.

Cerró la sabia aquella caja de plumas sin perderle ojo hasta que no desapareciera de su vista. Y al meterlo en un cajoncito de madera se sobresaltó. Ella, la sabia, no se había percatado de que el animal tenía un ojo que la miraba, ¿pero el otro? Los párpados lo ocultaban. ¿Lo tendría? ¡Qué sorpresa, al separarlos con suavidad! Le faltaba aquel, posiblemente porque otro macho se lo arrancó viendo en él un futuro contrincante; así tendría un rival menos.

—¡Ahí está la respuesta, espíritus del palomar! No habéis faltado a mi cita. Vieja soy, pero todavía domino a las fuerzas ocultas. El conde Tora ha perdido uno de los ojos. Poco le falta para hundirse en el infierno, lo que espero ver por el bien de doña Inés y su hijo.

Echó la galena unas ramas de pino al fogón y pronto el agua tibia de la olla comenzó a hervir, lo que llenó la habitación de un fuerte olor a resina y tomillo que alejaba a sus amigos los espíritus. Reía la vieja sabia y también reían los vetustos muebles al librarse por un tiempo de los inquietos habitantes del otro mundo.

La hechicera consulta
a los espíritus del palomar

Capítulo XIX: La vuelta del conde

Corría la tarde, corrían los niños en el patio del castillo, corrían los meses, y corrieron algunos años sin saber nada del conde. Doña Inés gobernaba con mano dura, pero con una delicadeza en las necesidades que nunca había tenido el conde. Muchos hasta se habían olvidado de él. Las cosechas fueron buenas y la venta de los cereales aportaron dinero suficiente para seguir pagando a todos. Los corderos se vendieron mejor de lo esperado y la venta de la madera talada hizo que la condesa dispusiera de un dinero sobrante con el que adquirió caballos nuevos para la labranza, alargó los canales o tuberías de las letrinas colocándolas fuera de las murallas y se permitió al maestro albañil construir dos fuentes más en los patios para que nunca hubiera colas al coger agua.

Pequeñas fiestas, aunque austeras, convirtieron al castillo en un lugar de tranquilidad, sin hacer a la gente perezosa, pues toda labor del campo tenía orden y disciplina, hasta agotar, en ocasiones, las energías del cuerpo. Para holgazanes no había lugar y media docena de aventureros y ociosos fueron trasladados y abandonados en las afueras de la ciudad episcopal.

Nadie sospechaba en palacio el camino emprendido por el mutilado conde al abandonar Jerusalén tras una despedida triste. Conseguida la bula del perdón y con grandes ahorros logrados trabajando en el bazar, al cabo de tres años, tuvo el conde que despedirse del árabe Musafá por consejo y mandato del arcipreste cristiano. La coincidencia del conde Tora en Jerusalén con los templarios, orden nacida un siglo antes, en 1119, y muy extendida ya en Europa, le iba a traer una gran preocupación y un serio problema el mismo día que consiguió la bula del perdón. El arcipreste había estudiado a fondo al conde durante las muchas ocasiones en las que asistió a recibir buenos consejos por sus pecados contra la autoridad religiosa. El arcipreste llegó al convencimiento de que aquel noble estaba arrepentido con sinceridad y le impuso la penitencia de llevar hasta Francia un objeto sagrado, una de las copas, vaso o cáliz en el que habían bebido agua y vino los apóstoles en la última cena. Del verdadero cáliz no quería desprenderse por el momento. Pero aquel cáliz menor podía ser el verdadero protector de la Nueva Orden templaria instalada en territorio francés y en Navarra, Aragón y Castilla. Aquel objeto recién hallado en una olvidada cripta era el mejor regalo y aliciente para que aquella Orden del Temple tuviera motivos sólidos al luchar y defender los valores de la Fe. ¿Cómo hacerlo llegar prontamente a Francia? El conde era el mensajero ideal. La bula le restituía la dignidad y poder perdidos. La penitencia era pequeña, pero tenía que cumplirse. Las palabras del arcipreste fueron tajantes: —Entregarás este pequeño cofre o ataúd de cuero con el vaso sagrado al pisar tierra o suelo francés a dos caballeros vestidos de negro que llevan caballos blancos y que portan sobre el pecho una cruz con solamente tres brazos.

—Perdone, Excelencia. ¿Cómo sabrán que soy el mensajero?

—No te preocupes, hijo. Ellos están advertidos desde hace mucho de que justo el día que comience la próxima primavera llegarás a esa tierra y antes de pisar la frontera te colocarás esta malla que te regalo con una cruz, también de tres brazos. Mañana mismo debes partir. Despídete de tu amo árabe como creas oportuno.

Así fue cómo le llegó la ocasión y el momento de despedirse del patrón Musafá. Obligado se vio el conde a dejar un empleo en el que le trataron con toda honestidad.

—Patrón —le dijo aquel día—, tengo que despedirme de ti y de tu dios Alá, para poder cumplir mi venganza. Viviría feliz aquí, pero mi alma no encuentra descanso y sólo tras la promesa que un día me hice podré vivir tranquilo.

—Oh, cristiano amigo y buen vendedor, si la promesa te la hiciste a ti, no le debes nada a otro, puedes renunciar a tu propio compromiso.

—Es cierto, Musafá, pero es que tú no sospechas los motivos que tengo para cumplirla.

—Si es secreto para ti, igual lo es para mí. Que Alá y tu Dios te protejan.

—Amigo Musafá, como hombre, como macho, a ti te lo puedo contar ya que no hay mujeres en nuestra presencia.

—No te obligo, cristiano, a ello. Puedes irte con el secreto.

—No lo haré y debes saberlo por lo bien que me has tratado. Es necesaria la venganza. Mi esposa tuvo un varón con otro hombre que en nuestra religión no debe tener mujer. El varón viene de un hombre con fama y promesa de célibe y santo, el señor obispo. Dios le habrá perdonado, pero yo no. Y del matrimonio anterior yo tenía dos hijas que alguien hizo desaparecer. Amigo Musafá, ¿puede mi dios o el tuyo perdonar esta traición?

—Siendo cierto lo que cuentas, debes obrar según tu inclinación. Mi deseo es que tengas suerte, y tanta verdad hay en mis palabras que voy a hacerte un regalo en nombre de Alá, tuyo es el caballo que te compré. Mahoma empleó un caballo alado para volar hacia Alá y yo espero que el tuyo te lleve velozmente a cumplir la promesa. Mi dios y el tuyo estarán unidos esta vez. Parte sin mirar hacia atrás.

Musafá no deseaba que el cristiano viera las pequeñas lágrimas que ya surcaban las arrugas de su rostro. Y así fue, conde y cabalgadura dejaban Jerusalén tan aprisa como si el diablo los persiguiera. La nostalgia de aquellos días sencillos y felices vendiendo regalos a peregrinos acompañaba al vengativo conde al dejar tierras santas en las que vivió pobre, pero sin agobios. Mas aquel gusano vengador u odio que llevaba incrustado volvió a darle valor y fuerza. Era un centinela que portaba armas sobre un brioso compañero.

Huyó de dormir con los peregrinos que volvían y dormían a la intemperie o en cualquier refugio. Él pagaba un poco más y elegía hosterías y posadas que tuvieran cuadras para el ganado y habitaciones individuales donde cerrar con llave o tranca. Siempre desconfiaba de los forasteros. Cualquiera podía ser un salteador pagado por sus muchos enemigos, entre los que aún creía podría encontrarse el dueño del obispado. No estaba el conde equivocado. De esta forma se libró de una emboscada cuando pasó Venecia. En aquella hostería donde durmió una vez, un sirviente lo reconoció y pensó hacerle chantaje:

—Señor, señor de ..., no recuerdo de qué país procede, pero es usted un hombre buscado por una Excelencia eclesiástica y mi obligación es dar conocimiento de su estancia aquí.

—No me importa lo que piense ni dónde esté esa Excelencia que dices. Tu deber ahora es ponerme la cena, que mis preocupaciones están en dormir bien y partir de madrugada. Si no me sirves, pronto hablaré con el patrón o dueña de esta posada.

—No se preocupe más, forastero. Retiro mis palabras y sospechas. Tendrá sus deseos cumplidos y podrá descansar a pierna suelta.

Disimuló el conde lo ocurrido en la conversación con el aprendiz. Cenó con apetito y pagó por adelantado la cuenta de la habitación. Luego, comunicó a la servidumbre que iba a saludar y desear buen descanso a su caballo antes de ocupar habitación.

Cerró el conde con llave la puerta, aunque no ignoraba que el posadero tendría otras iguales, y se dejó invadir por el sueño reparador. Soñaba profundamente y soñaba viéndose galopando ya en tierras de Hispania. Estaba el castillo ante su mirada y tan cerca lo tenía que iba a desmontar para abrir él mismo el portón de la muralla:

—Guardianes, soy el conde Tora y traigo la bula del perdón. Vuelvo a ser vuestro dueño y señor. Abridme presto.

Oyó un golpe, sin darse cuenta de que era él quien lo recibía. El sueño dejó de ser sueño para ser una pesadilla. Sangraba y se desvanecía entre grises tinieblas, mas no se moría, no.

Cuando despertó sólo notó un bulto en la cabeza y unas gotas secas de sangre en la frente. Al instante comprendió que le faltaba la alforja, un morral y la bolsa que llevaba bajo el cuero que protegía pecho y espalda, donde acostumbraba a guardar el dinero. Le habían asaltado durante la noche. Comprendió la situación o intento de aquel chantaje que se convirtió al final en un auténtico robo. Recogió lo poco que le quedaba y se despidió sin desayunar, con una siniestra sonrisa al sirviente de turno. Se fue a la cuadra, puso la silla y demás aparejos al animal y luego escarbó entre el forraje con el que alimentaban a los animales, que consistía en fardos de paja, hierbas y hojas almacenadas al final del cobertizo. Contempló el conde la escondida bolsa de lana con su bula, el sagrado cofre y los abundantes ahorros. Sonrió el hombre al darse cuenta lo mucho que había aprendido en la vida de perro por el mundo.

Al partir, pudo el conde exclamar: —Adiós, malditos hijos del diablo, y que turcos, cruzados o salteadores, me da igual, prendan fuego a esta posada por los cuatro costados.

Siguiendo la ruta de los peregrinos, para poder estar siempre acompañado, cabalgaba más rápido que otros como si el corcel supiera cómo iban de veloces sus pensamientos. Entretenido iba tejiendo amenazas e intrigas contra la condesa, su hijo y la hechicera, dejando al animal trotar o galopar según su instinto, hasta que el fiel compañero se estancó frente a otra posada.

—¡Oh, mi primera estancia! Agradecido estoy a sus dueños, que de la muerte me libraron y con pan, trabajo y cama me obsequiaron. Espero no defraudarles. En esos momentos recordó el nombre del primer patrón que tuvo en su vida. El repique del aldabonazo abrió la puerta de la mano de aquel hombre, tan grande que parecían dos.

—Patrón Basilio —exclamó el conde.

Y no se dijeron más, uniéndose en un abrazo.

Sentados alrededor de una mesa, un tierno corderito hizo las delicias de la conversación. Primero, contó el conde cómo vivió en la Ciudad Santa y después, le detalló la causa de ser perseguido por el señor obispo, y cómo había conseguido cambiar el castigo de asarse en la hoguera por una larga peregrinación con la que consiguió la bula que le devolvía bienes y castillo. Sólo deseaba llegar a palacio y arrebatar las tierras a una esposa infiel, según él, y a una sabia médica que trabajaba en la sombra en contra de su persona. Comprendió aquel hombre de hercúleo cuerpo, pocas palabras y gran trabajador, la situación y meta del atribulado conde. No aceptó la devolución del dinero prestado aquel triste día de su fuga y le cambió un caballo, ya viejo y agotado tras largos viajes, por uno joven con más energía, aunque con menos experiencia de llevar encima un peso.

Pudo el conde hacer que el generoso Basilio aceptase el pequeño regalo que le traía de Oriente, una daga árabe guardada en funda de piel de camello, con artísticos grabados de mezquitas.

De nuevo, en la despedida, solamente otro abrazo los unió.

El conde Tora regresa con la bula del perdón

Capítulo XX:
El robo del cofre con el cáliz

Una jornada más y el conde y su caballo pisarían suelo galo. Hasta se había olvidado de que llevaba un encargo especial. Sólo una vez estuvo en peligro de perderlo, mas la amarga vida que le acompañaba le había enseñado a obrar con astucia de víbora. La noche que le intentaron robar días atrás, al dejar Venecia, salvó el dinero y otros bienes porque había escondido estos en la cuadra de los animales.

La noche estaba cayendo a pasos de gigante y aún le faltaban horas para llegar a la frontera esperada. Buscó una hostería que anunciaba el letrero de un sendero a su derecha y al instante divisó dónde podría dormir. Tomó todas las posibles precauciones, mas sin advertir que dos aviesos ojos lo escrutaban desde un balcón de la posada.

—¿Hay cena y cama para un peregrino más? —dijo cuando le abrieron la puerta.

—Por suerte, aquí siempre hallarán reposo quienes van o vienen de los santos lugares. Dejad vuestro alazán en las cuadras y pronto tendréis trabajo que darle a muelas y dientes. La cena os colocará ante lo mejor en carne y quesos.

Cuando se dirigía al establo, los ojos en el balcón, ahora tras un visillo, seguían desvistiendo al caballo y al jinete mientras la luna iba sembrando su pálida luz en la creciente oscuridad. Ató bien al noble animal, le sirvió alfalfa en abundancia y trató de esconder sus tesoros observando al mismo tiempo los interiores del establo. No se percató de nada raro. Sí le llamó la atención el profundo silencio de aquel lugar. No había peregrinos en el salón comedor, ni perros que advirtieran de la llegada de forasteros, ni búhos o lechuzas que avisaran de su salida a cazar. La respiración cortaba el silencio y al sentarse en la mesa creyó hacerlo sobre un témpano de hielo. La sangre no se le heló, pues al abrirse la cocina, el fuerte olor a carne asada le penetró por todos los poros. Olvidó los malos pensamientos al verse ante una bandeja con costillas de cordero y dorados chorizos.

—No encontrará mejor menú de aquí a su casa —dijo el sirviente.

—Gracias, por la buena presencia y por lo sabroso que ha de estar según el apetito que se me ha abierto al verlo.

—No lo dude, señor peregrino. Luego, puede elegir para descansar habitación con llave o con tranca, según las preferencias.

—La elegiré con tranca, que es una vieja costumbre en mí.

La cena le hizo olvidar que la tranquilidad de aquella hostería era igual o mayor que el silencio de los cementerios. Y la jarra del vino tinto le hizo llegar feliz al cuarto de reposo, poner la tranca sin dudar y echarse a dormir sin pensar ni una sola vez en lo que escondió en el establo. No tuvo agradables sueños, pero despertó relajado y con ganas de volver a partir.

Tras un frugal desayuno, pagó lo convenido la noche de llegada y se dirigió con pasos firmes al establo. Puso la silla de montar al fiel animal y al recoger lo que había escondido creyó confundirse de lugar, pero no. Estaba seguro dónde había escondido el cofre con la reliquia sagrada. Le habían robado. ¿Qué pensarían los templarios? Tomaría —se dijo— otra dirección para entrar en suelo francés mucho más al Sur. Pero, ¿huir de aquellos guerreros religiosos? Imposible iba a ser. Temprano o tarde darían con él. Reflexionó: en la hostería había tres personas; la cocinera, mujer de mucha edad y con andar torpe, posiblemente por alguna enfermedad. Luego, estaba el supuesto dueño que fue quien le recibió. Delgado, con nariz aguileña y con muchos años a su espalda. Y por último, trató de recordar con detalle cómo era el sirviente, casi con seguridad el hijo, por sus facciones. Era alto, tendía a gordinflón y con cara burlona, mas era el reflejo del dueño.

No le pareció acertado enfrentarse a ellos, pero sí estaba seguro de quién o quiénes le habían robado, pues no hubo más peregrinos que compartieran estancia con él en la posada. Intentó serenarse y disimuló cuanto pudo la inquietud que lo atenazaba al salir de aquel recinto. Dejó que el caballo avanzara a paso lento, mientras saludaba con el sombrero a la hostería como si no le hubiera ocurrido percance alguno. Acertado estaba al no darse por enterado, pues tras una cortina, otra vez, los mismos ojos de antes observaban cómo se alejaba.

El conde Tora tenía el corazón casi partido. No sólo le faltaban una oreja y un ojo. Ahora creía faltarle sangre bombeando aquel órgano vital. Una espada templaria daría el último golpe a su vida, y tanto luchar por una bula que no serviría para cumplir su venganza...

De pronto, tuvo una inspiración. Le quedaba pensar en el cáliz que iba dentro del pequeño ataúd. Dibujó en su mente el episodio de la última cena y cómo las manos de un tal Juan y de otro llamado Pedro habían llenado de magnetismo y fraternidad aquella copa compartida por seres especiales. Pidió, sin más, ayuda al cáliz y a quienes lo usaron la histórica noche. Creyó ver, a tamaño real, el sagrado vaso ante su único ojo y tomó la decisión de ir al encuentro de los templarios. Iban a creerle y regresarían a rescatarlo. Espoleó al caballo con cierta rudeza, pero éste pareció comprender la angustia de su amo.

Al mediodía pisaban ambos la línea de frontera señalada con dos gigantescos mojones de caliza. Se cumplían las palabras del arcipreste. Encontró a los dos caballeros vestidos de negro sobre corceles blancos y con una cruz de tres brazos sobre el pecho. Se quedó petrificado y mudo cuando interceptaron su paso. Su explicación sobre el robo no los enfureció, ni echaron mano a las armas. La conversación se hizo enseguida amena, distendida, y media hora después partían todos hacia la vieja y maldita hostería en busca de un precioso y preciado regalo del primer cristianismo. Cerca ya del siniestro lugar, se escondieron para planificar un asalto a vida o muerte, al caer la noche.

El silencio se prolongó un corto tiempo entre los tres. Al fin, el templario más robusto, con más edad y experiencia, a la vez nombrado Maestre de la Nueva Orden, solucionó el problema con la siguiente decisión: "Al anochecer nos presentaremos llamando bruscamente en la posada. Si las palabras no bastan, lo harán las armas. Debilidad, nunca."

Y cayó el manto de las tinieblas sobre la tumultuosa tierra de entonces y se vistieron de negro los árboles, caminos y seres vivientes. Cayeron, como estaba decidido, cayeron los templarios y un conde de ayudante sobre aquella engañosa casa de huéspedes. La escena que presenció el dueño al abrir fue la propia de verse en el Infierno. Un escalofrío lo paralizó sin quitar la mano del portón. La estampa de los cruzados embutidos de negro era una visión del más allá.

—¿Dónde está el cofre de cuero? —dijo el Maestre—. Y no lo repetiré —concluyó.

El patrón del hostal no acertó a hablar, pero señaló hacia el interior. Con espada en mano penetró el Maestre en el salón. Allí estaba el gordo sirviente o hijo con un cuchillo de cocina para atacar. Más alto y aparentemente más fuerte que el templario, quiso desafiar a un guerrero diestro en los verdaderos combates.

—No tienes salida, joven. Entrégate ya.

La respuesta fue un cuchillo que salió hacia el templario llevándose la hombrera derecha sin tocar la piel que había debajo. Por supervivencia, aquello hizo reaccionar al templario y tras un salto, su espada abrió una profunda herida en un brazo del joven y después la punta del arma se fijó en el vientre del gordinflón.

—No morirás en segundos, no. Te irás desangrando durante interminables horas. Elige: entrega el cofre o sentirás los espasmos de la muerte. No te voy a perdonar.

—Allí, allí, en la cuadra sigue —balbuceó el joven.

—Hablar está bien, pero mejor es que vayas delante.

Conde y segundo caballero se unieron a la comitiva. Mas se resistía aquel alto mancebo diciendo: —Allí lo encontraréis. Dejadme curar la herida, que desfallezco.

—Pues desfallece, que ya te despertaremos.

—No os miento. Lo encontraréis en el corral de las ovejas.

Se cansó el Maestre de aquella resistencia y le pasó la hoja de la espada por el cuello haciéndole un débil corte. Luego, lo empujó hacia el establo, preguntándose el templario si lo que intentaba no sería huir.

Una vez en la cuadra, el Maestre tensó la situación: —Compañero, pasa la soga por esa viga cercana, que si trata de engañarnos le pondremos el lazo en la garganta. Conde, trae un candil del salón, que desconocemos si hay trampas tendidas.

Miró el gordinflón cómo colgaba la soga y se estremeció. Después, dirigió sus torpes pisadas a un corral donde descansaban las ovejas, las separó con facilidad y levantó una tabla dentro del pesebre o cajón donde comían los animales. Cogió el cofre de cuero y dejando caer la tapa se lo acercó al Maestre templario:

—Vuestro tesoro tenéis ya. Os pido perdón por el robo.

—La vida sigues teniendo. De no entregarlo, te esperaba la soga. Pero ni disculpándote confío en ti.

—Maestre —intervino el conde—, ese cajón es muy hondo y, por experiencia, en mi perra vida sé que podría guardar más cosas.

—¿Ah, sí? —respondió el templario—. Veamos, pues, si es costumbre robar o no en esta posada. Yo lo abriré ahora.

Y sin dar la espalda al joven, se acercó, alargó el brazo armado y con la punta del arma arrojó la tapadera al suelo. Al no contemplar nada, volvió a meter la hoja de la espada por otra ranura y levantó una nueva tabla:

—¡Maldito bicho y ladrón! ¿Cómo has conseguido tanto dinero, collares y puñales preciosos fabricados en los santos lugares? No necesito respuestas. Has robado a muchos humildes peregrinos que traían recuerdos de Jerusalén.

—Esos son regalos que me han hecho los fieles, en lugar de pagar con dinero —suspiró con voz de moribundo el joven.

—Seguirás diciendo mentiras lo que te quede de vida, pero te tocará empezar de nuevo, malcriado. Todos tus robos irán a las casas de beneficencia de nuestro nuevo país. Considérate feliz por haberte dejado vivir. Espero no encontrarte nunca más. ¡Vámonos, hermanos!

Suerte tenían los viajeros al ser una noche con luna llena, pues no pensaban descansar.

—Conde Tora, no te conocemos de nada, salvo por la referencia del arcipreste. Gracias por traernos una de las copas sagradas. Tenemos noticias que algún día cercano, cuando estemos extendidos por otros países, nos llegará el auténtico cáliz de aquella memorable cena. Con nosotros estará más seguro y protegido.

—Adiós, hermanos templarios. Que el Todopoderoso os defienda siempre. Me siento reconfortado por cruzarme en vuestro destino.

Dos templarios de negro sobre dos caballos blancos partieron bajo una pálida luz azulada a la nueva casa templaria, en la prometida tierra europea, y aquel conde feliz tomó un sendero distinto para rescatar un condado perdido, al mismo tiempo que percibía o visionaba una silueta o sombra en la lejanía. ¿Acaso la hechicera conocía su vuelta? El episodio de los templarios se desvaneció en unos instantes. El conde volvía a entrar en las tinieblas.

Y alazán y caballero corrían tanto como el viento o, más aún, quizás volaban como espíritus o tan rápidos como el pensamiento. Fueron tan cortos los días... que allí estaban los dos, caballo y montura, pero no en el castillo, sino en la ciudad episcopal, a las puertas del obispado. Tenía que enseñar su bula del perdón para que el nuevo obispo le devolviera el honor perdido y le acompañara al palacio como prueba de que era, otra vez, el dueño de las posesiones que había perdido por ofender a la Iglesia.

La llegada al castillo de aquella comitiva con su Excelencia testimoniando que el conde había conseguido el perdón fue recibida con aplausos por la mayoría. Unos, porque le debían su trabajo y otros, por temor a futuras represalias. Pocos, muy pocos, no salieron al encuentro, como doña Inés, la sabia, el maestro y algunas doncellas. Sí hubo ciertas exclamaciones de terror al ver aquel rostro tan desfigurado.

—Desfigurado estás por tus torcidas intenciones —decía la hechicera mientras sus manos manejaban las tijeras sobre un palomo adulto. Y seguía diciendo: —Aquí está tu próximo achaque. La sabia miraba a aquel hígado lleno de manchas. Con un corte limpio se lo quitó al animal mientras la lechuza enjaulada reclamaba una parte o todo.

—¡Seres del más allá, decidme ya qué le espera a nuestro conde! Si queréis diversión, hablad pronto, hados sin nombre. Quiero respuestas, espíritus inquietos.

Cortinas y visillos se mecían al paso de duendecillos y la llama de las velas hacía que se apagaba para volver a resucitar. Del corazón del palomo salió una nube de agua plateada que se quedó sobre él. Y de golpe, la nubecilla se trasladó a los pulmones, anegándolos.

—Ya sé, conde Tora, cuál será tu final. Quién ha de asfixiarte lo ignoro, pero lo adivinaré, que por hoy los espíritus han de volver a su penumbra y dejar a este mundo en paz.

Cerró el cuerpo del palomo, le dio el hígado a la hambrienta lechuza enjaulada, apagó con una fuerte mirada las velas y regresó el silencio a la cocina, salón y alcoba de la hechicera.

Recuperado el cofre con el cáliz

Capítulo XXI: Rapto del pequeño varón

No perdió el tiempo aquel recuperado conde. Con rapidez se enteró de los trabajos diarios de sus siervos y con algunas promesas consiguió rodearse de nuevos aduladores y de fieles escuderos que apreciaban por igual... dinero y amistad, aunque si tenían que elegir, el oro los empujaba.

Sus contactos en la ciudad no pudieron cambiar las leyes de la herencia. La tradición y la opinión del obispo estaban unidas en ese momento. Habiendo varón, no se podía hacer nada con los demás parentescos. Al conde sólo le quedaba aceptar como heredero al hijo de doña Inés o hacerlo desaparecer. En su cabeza no cabía reconciliación posible, a pesar de los buenos consejos del obispado. La persecución que sufrió, el deshonor de ser juzgado como delincuente por la Inquisición y sobre todo la mutilación de su rostro le recordaban la idea de venganza. Que todos le vieran sin oreja y tuerto era un aliciente para llevar adelante su odio. Prefería la muerte de todos aquellos que consideraba enemigos a que un varón, no suyo, heredara tantos bienes.

El siguiente paso sería el secuestro del hijo de doña Inés.

Lejos estaba esa noche bramando la tormenta, pero los rayos y truenos llegaban tan seguidos que en el castillo cada habitación tenía una vela encendida a la olvidada Santa Bárbara. Excepción era el salón condal, cerrado permanentemente, salvo ante la llegada de hombres con título o amigos de confianza. Los relámpagos exteriores eran los mismos que estallaban ante el conde y los dos nuevos caballeros.

—Conde Tora, no vaya tan aprisa.

— Os he prometido un dinero extra porque me consume la impaciencia. Y si además pago en oro, no quiero pérdida de tiempo.

—Conde, nuestro método no es correr, sino llegar. Y por último, usted quiere un grupo numeroso de asaltantes. Nosotros dos no queremos otra ayuda. Siempre hemos trabajado solos y esta vez será lo mismo.

—Caballeros, en estos momentos dispongo de suficiente dinero y...

—Bien, conde, usted decide de su dinero, pero nosotros dos disponemos de los medios necesarios y no aceptamos a más gente en el equipo. Es la hora, diga su última palabra o nosotros volvemos por donde vinimos.

—No tengo salida. Ganáis porque el tiempo ha corrido siempre en mi contra. Espero no termine conmigo esta maldición.

—¿Maldición? Quite esa palabra de su cabeza, que maldición será la suerte que tendrán sus enemigos en adelante.

—A vuestras estudiadas artes recomiendo mi oro y por adelantado os entrego esta bolsa con medio kilo. El resto, a la vuelta de la desaparición del heredero. Solamente pido al diablo y a vosotros que dentro del castillo no ha de correr ni una gota de su sangre. Su muerte ha de ser lejos de mis tierras.

—Cumpliremos sus deseos, conde Tora, para su tranquilidad futura, que a nosotros no nos inquietan ni almas ni muertos.

—Bien, caballeros, el oro va con la exigencia de que se cumpla lo que pido. Cada gota de sangre de ese varón dentro del castillo sería un espíritu persiguiéndome el resto de la vida y ya he tenido bastantes maldiciones desde que tomé esposa por primera vez.

—Quédate sosegado y tranquilo, conde creyente, que además de malhechores y asesinos también somos, en ocasiones, un tanto honrados.

Los dos supuestos caballeros entraron, pues, al servicio del conde y se entrenaban como los demás y se iban de leñadores los días que tocaba talar o plantar en los montes. El resto del tiempo estudiaban salidas y entradas del personal, las reuniones que tenían lugar y los rincones del inmenso palacio, más el horario de acostarse del personal. Eran dos nuevos trabajadores que se pasaban las horas espiando.

Por fin un día el conde dio una orden extraña. Comunicó a los guardianes que cerraban el portón de la muralla, que en adelante no se hiciera guardia de noche pues corrían tiempos de paz en la cristiandad y enemigos sólo había en la Hispania del Sur. La noticia corrió hasta la vivienda de la hechicera casi al mismo tiempo que salía de la boca del conde.

Dulce era el reposo del señor. Una noche y otra esperando ser realidad su eterna venganza. Aquel sueño compensaba el castigo de la Inquisición, trabajar como lo hizo de sirviente y haber perdido parte de su cara.

Lo que ignoraba el conde era que haber dado descanso a los guardianes nocturnos de la muralla iba a ser un error. La sabia anciana tenía cómplices entre ellos. Aquellos guardianes pertenecían al cuerpo de los solteros y casi todos se buscaban amores libres que terminaban contagiándoles enfermedades. ¿Qué hacían para sobrevivir? Sólo ella, la sabia, los curaba. Nunca les cobraba y únicamente les recordaba que le debían un favor.

Alerta estaba la anciana en su alcoba diciendo: —Bien, bien, hijo maldito, conde abandonado por la propia tierra. No sé por qué la naturaleza no te ha dado fertilizar con varón. Tenías que haber aceptado el destino y te has rebelado. Intentaré que no ganes esta batalla. Tengo a mi favor hados, duendes y todos los espíritus errantes. Desde hoy seré la sombra de esos dos nuevos caballeros. Si no puedo escucharlos en voz alta, oiré sus pensamientos. ¡Seguidme, nieblas y vapores del más allá!

Cada día de la semana siguiente, cada tarde y cada noche hacían labor de espías los dos caballeros sin saber que eran también espiados. En la mesa de las adivinaciones se mantenía abierto, hora tras hora, un inocente palomo que se sacrificaba cada mañana. Días eran de suma felicidad los que estaban disfrutando los espíritus en la vivienda de la hechicera. No descansaban las cortinas, ni las sillas, ni las prendas colgadas y menos las llamas de las velas y alcuzas. La diversión que no tenían en su mundo la conseguían cuando venían en ayuda de la anciana, una proyección material de las energías que dejaron el mundo terrenal.

Era aquel... un día de viento y persistente lluvia fina. Y la noche..., cubierto el cielo, aquella noche era como la boca cerrada de un lobo.

Sin la hoguera de costumbre, sin los chistes y banales juegos después de cenar, la gente se fue a la cama con otros cuchicheos más íntimos, pero satisfechos de las sabrosas comidas del día.

En esos momentos, otra muy diferente era la paz que reinaba en la habitación salón de doña Inés. La condesa cenaba siempre con su hijo y una doncella, lejos de las miradas y habladurías del personal. Tras la cena, Inés se entretenía con algunas de las costuras preferidas y planificaba lo poco que podía hacer al día siguiente, pues ahora el conde hacía y deshacía a su antojo. Su hijo y la doncella pasaban a la habitación contigua para entretenerse con juegos de mesa hasta caer en el regazo del buen Dios.

No ocurrió aquella noche lo que era rutina. Condesa, hijo y doncella cayeron en un sueño profundo antes de ingerir las sabrosas perdices al horno. El oro del conde había conseguido un maligno milagro en la mente del cocinero de turno. La sopa con adormidera hizo de Morfeo por unas horas. Y antes de media noche, entre el silencio y los ronquidos de los siervos, cuatro manos y cuatro pies sacaban de la alcoba el cuerpo del pequeño condesito. Las sombras los protegieron hasta llegar al cobertizo general. El varoncito fue atado y bien atado en la silla de montar del tercer caballo. Media hora más tarde se abría en la oscuridad el portón de la muralla, apareciendo fuera la misma silenciosa oscuridad. Sólo había un ruido, el pisar de los caballos sobre la tierra empapada.

Salía victorioso el primer animal... cuando una luz, la punta plateada de una lanza, atravesaba al caballero que iba en cabeza, destrozando su pulmón y no dándole ocasión de gritar. Se espantó el segundo animal con el joven atado a su silla y se perdió, sin rumbo, en las tinieblas. Creyó el otro caballero que había tropezado alguno de los dos corceles y preguntó al compañero: —¿Estás bien?

El silencio le hizo sospechar de un peligro y echó mano a la espada, volviendo a preguntar: —¿Sigue el varón en su silla?

Y mano y espada del matón se paralizaron. Con la última palabra se fue el ánima del caballero. El hacha del maestro albañil lo dividía casi en dos, arrojándolo al suelo.

—Aquí os quedáis como recuerdo —exclamó el albañil. Que el conde os dé sepultura cristiana, no yo.

Horas más tarde el maestro encontró al futuro condecito despierto ya, sobre el asustado corcel. Y antes del amanecer todo estaba igual en el castillo menos el sobresaltado conde, que ese día repartió las órdenes de trabajo por medio de un escudero fiel.

Si un cocinero fue el traidor, el criado que recogió las adormideras por la mañana tenía deudas con la sabia, ya que curado había sido por ella en dos ocasiones. Y fácil le había sido al maestro salir por la puerta secreta de su caballeriza y esperar a los dos astutos, pero confiados cuatreros. Algunos comensales bajo tierra estaban degustando ya del cercano banquete.

El rapto del hijo de Inés

Capítulo XXII: Envenenar a la condesa

Había convencido la anciana a su querida condesa para que el maestro albañil hiciera un orificio-ventana por debajo de un retrato, con el fin de permitir a la doncella vigilar el cuarto de la condesa desde el suyo, donde dormía con el niño.

Casi un año había transcurrido desde la llegada del conde y del fracasado intento de su venganza secuestrando al joven heredero. Hoy se había celebrado una boda entre la servidumbre. Se casó un oficial de sastrería con una jovencita aprendiz del mismo ramo. No fue grande la fiesta, pero el vino corrió hasta la hora de acostarse y ya solamente se oían en palacio los ronquidos del personal. No pudieron elegir ocasión mejor el conde y sus cómplices, aunque todo el trabajo sería de un bien pagado servidor, mientras el conde había partido aquella tarde hacia el obispado para no levantar sospechas. Sólo los caballos y mulos estaban despiertos a altas horas. Apagadas estaban las antorchas y velas, mientras una luna creciente era guía para quienes salieran a los servicios comunes. Posiblemente esta noche estarían todos felices en el regazo de Baco. El silencio llenaba los patios, pasillos y rincones. Aprovechó el sirviente la ocasión: eliminando a la condesa, el niño tendría que irse con su abuelo o hacer otro intento por desaparecerlo. Acostado y dormido estaba el pequeño en la habitación de la doncella. Rezando seguía esta una plegaria y desgranando estaba la condesa su acostumbrada oración cuando una llave maestra abrió sigilosamente la perfumada alcoba de doña Inés. Apenas tuvo la señora tiempo para volverse. Ni un grito pudo dar, pues alguien tapó su boca con un pañuelo de seda. Mas el instinto del peligro le hizo dar un manotazo a la jarra del agua que reposaba en la pequeña mesita. No pasó desapercibido aquel ruido de la jarrita al caerse para alguien cercano.

—No se mueva ni grite, bella condesa, si quiere vivir más tiempo. Quietecita, que le voy a atar. Primero la boquita cerrada y bien silenciada. Ahora, puede chillar que no soltará nota, sólo serán unos murmullos que pueda oír yo. Y a continuación, ya sabe, acostadita en la cama, con un brazo atado a una esquina y con el otro más atado aún al otro lado de la misma.

—Por favor, ¿quién sois? ¿Y qué pretendéis hacer?

—Señora condesa, no lo vais a saber; por eso llevo cubierto el rostro. Traigo un mensaje: después de gozar de cuerpo tan deseado, nadie ha de volver a usar de él. No me pongáis más difícil esta situación. Sois mía del todo. Y al fin, moriréis envenenada para que no quede huella del accidente.

—¿Acaso pretendéis una violación? ¿Atada como un animal? No me dejaré, salvaje sirviente.

—Insensata condesa. Sólo tengo, y así lo haré, que ataros los pies a cada extremo de esta lujosa cama y dejaros totalmente indefensa para gozar del placer que una dama de tan alto abolengo pueda dar a un pobrecillo siervo.

En la penumbra que proyectaba la vela, el cuerpo de aquella mujer se le antojó al hombre la gloria soñada y no iba a dejar pasar aquellos momentos de intenso ocio que le esperaban. Pero aquel futuro asesino no contó con que un ojo humano había observado por el otro ojo de la pared que tenía un cuadro colgado por arriba cómo el malvado ataba las manos de la condesa a los extremos de la cama. Instantes después el ojo de la doncella tenía dos pies descalzos que caminaban deprisa hacia la alcoba de la sabia anciana. Y ésta tocaba, a los pocos segundos, con los nudillos de su mano en la puerta del maestro para decirle: —Preparado para ayudar a la señora condesa. Cuando oigas el segundo aullido del lobo actúa sin miramientos.

En la espaciosa alcoba de doña Inés había una mesa de haya donde comía la señora, otra con una cesta llena de madejas para tejer manteles, distracción que le agradaba a la condesa, unos cuadros en las paredes con escenas de lobos y jabalíes huyendo, una mesita de noche con patas salomónicas y en una de las esquinas se hallaba un gran arcón con grabados y dentro se hallaba el hermoso animal disecado de una loba.

Babeaba ya el violador viendo a la presa amordazada e inmóvil y fue rozar su cuerpo con aquella piel celestial cuando detrás de sí oyó el mortal aullido del lobo: "Auuuuuuu"

Saltó como un fugitivo que oyera llegar el venablo. Miró al arcón, se acercó y lo abrió: —Maldito bicho, te haré pedazos en unos instantes, odiado animal.

Cuando levantó el puñal creyó ver al animal abrir sus fauces y aullar de nuevo: "Auuuuu..." Pensó que su sangre no circulaba y creyó helarse de miedo al oír unos golpes en la puerta. Se olvidó del lobo, se olvidó de la condesa y abrió silenciosamente la puerta dispuesto a matar, pero no viendo a nadie bajo aquella tenue luz de la lejana luna se lanzó escaleras abajo sin escuchar más, ni siquiera a un afilado puñal que cortando el aire, el silencio y la luz mortecina de la noche se incrustó mortalmente en su espalda. Rodó sobre los últimos peldaños, perdió su arma y cuando quiso mirar a su alrededor sólo vio el charco de sangre que lo envolvía.

Fue un entierro sin quitarle la máscara. Nadie quiso saber quién era, más no estando el conde. Lo enterraron antes del amanecer y cuando iba a despuntar el alba, lejos, de muy lejos, llegó de nuevo el siniestro aullido del lobo: "Auuuuuuu..."

En la estancia vivienda de la sabia anciana... la hechicera despertaba de un largo trance bañada en niebla y sudor.

Castigo a quien intentó envenenar a la condesa

Capítulo XXIII: La sorpresa

Tuvo el conde una feliz idea para poder conseguir dineros extra. Eran tiempos de paz, pues las tropas árabes no llegaban en sus batidas ni siquiera al centro de la Hispania. ¿Qué hacían tantos caballeros en su palacio? Entrenarse todas las tardes y holgazanear el resto del día, no era rentable, sino una sangría para el tesoro del condado. En adelante tendrían que hacer de leñadores cuatro días a la semana para ganarse el sueldo o de lo contrario debían buscarse otro señor que los necesitara. Desde entonces hubo días que parecía el castillo un lugar vacío por estar la mayoría en las labores del campo y monte.

Pero he aquí que precisamente una de esas mañanas de absoluta tranquilidad vino a alterar la paz un nuevo forastero. A las puertas llamaba un pobrecito fraile, entrado en años, buscando alimento para no morir, a cambio de tener bien adecentada la pequeña iglesia y sus alrededores.

Cuando se lo presentaron al conde, sus primeras palabras fueron que la pobreza del convento había obligado a cada uno a buscarse durante un tiempo comida y casa, pues las donaciones eran tan pocas que el monasterio sólo podía mantener a los primeros fundadores. Se habían producido unos escándalos en él y el obispado les quitó las tierras alquiladas en las que conseguían los frutos de venta para vivir.

—Señor conde, sólo espero me acepte durante un corto tiempo hasta que me lleguen buenas noticias de mis hermanos monjes. Dejo a su discreción el imponerme los trabajos que crea necesario y que estén relacionados con el cuidado de tan hermosa capilla.

Tardó el conde en responder, pero como ahora todo el mundo trabajaba y no le importaba una boca más si estaba dispuesto a ganarse la comida le contestó: —Aceptado eres, hermano fraile, y tu única labor será tener nuestra capilla como si fuera una lujosa catedral. Pide al guardián de turno te proporcione los útiles de limpieza, que llave no necesitas, pues solamente tiene tranca corredera por dentro y por fuera, y ocúpate de ver cómo está desde este mismo instante.

—Gracias, cristiano conde. Seré fiel al Señor y a ti.

No perdía su tiempo el fraile, a la vez que se ocupaba del trabajo, pues su mente y sus ojos estaban en otro lugar: —Es la misma —se decía— aunque ahora luce un techo de teja, está ampliada hacia los costados y le han cambiado la puerta y las ventanas. El piso parece más alto. Veamos. Es cierto, le han puesto encima gruesos y anchos ladrillos de barro cocido, pero no han tocado la cruz ni el escalón que tenía al pie. No han descubierto el tesoro, por el que vengo.

Pronto se trajo una pequeña alfombra para darle vistosidad a la zona de la cruz, aunque lo hacía para que no descubrieran sus actividades. Un poco cada día iba intentando mover los ladrillos que estaban sobre los 15 kilos de oro, volviéndolos a colocar con discreción en su lugar. Más tarde consiguió mover las baldosas que él había colocado en otro tiempo. Le quedaba remover la tierra apisonada y las delgadas lajas que colocó encima de la bolsa de cuero con el oro, para comprobar que allí estaba, de lo que no tenía duda alguna. Fue un trabajo lento a lo largo de dos meses, siempre atento a posibles ruidos y miradas del exterior. Ahora se le presentaba el mayor problema, cómo salir del castillo con tanto peso sin ser atrapado. Casi lo tenía planificado sin fallos cuando vino a sumársele algo inesperado. No se le iba de la mente qué razón tendría la sabia para venir a menudo a la capilla a pedirle una vela, sólo una cada vez, para ponerla en su alcoba a la santa de su devoción. Nunca quería llevarse más de una, con lo cual tenía más ocasiones de visitar aquella capilla cuando el fraile la limpiaba. Por su parte, la sabia no se fiaba de aquel fraile que trataba siempre de aislarse de los demás. Actuaba como un egoísta, no como cristiano que ayuda a los otros. Tomó, pues, la sabia, una decisión poco digna, pero de gran efectividad: abriría otro palomo, no del corral o criado en el castillo, sino cazado en el campo. Fácil fue para el maestro su captura poniendo reclamos en el arroyo que abastecía al depósito del agua. Enjaulado y triste estaba ya el palomo en la mesa de operaciones rodeado de cuchillos, de alcuzas con grasa animal y velas de cera encendidas. Y así, una vez que el perfume de las amapolas salió de la cazuela empañando la habitación, gnomos, almas de magos desaparecidos, espíritus de aves y seres malignos entraron a emborracharse con el elixir de la amapola. La habitación parecía un circo alterado: cortinas que bailaban ante los gnomos, hadas que se sentían perseguidas y sillas que se movían ante el azote de espíritus enojados.

Se durmió el ave cuando la hechicera le fijó su mirada y con esa anestesia pronto quedó abierto el animal en cuatro canales.

—Querido palomo, la droga de mi visión te ha dormido, mas aún palpitan tus órganos y antes de morir quiero saber qué hace el monje en este lugar. Háblame si deseas vivir después en el más allá y no ser un errante en este mundo. Tu hígado no me dice nada; tus intestinos, tampoco. Escúchame bien si quieres sobrevivir. Ya no soy la "sabia", sino el espíritu de la hechicera y dímelo sin rodeos, ¿a qué vino el fraile al castillo?

Los músculos del animal apenas tenían ya movimiento. Los riñones estaban sanos, los testículos también y el corazón iba dejando de latir con normalidad.

—¿A qué ha venido, espíritu del palomo, ese monje al palacio? ¿No me lo quieres decir? Es igual. No te pienso enterrar. Serás comida para las lechuzas y así tu espíritu... no tendrá destino. Sólo me queda una cosa, abrir y observar tu molleja. Después no tendrás otra oportunidad. Ya, ya... mal has debido comer los últimos días. No tienes más que pepitas de peras y granos de arena para triturar mejor. ¿Algo más?

Los afilados ojos de la hechicera perforaban el pobre alimento contenido en la dura molleja, buscando la última respuesta. De pronto exclamó:

—¡Oh, qué he dicho y qué veo! Un grano de arena roja. ¡Una pepita de oro, oro!

Recordó la sabia anciana que el maestro le había contado en una ocasión que el arroyo llevaba algunos granitos de oro, aunque eran tan pocos que no despertaría nunca el interés de los demás.

—Muere tranquilo, inocente palomo y vete al más allá con estos inquietos espíritus que nos rodean.

Tapó la vieja el ollón y adiós nubecillas y perfume de amapolas. Sin droga, se volvieron las almas al ultramundo, en pocos segundos.

—Oro, oro, es lo que busca el monje. Pero, ¿dónde? ¿En una capilla? Se habrá equivocado, mas cerca lo ha de tener. Hablaré con el maestro.

Y así fue cómo esa noche el fornido albañil se encontró solo, con una vela encendida, en la antigua capilla, que nunca tuvo llave que la cerrara. Los ojos del hombre no encontraban de qué sospechar. Esa pequeña iglesia la había reformado él, pero... era cierto, estaba allí, otro la levantó y a él le correspondió más tarde su mejora.

—La cruz, la cruz —se decía—. Es el mismo madero que conocí. Volveré otro día. Quizás el fraile venga a pactar con el conde cómo explotar de nuevo el arroyo y las posibles vetas del mineral.

Al girarse para marchar, pura casualidad, un pie tropezó en la roja alfombra sacándola de su lugar:

—Espera, espera —se dijo—. Este es mi oficio y yo nunca hubiera dejado un ladrillo sin pegar. Aquí hay no uno, sino varios que han sido removidos. Veamos qué hay debajo: ¡Caramba! Otras, unas baldosas también movidas. Interesante se pone la situación. ¿Y más abajo? Tierra, únicamente tierra. Bien, dejemos aquí el trabajo. Colocaré cada pieza en su sitio y volveré en otra ocasión. Mientras, nos toca vigilar al dudoso fraile. Si el monje busca oro, no podrá estar muy lejos.

El falso monje vuelve por el oro escondido

Capítulo XXIV: El reparto

Volvió el monje a su calculada y minuciosa tarea de escarbar bajo las baldosas para comprobar que seguía allí su saquito con el divino tesoro, pero tembló de pies a cabeza en cuanto corrió la salvadora alfombra. Cada vez que hurgaba bajo ella volvía a colocarlo todo en la misma posición salvo un delgado cordón de cuero que dejaba cada vez en distinta dirección como clave. Eso fue lo que no pudo advertir el maestro cuando tropezó y movió la alfombra.

—¿Se lo habrán llevado? —exclamó, a media voz.

Levantó los ladrillos, sacó las baldosas y cuando más le latía el corazón llegó a la capa de tierra. No habían seguido escarbando. Le inundó una paz infinita. Nadie podía saberlo pues no era secreto compartido, pero sí era cierto que alguien de palacio sospechaba de su inesperada llegada al castillo.

Alguno sabía de su actividad removiendo el suelo de la capilla, mas no conocían lo que escondía el subsuelo, de lo contrario habrían seguido cavando. El fraile se vio medio descubierto si seguía adelante y aquella tarde se la pasó entera recogido en la iglesia haciendo que rezaba, cuando en realidad meditaba cómo terminar pronto la aventura.

—No me queda otra solución, hablaré con el conde y le haré jurar ante nuestro Dios cristiano que será dueño de la mitad del oro escondido si promete dejarme llevar en paz la otra mitad. Tras la cena pidió permiso para hablar con el conde. Estaba éste malhumorado y con dolor de cabeza, al no encontrar amigos ni leyes que solucionaran cómo lograr que doña Inés y su hijo no heredaran sus bienes. Si fracasó en envenenar a la condesa, le quedaba todavía intentar de nuevo el rapto y desaparición de su hijo, pero no tenía suficiente dinero para comprar a un grupo de expertos malhechores. Enfrascado estaba en turbios pensamientos cuando oyó unos delicados golpes en la puerta:

—Conde Tora, aquí tiene la visita.

—Sí, sí, doncella, que pase el callado fraile.

—Amable conde, gracias doy a quien bien me recibe, que espero no causar molestias, sino serle una vez más tan útil como lo creo.

—Está bien, cristiano monje. Habla con sinceridad, breve en lo posible y con la misma claridad que la verdad.

—Así será, que la importancia del problema que traigo lo exige. Y tan grande es el negocio y los bienes que podemos alcanzar que sólo si usted jura ante el Dios Todopoderoso darme la mitad, puedo entonces aclararme.

—Si de dineros se trata y es grande el botín, juro ante el Señor que el reparto es a partes iguales. Hecho el juramento, te toca a ti, hermano monje, descubrir de qué se trata.

Rezó el fraile una breve oración ante la indiferencia del conde, que levantaba la única ceja que tenía esperando una pronta respuesta.

—Creo en su palabra, conde Tora. La verdad es que guardé unos 15 kilos de oro en la capilla hace muchísimos años, cuando abandoné el lugar después de cavar durante un año. Era entonces un jovencito monje que intentó fundar un nuevo convento en este lugar, por aquellas fechas considerado inhóspito, endemoniado y refugio de malhechores.

—¿Y eso era verdad, hermano fraile?

—En realidad sí había mucho de cierto en lo que se decía. Salteadores nunca hubo, pero temor a pisar estas tierras que hoy ocupan tu castillo fue cierto durante más de doscientos años. En el arroyo que está fuera de las murallas se enfrentaron dos ejércitos, cada uno conducido por un hermano que odiaba al otro. Aquel día una tormenta endiablada hizo de juez y enviaba tantos rayos que casi todos buscaban para caer la espada o la lanza de un guerrero. Sólo se salvó el clérigo que quiso reconciliarlos. Al final, el fraile bajó de la colina, recogió solamente los cuerpos de los dos hermanos y los enterró juntos. Una vez al año los espíritus de ambos gemelos vienen a purificarse en el arroyo donde lucharon. Esta maldición se trasmitía de familia en familia y por este motivo fue un lugar solitario durante siglos.

—Alabado sea el Todopoderoso —exclamó el conde—. Suerte has tenido, cristiano monje, en descubrir lo que dices. ¿Pero cómo no te llevaste todo el oro al monasterio?

—Ah, mi señor. Me fui con menos de la mitad, pensando que si en el convento me iba mal algún día podría tener un modo fácil de vivir. No ocurrió así, pero ahora la pobreza del monasterio es tan grande que me vi obligado a buscar lo que ya había olvidado, para que mis hermanos monjes puedan volver a vivir donde más quieren.

—Bien, bien, sincero monje. Quisiera saber dónde estaba exactamente la mina o galería en la que trabajaste.

—No hay duda de ello, conde Tora. La mina está ocultada por la casa en la que mora el maestro. No sé si habrá tapiado la boca de la galería o aún se conserva. Yo la abandoné porque apenas salían ya pepitas y porque comenzó a filtrarse el agua inundando el fondo. Creyendo que una capilla sería respetada, al ser la casa del Señor Dios, enterré una parte del tesoro al pie de la cruz y abandoné para siempre el lugar. Esta es la historia. Le toca ahora, cristiano conde, cumplir con su juramento.

—Es lo que haré, sin faltar ni una letra a mi palabra.

Y a partir de ese día desapareció el monje o aparente fraile con la mitad del oro sin despedirse ni dejar rastro tras el que seguirle. Sí le cobró el conde un caballo, un tanto viejo, en el que pudo poner su cuerpo y su botín. En adelante le tocaba al afortunado conde hilvanar las escenas de las próximas tragedias. Con tanto dinero extra sólo pensó en deshacerse de la propia esposa, de su varón, del maestro y hasta de la odiada bruja.

Reparto del oro

Capítulo XXV:
Laguna Negra

—Conde Tora, le traigo la noticia que esperaba. Doña Inés emprenderá un secreto viaje.

—No tardes más, cocinero, y explícate mejor. Por esto ya sabes que serás recompensado.

—Escuche, señor, las dos cosas más importantes: una de las doncellas de compañía de la condesa ha encargado viandas para varios días de viaje que harán tres personas. Este es el primer mensaje. Y el segundo, que he podido conocer por una mujer de lavandería a la que cortejo hace tiempo, es que la condesa y su hijo se llevarán la ropa más vistosa para asistir a la boda entre la hija mayor del Marqués Linoes y un noble soriano.

—Enhorabuena, gran cocinero. Sigue atento ese rastro por si hay cambios de última hora. Lo demás, es cosa mía.

Esa misma noche dos avaros y fieles servidores del conde recibían la paga de todo un año y un plano detallado para el secuestro y desaparición del hijo de la condesa, arrojándolo a la laguna que pertenecía a las tierras del Marqués de Linoes, al que el conde siempre odió porque no le prestó ayuda en su huida a Tierra Santa.

—¿Y cuándo o dónde esperamos a la carroza con doña Inés y compañía?

—Lo mejor sería partir cuanto antes y esperarlos, haciendo el secuestro en el desvío o camino de herradura que va hacia la olvidada laguna que llaman Laguna Negra.

—Cumpliremos, conde Tora, que una paga tan generosa merece un buen trabajo.

Así comenzó una esperada persecución.

Lo que no sospechaba el conde era que aquellos dos malnacidos, comprados vilmente, tenían otras dos sombras pisándoles los talones. Nada en palacio se le escapaba a la anciana. El señor conde tenía espías, pero la sabia contaba a la vez con otros mejores.

La suerte estaba con las retrasadas sombras, pues a veces era la llovizna quien enturbiaba el horizonte y el resto del tiempo era la intensa niebla quien impedía a los bandidos ver a las sombras caminar seguras, detrás. Fácil era seguir las huellas de los caballos sobre el lodo del camino real dejando al descubierto la misión de los dos primeros esbirros.

El maestro y la sabia no tenían prisa por cazar a dos futuros asesinos, pues doña Inés, su hijo y el conductor traían medio día de retraso. De pronto, el maestro se dio cuenta de que habían perdido las huellas de los asesinos.

—Detengamos nuestra marcha, señora. Creo que han tomado un atajo.

—Maestro, ¿podría ser el sendero de herradura?

—¿Un sendero de herradura? No he visto señal de ello.

—Sí, maestro. Hace poco hemos dejado a la izquierda un letrero con la herradura. Podría estar ahí el atajo.

—¡Oh, sí, anciana! Una herradura grabada en piedra o madera indica siempre un camino sólo para mulas, burros o caballos. Volvamos sobre nuestros pasos.

Poco después, envueltos por la persistente niebla, estaban frente a dicha herradura.

—Debemos observar con más atención. Las pisadas de los caballos entran por este sendero, pero no debemos seguirlos. Suerte y mucha, hemos tenido. Sin la niebla nos hubieran descubierto. Lo oportuno es retroceder y escondernos.

Lo mismo habían hecho los salteadores. Entrando por el camino de herradura se escondieron tras unos matorrales para escuchar el traqueteo de la carroza condal.

—Amiga sabia, ¿por qué no advertimos a la condesa del peligro y evitamos el secuestro?

—No, maestro, no. El conde lo intentaría otra vez. Debemos desbaratar este posible atentado y dar escarmiento a futuros asesinos a sueldo. Dejemos, pues, correr el tiempo y estemos alerta.

Una espesa neblina seguía vistiendo la sierra, el valle, árboles y caminos. Lo mejor era confiar en el oído. Lo mismo hacían los asaltantes. Por fin, el quejido del carruaje alertó a los asesinos de la llegada que esperaban. Apenas pasada la señal con la herradura, el escudero que guiaba el lujoso carro con Inés y su hijo se vio sorprendido por dos jinetes en sendos animales que le cortaban el paso.

No tuvo tiempo de rebelarse el conductor, pues un golpe lo derribó dejándole inconsciente. El maestro y la anciana esperaban aún los aconteceres. La información que tenían era de boca y lengua segura.

Los asesinos sacaron al joven de la carroza y desaparecieron por aquel sendero de herradura, después de tapar los ojos al niño. Camino, pues, de una laguna iban dos siniestros caballeros a cumplir la promesa hecha al conde, que consistía en atar al joven a una roca y lanzarlo a las frías y profundas aguas. El maestro y la sabia atendieron al cochero y aconsejaron a la condesa siguiera hacia la cita con la boda, mientras uno de los futuros asesinos decía al otro:

—Al fin, compañero, cerca tenemos el cementerio para este fruto, no del conde, sino del avispado clérigo. Cumplamos con los detalles: rodear la laguna por nuestra izquierda para ascender al acantilado.

Y allí llegaron casi al anochecer, cansados de pisar tanta piedra suelta, de subir con lentitud por culpa de la niebla y por turnarse con el peso de otro cuerpo. Más fácil les fue al maestro y a la anciana un ascenso sin carga. Poco le faltaba al atardecer para encerrarse en las entrañas de la noche. Y poco les quedaba a los malhechores para anudar la soga, que sujetaba al joven, a una roca rectangular. Ya las lágrimas del niño se mezclaban con la niebla, presintiendo dónde iría a caer… cuando una ráfaga de viento alejó la niebla del entorno y una inmensa capa o manta negra cubrió aquella escena macabra. Se congeló el espacio y se congelaron los dos esbirros asesinos. Sobre sus cabezas había un espectro, un fantasma con gigantes uñas por todo el cuerpo. El maestro levantó el hacha para cortar el primer cuello y se quedó también inmóvil, paralizado como los otros:

—¡Espíritus del lago y la niebla! —se oyó decir a la hechicera.

Cientos de agujas, cientos de uñas, cientos de espadas salían de aquel espectro o capa negra que cubría a los aparentes caballeros. El miedo los fijó a la tierra y sintieron endurecerse la lengua y perder la visión.

—¡Espíritus del lago, acudid aquí! —gritó de nuevo la anciana. Y una nube de pestilente azufre salió de aquella negra capa envolviendo sólo a los dos malvados.

—Es tu hora, maestro. Estás libre ya. Corta esas dos inútiles cabezas.

Y una tras otra, lanzadas fueron a la vieja laguna. Si negras eran sus aguas cuando caía la noche, en adelante se tornarían más negras también de día.

—¡Espíritus del lago, volved a vuestro mundo y dadme a la vez la forma humana! —gritó la sabia.

Cuando el maestro terminó su faena y se volvió, la sabia hechicera estaba soltando la soga que ataba al niño a la roca.

La Laguna Negra. Fracaso en el intento de asesinar al hijo de Inés

Capítulo XXVI:
El chantaje

Muchos meses pasaron sin que el conde pudiera olvidar los rumores que llegaron. Según la voz de los corrillos, la laguna del marquesado Linoes se había vuelto de agua negra y dos cabezas sin cuerpo hacían de centinelas por las noches. Pero..., pero con los días, meses y un año más se fueron también las penas, no las intrigas.

Regresaba el conde aquel atardecer, feliz y sonriente, de una cacería en tierras de un amigo aragonés donde tuvo la suerte de conocer a una infanta viuda, con un hijo de corta edad, sin futuro en la vida. Infanta, por privilegio que le concedió el rey Jaime.

—No perderé esta ocasión —se dijo el señor conde—. Me casaré con ella y tendré heredero, aunque el joven no sea mío, pero daré éxito a mi venganza. Debo actuar pronto. Lo único importante es conseguir que el obispo o Roma anule mi matrimonio con la infame Inés. Sólo tengo un camino, conquistar o convencer al nuevo obispo. ¿Chantaje? Pues intentaré el chantaje.

Tras dos días de descanso y meditar, el conde Tora tomó una decisión peligrosa y delicada: visitar la casa episcopal.

—Vamos, cochero, apura un poco a los caballos, que debemos llegar a medio día.

—Ten confianza, conde, que estaremos a tiempo.

Era exactamente la hora calculada, sin que los relojes de sol marcasen nada bajo los nubarrones tapando la ciudad. Y el cochero ató los corceles a unas grandes argollas.

—Conde, el obispo es tuyo. Y con vuestro permiso me distraeré unas horas por los mejores burdeles. Cosas de joven, señor.

—Tienes tres horas, cochero. Goza de la libertad.

Sonó el aldabón en el obispado e instantes después un elegante hombre con hábito, convertido en Excelencia cuando el anterior se fue a Roma, recibía a un amigo, conocido el día que volvió de Tierra Santa con la bula del perdón.

—Conde, amigo, siéntate sin rodeos. Mi despacho es hoy tu casa. Mucha ha de ser tu preocupación si has llegado sin aviso.

—Así es, y espero no volver con las manos vacías.

—Al grano, pues, querido conde.

—El problema es tan grande que sólo vuestra Excelencia puede resolverlo con acierto. Y seré directo en el ataque: quiero me consiga la anulación de mi matrimonio con doña Inés.

—Pero, conde, eso no depende de mí, sino de Roma. No me estarás pidiendo que haga tal peregrinaje. ¿Por qué deseas tal ruptura, si no es mucho preguntar?

—Ahí está el nudo de esta soga, Excelencia. Ella no me ha dado varón y esto debe ser razón suficiente para la anulación.

—¿Y no hay algo más detrás de todo ese problema?

—Claro, Excelencia. Doña Inés no me ha dado varón pero sí ha tenido niño con otro, como su señoría sabe o conoce desde el día que me presenté con la bula del perdón, y además, está protegida por la sabia.

—¿Y ésta que tiene que ver en ello? No lo tengo claro.

—Mire, Excelencia. La sabia quiere que herede ese hijo que no es mío y es tan poderosa que todas mis ilusiones y proyectos se han ido siempre a pique.

—¿Tan poderosa es?

—Seré sincero. Ella, dicen, es una hechicera y su poder va unido al del diablo. ¿Qué puedo hacer? Solamente anulando mi matrimonio podré librarme de ella y de doña Inés.

- Fácil lo tenemos, pues. La Inquisición se puede encargar de la hechicera y luego veremos cómo anular ese enlace.

—No, no, Excelencia. Acusar a la sabia ante la Inquisición será mi muerte. Ella es capaz de convertirse en Lucifer y me clavará sus uñas una noche antes de subir a la pira del fuego. No, no. A ella le daré yo su merecido si Roma puede anular tal matrimonio. A su Excelencia le pido sólo este favor, que será bien recompensado. Llámelo como crea oportuno, pero tengo aquí un testamento en el que dejo al obispado parte de un bosque con leña para que tenga carbón por muchos años.

—Bien está tu oferta, mas hacer un viaje a Roma supone un gasto desmesurado para esta casa.

—Ya, ya lo entiendo, Excelencia. También he pensado en esto. Mis ahorros están a su disposición. El viaje lo paga el condado. Tiene su señoría el dinero disponible en la casa de cambio. He firmado por los gastos que usted tenga durante dos meses.

—Bueno, conde. Lo he de pensar esta noche. Aunque esté de acuerdo, necesitaré un mes más para poder visitar tantos lugares y monumentos sagrados de nuestra Iglesia, aprovechando esa visita inesperada.

—Bien, Excelencia. Los tres meses son suyos si Roma le ha de conceder el papel de anulación.

—De eso no dudes, conde. Uno siempre tiene buenas relaciones aquí y allá. Por una peregrinación gratuita a nuestro centro universal puedo entender el chantaje que vuestro condado me ofrece.

—Lo considero chantaje honrado. Espero su ida y vuelta. Así podré casarme con la viuda infanta Gertrudis y devolver a doña Inés al viejo y maltrecho duque de Olivera. Quedad con Dios, señor obispo.

—Buen viaje de vuelta al castillo, conde.

Horas más tarde, cochero y señor conversaban íntimamente:

—¿Le ha ido bien, conde?

—Ya lo creo. Pronto sentiré la satisfacción que da una venganza cumplida. Y a ti, amigo, ¿cómo te fue con tanta moza?

—No lo sé. Placeres he tenido muchos, pero después de subir al carruaje y sentarme he notado picores que nunca había tenido. La dueña del local me ofreció mozas sanas pensando solamente en el dinero, mas vete a saber qué rebaño tiene allí. Si algo me va mal, acudiré a la médica. En tu condado no hay otra solución que pasar por sus artes y adivinanzas.

Sonrió el conde, sin soltar más palabras. En su mente iba cifrando el dinero que le costaría pagar a nuevos asesinos para liquidar a la hechicera, y sólo dijo al final:
—Espero, cochero, que si has enfermado llegues a tiempo a esa consulta.

—Conde, ¿qué quiere decir?

—Nada, nada especial. Sigue conduciendo, que mañana te subo la paga del mes. ¡Arre, arre, caballos!

El conde se había olvidado de que tenía cochero.

Camino, pues, de la eterna Roma, iba una semana después, en bellísimo carro, el nuevo obispo de aquella región hispánica donde tenía el conde Tora sus posesiones.

Chantaje del conde al obispo

Capítulo XXVII:
Expedición al Ándalus

El compromiso del conde Tora de casarse con la agraciada infanta Gertrudis, si el obispo conseguía en Roma la anulación de su matrimonio con doña Inés, creó una gran amistad entre el conde y su amigo el noble aragonés, pues dicha infanta estaba emparentada, aunque lejanamente, con el noble. Apenas había partido la Excelencia religiosa para la ciudad papal cuando el noble aragonés le propuso al conde hacer una excursión al Ándalus para apoyar a las tropas del rey Fernando, que tenía asediada la ciudad de Sevilla.

—Escucha, conde Tora. Si cae esa ciudad podemos traernos un rico botín y quizás futuros favores del Rey.

—No estoy, bien sabes, para ponerme al frente de un grupo guerrero, aunque sí para ir en la retaguardia. Ventajas podría así conseguir, es cierto, con el botín y los favores reales para enfrentarme definitivamente a la hechicera y sus secuaces. Mas, dudas tengo muchas.

—Conde, no hay peligro de que nos entierren allí. El ejército cristiano, según las últimas noticias, va de victoria en victoria, y la caída de Sevilla es cuestión de tiempo, no de muertos por nuestra parte.

—¿Qué propones, entonces, para empezar?

—Reúne a nueve fuertes voluntarios, que debemos partir antes de que caiga la ciudad; de lo contrario, adiós negocio.

Esa misma semana, veinte armaduras protegían a unos ambiciosos aventureros camino de una fortificación que se desmoronaba para entregar sus ingentes riquezas. Pero no todos tenían la misma ilusión. Aquella expedición perturbó la paz de la hechicera. Si el conde volvía sano tras el apoyo al ejército real, los favores del Rey podían eclipsar el poder que ella ejercía en el condado, y hasta era posible su destierro. Doña Inés y su hijo tendrían que regresar a tierras del duque de Olivera.

Pasado ya un tiempo previsto tenía que obrar para conocer qué ocurría en el Ándalus. ¿Podría interferir en aquel acontecimiento? ¿Cómo provocar un desastre en las tropas o grupo del conde? ¿Hacer fracasar el ataque del ejército cristiano? La mente de la hechicera era un hervidero de proyectos retorcidos.

Aquella noche la luna gobernaba en el cielo. Creyó la sabia que podría tener una conversación con ella. Dejó en paz a los sufridos pichones y otras aves y encendió una vela, colocando la luz y el cofre del más allá en una ventana que contemplaba la luna. Creyó ver la hechicera que los espíritus amigos estaban haciendo una escalera uniendo el azul lunar con el rojo que emanaba de la vela. Por los peldaños subían los hados de ultratumba, y ella tomó el mismo sendero. Luego, se sentó detrás de ellos para escuchar una sabia conversación:

—¿Qué hacemos hoy, un día tan especial, aquí?

—La hechicera, ser que hemos creado, quiere saber qué pasará en el Ándalus.

—¿Nada más?

—También quiere conocer si podemos hacer algo contra su enemigo, el conde Tora.

Pasó un breve tiempo. El silencio cosía hasta el aire y nadie quería romper aquella baraja, empezando a repartir alegrías o desgracias. Por fin, fue la Ninfa quien abrió el libro de la experiencia:

—No debemos ser más un abogado para los problemas humanos. Nuestra primera creación no ha resuelto lo esperado.

—Explícate de nuevo —dijo desde atrás la hechicera—. ¿Lo dices por mí?

—Así es, sabia médica. Tu experiencia no ha sido lo útil que esperábamos. Tu aventura con el duque y después protegiendo a Inés en el palacio del conde trajo muertes, raptos y enemistades. Nuestra obra en el mundo ha interferido en la libertad del hombre.

—Aceptado es tu juicio —dijeron a coro los demás.

Intervino, entonces, el Ogro, que deseaba que alguien lo invocara en las guerras para beber la sangre de los caídos en el combate:

—¿Por qué no apoyar la lucha mora contra el Rey castellano?

Respondió, de nuevo, la Ninfa por los demás, mirando al Ogro:

—Equivocado camino sería ése, si sólo queremos satisfacer la sed de nuestro compañero el Ogro.

—Explícate de otra forma, hermosa Ninfa –susurró la hechicera desde lejos.

—Escuchad todos mi opinión: la historia no se debe cambiar. El Califato perdió su honor, fuerza y unión. Por acá y allá le nacieron débiles hijos, los reinos de taifas. La avaricia, las envidias y el poder individual dividieron a la fe, al orden y a la unidad musulmana. Por el contrario, ahora esos ociosos reyezuelos de taifas tienen enfrente la unión de los oprimidos, desheredados y desalojados de su territorio el día que los visigodos hicieron lo mismo, dividiendo y malvendiendo un poderoso reino hispano. Hoy, bajo la misma fe y fuerza, el rey Fernando ha echado la suerte sobre el Ándalus. El invasor moro dejará pronto la Hispania cristiana; dejará tierras, enseres, bienes y buscará refugio en África, de donde salió. La unidad de Hispania será el éxito futuro de la historia de una gran Nación.

—¿Caerá o no Sevilla en manos cristianas? —susurró, otra vez, la hechicera, desde lejos.

—¡Mirad, mirad! —sentenció la Ninfa—. Contemplemos todos cómo se mira la luna en el Guadalquivir. ¿Y qué vemos? Sus orillas se llenan de barcas en las que la gente cargará su ropa, animales y otros míseros bienes. La victoria cristiana es segura. La partida está ganada. Sevilla se ve encerrada en su propia prisión. Cortados los suministros por la costa, no tiene recursos para sobrevivir. La rendición es cuestión de días y la población no será sacrificada, pero tendrá que embarcarse para pasar en grandes oleadas al África.

Enmudecieron los espíritus y cerró sus párpados la sabia hechicera. La luna vio pasar por delante una esponjosa nube y hados y hechicera bajaron a prisa por los peldaños de aquella escalera ocasional. Era el preciso momento en el que la vela perdía la roja luz que la unía con el azul de la luna.

Por suerte para la sabia hechicera, el rey Fernando no prometió favores a los vencedores, salvo a uno, y no era el conde. Entre los demás repartió, por igual, el gran botín conseguido y deseó un feliz viaje de retorno a sus tierras a todo el que quisiera partir.

Las tropas cristianas conquistan Sevilla

Capítulo XXVIII: Regresa el conde del Ándalus

Apenas había pasado un mes de aquellas correrías que tuvo el cochero del conde en la ciudad episcopal, cuando éste sintió los terribles aguijones de una enfermedad medieval que mataba a los incautos mancebos que visitaban con frecuencia las casas nocturnas de las grandes ciudades.

Aprovechando la salida del conde al Ándalus, las pisadas del joven cochero iban contando los metros que le faltaban para llamar en la puerta salvadora. No tardó la anciana en abrir a los suaves golpes del enfermo.

—Pasa, jovenzuelo y siéntate ahí —dijo la vieja, señalando un rústico banco al pie del fogón—. Cuéntame tu malestar, que el rostro es más de un cadáver que de alegre juventud.

—Al grano iré, que si te miento será peor. La juerga con unas mozas debe ser la causa de este picor y ansiedad que me ahoga.

—Dime algo más. ¿Cuánto tiempo hace de esas correrías? Necesito saber con exactitud los días o meses de tal contagio.

—Pues, amiga anciana, creo que fue hace poco más de un mes.

—Eso parece indicar tu palidez. Mas, no habrá sido aquí, en palacio, que cada cual tiene su pareja fija, después de tanto insistir. ¿Dónde ha sido? Supongo que no hay otra respuesta que en la ciudad episcopal, ¿verdad?

—Es cierto, anciana.

El cochero no quería descubrir cómo ni con quién fue al obispado y respondió a unas nuevas preguntas con una brevedad muy calculada, pero la anciana empezó a sospechar que el joven trataba de ocultar la verdad. Ella sabía que cualquier secreto de palacio escondía algún veneno y aquel enfermo lo tenía que descubrir si deseaba ser curado.

—Bien, joven cochero. Si quieres que encuentre las oportunas hierbas, tu corazón no puede mentir. Mis espíritus sanadores necesitan saber qué hacías allí y quién te llevó. A mí me puedes engañar, pero ellos son los que te pueden curar y no lo harán si mientes. Háblame con tu mente abierta.

—¿No hay otro remedio para mi mal?

—No, joven, no. El contagio tiene un desarrollo rápido y ya está deshaciendo tus huesos. Si quieres morir, puedes irte. De lo contrario, habla.

—No debería traicionar a quien me protege, mas me siento obligado a ello, pues no quiero morir tan pronto.

—Decídete, entonces, que los espíritus benéficos se quieren marchar.

—Amiga anciana, fui con el conde, que quería hablar con el señor obispo. Me dio tres horas libres para disfrutar.

—Ah, joven cochero. Eso es media verdad. Mis espíritus no pueden esperar. ¿De qué habló el conde con el obispo? Los espíritus lo saben ya, pero necesitan oírlo desde tu corazón.

—Sólo puedo decirte, anciana, que de esta verdad no debería enterarse el conde, pues le he sido siempre fiel y de él depende mi futuro sustento.

—No te preocupes por ello. Los espíritus sanadores no hablarán. Te curaré si dices toda la verdad.

—El conde Tora, amiga anciana, fue a pedir la anulación de su matrimonio. Eso es todo.

—Joven cochero, mis hierbas y los seres que me ayudan te dan el remedio a esa desdicha. Tómate mañana y tarde este jarabe y ponte la pomada que contiene este tarro cada noche. Curarás.

Salió el hombre de aquel cuarto en penumbra con olores extraños teniendo la sensación de haber comenzado a vivir. Mas... unos oídos espías habían estado pegados a la negra cerradura de la puerta y cuando la vieja hechicera le entregaba hierbas y pomada, unos pasos de pies descalzos se alejaban y perdían, doblando la primera esquina del corredor.

Si el conde regresaba sano y salvo de aquella larga expedición al Ándalus, tendría noticias frescas de la vida de su cochero.

Pues, sí. Tuvo el conde una feliz vuelta desde tierras que pronto dejarían de ser musulmanas. No había perdido ni un caballero ya que nunca luchó en primera fila y la entrada en el castillo fue triunfal. Todos traían alforjas cargadas con joyas y preciosas armas. Los próximos días fueron de fiesta y agradables e inofensivos torneos. Por fin el conde estaba dispuesto a atender a sus fieles servidores en el salón condal. Y llegó el momento que alguien esperaba con anhelo profundo. El cochero deseaba volver a su viejo trabajo. El largo reposo y las recetas de la hechicera lograron la curación, aunque no podía olvidar que lo consiguió traicionando al señor que lo alimentaba. Se consideraba ya fuerte y útil para servir al mismo.

Y una noche, tras la cena, pidió al escudero guardián avisara al conde de su presencia para comunicarle el deseo de volver al trabajo. Pasó el joven cochero al salón condal. Hablaron muy poco ambos. Salió el cochero arqueando las cejas y no de buen humor. El conde habló sin mirarlo, fija su vista en los pergaminos que había en la mesa. ¿De qué hablaron? Nadie lo supo, pero al día siguiente los primeros rayos del sol iluminaban un cadáver colgado en el centro de la plaza de entrenamientos. El cartel colgado de su pecho alertaba: "Por traidor. Castigo que espera a todo enemigo del conde".

Pocos días faltaban para el regreso del nuevo obispo de la Roma papal con el esperado certificado que anulase su enlace con la condesa. Y en esos pocos días o semanas el conde Tora tenía que rematar la faena haciendo desaparecer a la sabia y al maestro que tanto la protegía.

El conde castigaba con la horca a quien era traidor

Capítulo XXIX: Cabalgando de nuevo

Tras la primera cruzada surgieron hostales, posadas, casas de reposo y centros estables de negocios a lo largo de las diversas rutas. Peregrinos de toda Europa iban y volvían durante todo el año desde la celestial Jerusalén. Visitar los santos lugares era la mejor ocasión para conseguir del Mesías Redentor la llave o promesa de que al morir las puertas del Cielo estarían abiertas si habías pisado Tierra Santa. Unos lo hacían por fe y otros, más interesados en lo material, lo hacían por comerciar.

Después de volver del Ándalus, conde y noble aragonés esperaban con ansiedad una visita que se les hacía eterna. El obispo no llegaba con la carta que anulara la unión del conde con doña Inés. Dispuesto estaba el noble a emprender un viaje a Roma, si convencía al desdichado conde, para saber algo del joven clérigo, cuando un plateado carruaje, con cierta autoridad religiosa, llegó al portón del condado: —Carta para vuestro conde, guardianes del castillo. Les habla el secretario del obispado. Mi único deseo es entregarla en mano.

—Adelante, señoría, que hace tiempo espera el conde la respuesta del obispo.

No tardó el conde Tora en recibirlo ni lo que se tarda en una respiración:

—¿Noticias buenas, señoría?

—No tan buenas por hoy, pero llegarán las que desea. El obispo guarda reposo en la ciudad eterna, aquejado de unas fiebres asiáticas. Su mejoría parece rápida, mas el regreso se retrasa pues le han prometido unirse a otros obispos que harán una peregrinación por barco a la Santa Jerusalén.

—¿Y qué hay de la promesa que me hizo?

—No debe preocuparse, conde. La anulación ya está redactada, pero las normas exigen que debe ser leída y entregada por el propio obispo, no valen autoridades inferiores. Su Excelencia le pide paciencia y disculpas por retrasarse.

—Vamos al grano, señoría. ¿Cuánto puede ser ese retraso?

—No lo dice expresamente, pero da a entender que puede ser de casi un año. Paciencia cristiana, conde Tora.

La despedida dejó al señor del condado en una pendiente sin obstáculos. Necesitaba los consejos del noble aragonés, entrañable amigo desde la vuelta del Ándalus, más teniendo en cuenta la posible relación matrimonial con la infanta Gertrudis.

La conversación entre ambos tomaría un rumbo no esperado por el conde. Este le había hablado una vez del enigmático regalo que tuvo que entregar a los templarios franceses por encargo del arcipreste. El noble no dudó en atacar sin rodeos el problema de esperar al obispo: —Amigo conde, si su Excelencia ha de recuperarse de una peste que le afectó y después emprende una larga peregrinación a los santos lugares, tenemos tiempo para ir nosotros allá y volver antes o a la vez que él. ¿Qué opinas de mi proyecto?

—No me gusta nada. Ya peregriné en una ocasión por necesidad y viví la vida de cualquier perro abandonado, aunque sí aprendí mucho, es cierto. No quisiera repetir.

—Bien, amigo y apreciado conde, quizás te convenza lo siguiente: te has referido en otro momento a que el arcipreste te comunicó que otro cáliz, el que usó el maestro Jesús en la *Cena* llegaría otro día a Europa, cuando los templarios tuvieran mejor organización y más poder. Pues, atento a lo que podemos conseguir: conozco una casa templaria en mi reino aragonés.

—¿Me estás diciendo que eres amigo o confidente de los templarios?

—Así es. Puedo hablar con ellos y comunicarles que tú has sido quien trajo para el Temple francés un cáliz menor usado por los discípulos, y que fue hallado en una cripta subterránea del Templo.

—¿Y qué les vas a proponer? ¿Ir con ellos a decirle al arcipreste lo santos y poderosos que son y que podrían defender el Cáliz santo eternamente?

—¿Por qué no? El arcipreste puede estar al corriente del poder e influencia que ya tienen en la Hispania cristiana, más sabiendo que el reino musulmán está por capitular.

—Sigo sin comprender para qué tanta odisea y dejar largo tiempo el gobierno del castillo a una esposa inútil e infiel y a una hechicera que odio.

—Compréndelo, conde. La carta de anulación no va a llegar porque esperes. Nuestro viaje puede ser otro negocio, y…

—¿Y qué más puedes añadir? ¿Te has olvidado de lo que ibas a decir?

—No, no es eso. Lo que quería contarte podría ser mal interpretado por el Temple si usamos el viaje acompañándolos como causa o motivo para hablarles de la hechicera pidiéndoles ayuda para eliminarla.

—Para, para, que tu caballo se va a desbocar. Es verdad lo que dices, pero puede ocurrir que quieran saber algunos de mis problemas, como el juicio que me hizo la Inquisición, resultando yo un sospechoso también. No, no tropezaré en la misma piedra de nuevo.

—Olvidemos, entonces, este hecho. Pensemos que un año de espera puede hacer que uno se vuelva loco, que mal consejero es el ocio. Vámonos a Jerusalén con los templarios. Ellos aceptarán. Decídete.

—Acepto, pues parece un buen consejo.

Noticias tenían los templarios aragoneses de la existencia del Sagrado Cáliz, pero no de quién lo custodiaba en absoluto secreto. Y rumores habían llegado de que el Papa quería enviarlo a Europa ante lo inestable de Oriente, con tanta tropa extranjera defendiéndose del influyente poder árabe en la zona. En Castilla, Navarra y Aragón tenía el Temple casas y templos fortificados y cualquiera de ellos podía ser refugio seguro para venerar en secreto una reliquia tan querida.

El Maestre o Superior del Temple en Aragón aceptó dirigirse a Jerusalén para ofrecerse como protector de tal objeto sagrado, si podía convencer al arcipreste, último poseedor del Cáliz, según el relato del conde.

Aquí comenzó la histórica aventura o persecución por traer al reino aragonés el hoy desaparecido Cáliz.

Cabalgando iban las estrellas sin estorbar que la luna llena fuera colgando un azulado collar sobre la tierra. Cinco intrépidos guerreros del Temple iban también persiguiendo una estrella que de una vez los guiara. Aprovechando iban las primeras horas de la noche, que de día el sofocante calor agotaba a las sufridas bestias.

Pocos días pudieron ir en solitario. Cristianos con armas y cristianos sin ellas se unían en la peregrinación a aquellos defensores de la fe, para así librarse de ladrones y asesinos de oficio. Con ese fin habían nacido las Órdenes Religiosas Militares. Protegían en la ida y en la vuelta a los muchos peregrinos.

Felices se sentían cabalgando los templarios por intentar traerse el precioso Cáliz, a la vez que estaban en máxima alerta. Jornadas con desagradables sorpresas no eran fáciles de producirse.

—Conde y noble, adelantaos —les dijo el Maestre templario—. Preguntad en la próxima posada si podemos acampar en su explanada unas cien personas, y si hay una frugal cena para todos, que el Temple invita hoy.

Costumbre era que en las rutas peregrinas, hosterías y posadas nunca pusieran obstáculos a la acogida en sus tierras de los creyentes o fieles por muy pobres que fueran, más si al frente iba una Orden Militar.

—Maestre, hemos hablado con el patrón o dueño de la casa y el menú de esta noche es una sabrosa sopa de cordero, sin precio fijo. Basta una pequeña donación de la Orden.

—Adelante, pues. Que la gente se divida en pequeños grupos frente a la vivienda y que levanten las tiendas de dormir mientras llega el refrigerio. Los ricos pueden pasar al salón del comedor y pagarse lo que gusten cenar.

Aquella muchedumbre gozaba de la tranquilidad que le daba la protección militar. Sólo el conde desconfiaba, sin saber por qué. La vida le había enseñado a ser astuto y suspicaz en cada momento. Su desgraciada existencia le aconsejaba estar en vela constante. Así, pronto, pudo observar un posible peligro:

—Maestre, tres jinetes que salían del bosque hacia acá se han vuelto deprisa.

—Bien has estado al vigilar, pero no temas. No se enfrentarán a una orden militar. No dejes que esta ligera sopa se enfríe y aquellos perturben tu sueño.

Pasando fueron las estrellas de un horizonte a otro y pasando fueron los sueños de un campo a otro en el reino de cada mente. Después, abrió el sol una cascada de luz, flores y párpados. De pronto, un peregrino gritó:
—Me han robado, me han llevado el zurrón con los dineros.

Y otro y otro más gritaban algo parecido: —A mí —decía el último— me falta el bastón, el puñal y los anillos que podía vender para llegar a Tierra Santa.

—¡Serenidad, peregrinos! —se oyó decir al capitán del Temple—. Que cada uno trate de recordar quién dormía en la tienda cercana.

—Maestre, Maestre —decía una voz desde el fondo—. Aquí estaba la tienda de un padre con dos hijos, que han desaparecido.

El conde lo tenía tan claro, que exclamó: —Los tres del bosque tenían cómplices peregrinos. No seré yo quien confíe en adelante.

—Razón tienes, conde Tora —añadió el Maestre—. Esto pasa en todas las peregrinaciones. Pondremos, desde hoy, guardia cada noche.

Parecidas fueron las noches y los días de aquella marcha peregrina, dirigida por cinco militares templarios y dos caballeros con título. En algunas ocasiones las escaramuzas con desalmados terminaban con un duro castigo a estos o con la muerte ante el ataque implacable de la espada templaria, pues los grupos armados nunca tenían perdón. Era la forma de no encontrarlos dos veces.

Todo muere con el tiempo, como penas y sinsabores dejaron de serlo al ver y entrar en Jerusalén. Olvidando tanto sudor, cada cual buscó el lugar preferido para rezar, vivir y contemplar unos días la tierra prometida.

Templo cristiano y mezquita árabe

Capítulo XXX: Cómo engañar al enemigo

Vivir en la santa ciudad no era fácil, pero la fe hacía llevar bien los sacrificios y en el corazón del peregrino nacía la esperanza de morir alcanzando la felicidad.

Cuatro entrevistas hicieron los templarios de Aragón al arcipreste para convencer al religioso de que los templos, fortalezas y poder que tenían en la Hispania, que estaba recobrando la unidad, eran lugar seguro para esconder la sagrada reliquia. Y detalles solamente le quedaban al arcipreste por hilvanar para ceder el precioso Cáliz, cuando al encontrarse de nuevo todos, el conde abordó al Maestre templario:

—Sé que os va bien, mas has de conocer que tenemos sombras ajenas desde que llegamos.

—Estoy seguro que lo dices en serio, pero no te alarmes. Se irán como las que proyecta el sol, que se van también en cuanto él no está.

—Las sombras —añadió el noble— son dos caballeros hispanos por la apariencia. Guardan siempre mucha distancia, aunque observando todos los lugares que visitamos.

—Pocos enemigos son dos. El problema es que sean más y estos hagan sólo de espías. Mi consejo es no darse por enterados, y si es posible, procura tener algún encuentro ocasional y ver qué escudo llevan sus armas.

—No será fácil, Maestre. Si son enemigos, habrán elegido armas comunes.

—Bien, amigos, mañana sabremos cuándo hemos de partir. Seguid atentos al entorno.

Aquella sosegada mañana desplegó las mismas esperanzas en la población, no así en la expedición templaria. La despedida se postergó. Desde la iglesia catedral doblaban las campanas a muerte. La noticia corrió pronto por las calles y los fieles se detenían en las aceras para orar cuando pasara un difunto de prestigio. Un clérigo de báculo había sucumbido a las fiebres venidas de Asia. Los templarios acudieron con prisas a la casa del arcipreste:

—Excelencia, ¿quién ha sido el pobre o rico que ha de presentarse ante Dios?

—Penoso es decirlo por ser un pastor admirado, un obispo de vuestra tierra. El obispo contrajo la fiebre en Roma y tras una mejoría, quiso conocer los santos lugares. Aquí llegó con pocas energías y recayó en esas fiebres desconocidas. Le atendieron los mejores galenos cristianos y árabes de la ciudad, sin encontrar solución. Es una desgracia que un obispo tan joven haya muerto, pero en el cielo no tendrá más trabajo.

La noticia que trajeron los templarios casi da el golpe mortal al desafortunado conde. El obispo que falleció era su única esperanza. Había ido a Roma a conseguir la anulación del matrimonio entre el conde y doña Inés, decidiendo conocer Jerusalén antes de regresar. El noble también se sintió envejecer ante aquella desgracia, que casi le afectaba por igual. Ahora se enfrentaban ambos al problema de saber qué había pasado con la carta de anulación.

—Maestre, necesito un gran favor —dijo el conde—. Tú puedes preguntar al arcipreste qué han hecho con los libros y otros enseres que se trajo el obispo a Jerusalén, pues entre ellos tiene que estar la carta que anula mi matrimonio con la condesa.

—Lo intentaré, conde, y ahora mismo.

Cuando el Maestre entraba a dialogar con la máxima autoridad, de la capilla ardiente salía el féretro de ébano sobre una vistosa carroza tachonada de cruces y figuras esculpidas de santos y santas, portando en su interior un cuerpo con parte de sus pertenencias. Poco después el rostro del templario reflejaba la serenidad y dureza que adquiría sólo en los momentos del combate:

—Conde Tora, te pido que seas fuerte como lo has sido en otras ocasiones. El féretro se lleva con el huésped cristiano todos los enseres espirituales que trajo. Es la ley en Tierra Santa. Se ha de enterrar a una autoridad con todos los bienes intelectuales o escritos que portaba. Nadie puede conocer los secretos de sus conversaciones.

Aquel mensaje fue como admitir que un puñal lo estaba atravesando, y el conde no encontró remedio mejor que refugiarse en la amistad del noble.

Casi con las lágrimas surgiendo, vieron templarios y caballeros pasar la fúnebre carroza por la calle principal camino del camposanto. Mejor lugar no pudo elegir el obispo para saltar a la eternidad, aunque peor lugar no pudieron hallar quienes tuvieron que conocer cómo se perdieron sus mejores proyectos.

Las lágrimas no llegaron a saltar y eso hizo que el experto ojo del conde pudiera ver en la acera opuesta a los dos caballeros espías contemplando el paso funerario. Mas... cuando carroza y acompañantes dejaron aquel lugar, los dos caballeros desaparecieron mezclándose entre la multitud.

Si aquella mañana fue triste para muchos y a dolor picaron y repicaron las frías campanas de la torre, la tarde y la noche fueron de lenta meditación para el Temple y sus amigos. Con el nuevo día, el arcipreste repartió las órdenes y consejos. El templario más joven iba a quedarse para una misión especial. Los otros recibieron el Cáliz envuelto en paño de lino y seda dentro de un jarrón de madera forrado en piel.

Y atrás quedó Jerusalén, aunque no irían solos los templarios. Grupos de humildes peregrinos y auténticos pordioseros se unieron a los defensores de los creyentes, no sólo en la partida, sino en los días siguientes hasta llegar a Constantinopla. Entre ricos y pobres, más de cien peregrinos se sometían a la disciplina templaria para evitar robos y asaltos. Casualidad o no, con un retraso de medio día, hacían camino por detrás varios esquivos caballeros.

Atravesando estaban un valle, entre escarpadas lomas de Bosnia, por un sendero ancho y bien empedrado desde tiempos romanos, cuando se enfrentaron al primer sobresalto. Una noche de viento y lluvia ponía cerrojos alrededor de las tiendas no dejando dormir ni a peregrinos ricos ni a pobres:

—Ocasión es ésta para intentar el robo de esa joya que llaman Cáliz —se dijo un espía infiltrado entre tanto peregrino.

Pero en la mente de los templarios los centinelas estaban en máxima alerta. Cualquier desorden en la naturaleza, bien lo sabían, era la oportunidad del salteador de caminos para desvalijar sin ser detectado. El Maestre mandó a dormir al conde y al noble al pajar, retirando después la escalera de acceso. Les dejaba el tesoro para que lo escondieran si les parecía mejor que protegerlo. Ellos cuatro dormirían en el establo con los animales, habiendo observado antes que había una salida por la parte de atrás. Dos velas encendidas eran la señal de que alguien descansaba allí, mientras un templario, por turno, hacía la guardia.

Entre las tinieblas, ojos cercanos camuflados entre unas carrascas habían seguido los movimientos de aquella muchedumbre obediente al levantar sus tiendas frente a la hostería.

—Seguro estoy, patrón —decía el espía—. Los templarios y sus cabalgaduras se han refugiado en el viejo establo, pues una luz los delata. Estarán degustando de algún queso y jamón, que delicado cuidado tienen de sus cuerpos, no sé si igual preocupación tendrán de sus almas.

—Dejemos, entonces, que alguna jarra más de vino los prepare para dormir —respondió el jefe bandolero.

Los relámpagos iban y venían sin control. Y pronto, la tormenta de agua dejó paso a los demás ruidos atmosféricos. Los ladrones decidieron el asalto y el templario de guardia sonrió murmurando: —Alimañas no esperadas tenemos junto al campamento. La sorpresa va a ser el mejor duelo.

Y la primera para los asaltantes fue encontrar el portón de la cuadra abierto.

—Serán cobardes —decía el supuesto capitán del mando asaltante—. ¡Adelante, compañía y a muerte sin compasión¡ —volvió a decir.

Se fiaban de ser un gran número, mas el silencio fue la respuesta y los bostezos y bufidos de algunos caballos creó la inquietud entre los forajidos. La búsqueda de los enemigos, primero, y la búsqueda del supuesto Cáliz, después, fue un rotundo fracaso. El tiempo pasaba y los templarios habían desaparecido junto con la reliquia buscada.

Un relámpago cegador y el relincho de un cuadrúpedo avisó de la auténtica encerrona en que habían caído. El portón del establo se cerró desde afuera y las cuatro ventanas de la cuadra se abrieron de par en par desde el exterior. Encerrados en una espaciosa ratonera, les quedaba la solución de incendiar el establo y morir, quizás asados, o saltar por los anchos ventanales y luchar ante lo desconocido.

—¡Por las ventanas, de dos en dos! —gritó el capitán bandolero.

Era una salida con cierto riesgo, pero no había otra.

Justo lo que esperaban los templarios. Salir en pareja suponía también para ellos un peligro que ya tenían muy asumido y bien estudiado en su dura preparación para entrar en la Orden. Y la estrategia de guerra prosperó. Según saltaba la pareja de bandidos, uno recibía el golpe del arma en el cuello o en la cabeza y la punta de la misma espada se incrustaba después en el cuerpo del otro enemigo. Era una acción arriesgada en dos actos diferentes, pero letal. Siempre quedaba una oportunidad para alguno de los dos heridos, pero los reflejos del templario hacían repetir aquella acción en sentido inverso con la seguridad que les daba una preparación especial. No se entraba en la Orden sin llegar a ser un experto en los posibles trucos que hacían ganar las guerras.

Cinco muertos y tres heridos graves fue el balance y el escarmiento dado a tan insensatos salteadores.

—Ahora queda saber si entre ellos hay alguno que pueda reconocer el conde. Traed un par de luces y... ¡Bajad ya del pajar, caballeros! —gritó el Maestre del Temple, colocándoles la escalera.

Con la luz vacilante de las antorchas se dispuso el conde a estudiar detenidamente aquellos rostros:

—¡Oh, sí, sí! Éste nos vigilaba en Jerusalén. Lo vi por última vez en la acera opuesta cuando pasaba la carroza funeraria.

—Poco o nada sabemos —añadió el Maestre—. Sigue observando, conde.

—Aquí, aquí tenemos quién es el verdadero enemigo. Fijaos en la empuñadura de la espada. Es la prueba, no podemos ya dudar. Es... el escudo del Ducado de Olivera.

—Enviados, entonces, por tus enemigos, apreciado conde —añadió el noble.

—Sin duda. La hechicera no descansa. Ella es la verdadera espía de nuestro viaje y quien desea vernos en el camposanto. ¡Bruja maldita y endemoniada! De momento, no lo has conseguido.

—Conde, ¿y qué opinas del conocimiento que tiene del Cáliz?

—Lo sabe, estoy convencido. La hechicera tiene oídos en cualquier rincón del palacio y habrá espiado las visitas que el noble hizo a mi castillo.

—¿Tantas artimañas tiene?

—Sí, Maestre. Espías son para ella algunas doncellas, el aprendiz de cocinero, guardianes de las murallas y hasta los espíritus del más allá, que mucho la protegen.

—Bueno, conde Tora, demos ligero entierro a estos cuerpos en el cercano bosque, que la lluvia nos ha facilitado cavar sus tumbas, y los heridos que se las arreglen con el tiempo o con los dueños de la hostería.

Entierro del obispo en Jerusalén

Capítulo XXXI: ¿Desaparición del cáliz?

Atrás quedó la Bosnia, medio cristiana. Peregrinos de todas las clases sociales, algunos en la auténtica miseria por haberlo dejado o perdido todo en tierras lejanas, vistiéndose con harapos, seguían a los protectores templarios con la esperanza de llegar vivos a su pueblo o ciudad. Cada hostería o posada a lo largo del camino era un obligado descanso para una multitud sudorosa y mal alimentada en general. Algunos ya habían encontrado su hogar, pero aún quedaba un grupo numeroso bajo el mando templario. Y una vez más volvió a ser el astuto conde quien planteó la sospecha:

—Maestre, tengo una duda que deseo exponer.

—Adelante, pues, amigo.

—He observado que después de abandonar la posada anterior, unos ricos peregrinos, caballeros con animal, estudian todos los movimientos de tu Orden, como esperando sorprenderos.

—Conde, no olvides que de día nadie nos puede hacer sombra y de noche la propia oscuridad será siempre nuestra aliada.

—De tu palabra, no dudo, mas he sido un perro herido y perseguido durante una penosa vida y el olor del peligro me llega ahora siempre a tiempo. En ese grupo de ricos comerciantes hay alguien que conoce todo o parte del secreto. El cuero que esconde el jarrón y su tesoro ha llegado al conocimiento de la hechicera. Tú, como verdadero creyente, dirás que no es posible tal saber, pero yo sí creo en ello. Esos ricos caballeros han llegado a Jerusalén por algo y se han unido en la partida, esperando una oportunidad antes de llegar al reino aragonés.

—Te puedes equivocar, conde Tora. Confía en nosotros. El Cáliz no pasará a manos de tal hechicera, pues la convertiría en el ser más poderoso. Esta reliquia sólo estará en nuestro templo, vigilada día y noche.

—Lo haré, lo tendré presente, pero seguiré atento aunque tenga que dedicarles, cada instante, el único ojo que me dejaron.

Poco, muy poco faltaba para entrar en territorio galo donde el Temple tenía casa, templo y poder. Y poco, muy poco quedaba desde ahí para pasar a la Hispania cristiana donde también el Temple tenía fortalezas y aún mayor poder.

—Maestre, esta es la última posada antes de alcanzar la nueva frontera. Pero hemos de tener extrema prudencia ante esta hostería. Aquí tuvieron que entrar los dos templarios galos para rescatar el cofre, con el cáliz menor, que me robaron.

—Buena advertencia, conde. Las normas para pernoctar son las de siempre: que los peregrinos levanten pronto sus tiendas y que sepan que esta noche los templarios pagan la cena a todos los pobres. Los ricos pueden pasar a la hostería y pagarse lo que consuman. Templarios y los dos caballeros amigos cenarán fuera con los más pobres.

Decisión acertada fue esta. Evitó así el conde verse cara a cara con antiguos enemigos. Un templario acercó y ató los seis caballos en el establo, mientras otro escondió el Cáliz en un destartalado pajar. En esta ocasión, el conde, preocupado solamente por hacer de espía, no se acordó de advertir al Maestre cómo en aquella hostería se robaba a inocentes peregrinos.

En el comedor, el diente de los opulentos comerciantes o caballeros bien pagados no daba tregua al jamón. Antes de vaciar la primera jarra ya comprendieron que ocasión como aquella no iban a tener otra. Los templarios cenaban a la intemperie.

—Lo tengo bien trazado, compañeros. Tenemos el establo cerca, saliendo por la puerta de los servicios. La noche es cerrada y no hay gente vigilando los corrales. La cena durará, como tantas veces, una hora. Tenemos más de media para actuar. Dos de nosotros buscaremos el Cáliz. Los otros dos seguirán aquí comiendo. Si no volvemos es que vamos huyendo hacia atrás, hacia Venecia, para poder despistar al Temple.

—Mi oportunidad —se dijo el sirviente gordinflón—, que sospechó desde el primer momento de la actitud de aquellos cuatro avaros ricos.

Dirigiéndose a ellos con otra jarra de vino les dice: —Si os puedo servir en algo, nadie mejor que un servidor, que conoce cada rincón del entorno. Por unas monedas de buen oro les ayudaré en la empresa o delito. Acabo de escuchar, sin querer, vuestras murmuraciones.

—Sorprendidos nos dejas —contestó el capitán del grupo. Si no quieres ser cadáver, tendrás tu paga a cambio de esa ayuda. Acompaña a estos dos, y boca sellada, después.

Se asomó el sirviente al balcón para contemplar el panorama, y a la luz de las antorchas y velas entre las tiendas pudo ver cómo los templarios cenaban plácidamente con pobres y más pobres. Pocos minutos después los montones de paja se movían bajo las vueltas y sacudidas de manos rudas y ágiles brazos. Luego, ascendieron al pajar y allí fue el sirviente quien dio con el botín, exclamando: —Aquí lo tenéis, caballeros. A la vez extiendo mi mano. Poned lo acordado.

Y los ricos comerciantes pagaron sin vacilar. Después, dos mansos caballos hacían camino y leguas y más leguas hacia la húmeda Venecia. El Cáliz había pasado a la clandestinidad para llegar a la poderosa hechicera.

Con el amanecer, se levantó el campamento. Templarios, conde y devotos tendrían que separarse pronto, tras una corta jornada.

Ante la vista de la multitud peregrina estaba, al fin, la frontera donde muchos tomarían los diferentes senderos que obligaban a dispersarse. La mayoría se perdería por sendas francesas. Y unos pocos desheredados acompañarían a los templarios para entrar en Cataluña unos, y en Navarra los otros. Solamente uno de los peregrinos, con el grupo templario, llegaría al reino aragonés. Era joven, pero su aspecto no dejaba dudas sobre lo pobre que podía ser y de lo abandonado que tenía su cuerpo. Con el gorro incrustado hasta las cejas, la barba sucia y unas ropas raídas por la polilla, nadie le habría robado. Si alguien era realmente pobre, la apariencia de este hombre era el mejor espejo. Otra cosa es que lo fuera.

Vomitaba claveles ardientes aquel sol de mediodía cuando pisó tierra aragonesa el pequeño grupo de cuatro templarios, dos caballeros con título de nobleza y un humilde, pobre y sucio peregrino. El calor era tan sofocante que el Maestre decidió hacer un alto junto al arroyo que besaba aquella ermita cristiana, no lejos del fuerte templario.

El conde no salía de su asombro, pues no había oído comentarios sobre el Cáliz. Tenía una montaña tan alta de dudas que no se atrevía a afrontar la pregunta que lo inquietaba frente a un Maestre tan sereno, austero, prudente y fiel a la orden militar. Y fue el templario quien rompió la tensión que desprendía el triste rostro del conde:

—Tú dirás, amigo conde. ¿Cuál es tu preocupación?

—Gran desasosiego me acompaña desde hace horas. No he visto el zurrón donde iba la gran reliquia.

—Escucha, conde, y no dudes del éxito de nuestra misión.

—De tu palabra no se debe dudar, pero... ¿dónde va el sagrado Cáliz?

—No te asustes y tranquilízate ante lo que vas a escuchar: el Cáliz fue robado en la misma hostería donde a ti te robaron el cofre con otro cáliz menor.

—Maestre, ¿que lo han robado y con tanta tranquilidad lo cuentas? ¿La hechicera nos ha vencido? Si es así, mi tumba será la primera en cavarse.

—En nuestro mundo, conde Tora, la fe es tan importante como la misma vida. Si has confiado antes en nuestra Orden y en sus miembros, si has confiado en mí, no te vamos a defraudar.

—Para mí la vida ha estado gobernada por la intriga, la envidia y la desgracia, no por la fe. Contempla mi cara, el ojo que me queda y la oreja que me falta.¿Fe? Yo sólo he tenido la vida de un perro abandonado.

—Bien, amigo conde. Si algo bueno te puede llegar, esto va a ser hoy. Primero has tenido y tienes nuestra amistad, y ahora mira con atención al sucio peregrino que tienes al lado. Este pobre va a cambiar su harapiento traje por este otro que está en la alforja de mi caballo.

El ojo del conde no cerró el párpado en minutos. El peregrino pobre y sucio dejó caer la capa, lienzo o raído mantón que llevaba y a la vista de todos quedó... un estuche de cuero. Y cuando el hombre se vistió con el traje del Temple, la carcajada de los cinco templarios dejó al conde pálido como la muerte. El peregrino era el templario que se quedó con el arcipreste. ¿Y el estuche? La cajita de madera tapizada en cuero se abrió y allí, allí estaba el Santo Cáliz, el Cáliz de la histórica cena.

Tomó el Maestre la palabra, dirigiéndose al noble y al conde: —¿Hacia dónde irán los ladrones, caballeros o comerciantes, con un falso cáliz? ¿A quiénes podrán embaucar? ¿Quizás a la hechicera?

—Maestre —dijo el noble—, ¿cómo sabrán que no es verdadero?

—Los expertos en fraudes lo sabrán con sólo verlo.

—¿Dónde está el engaño, pues?

—Fácil lo han de tener los compradores o la propia hechicera si lo pesa o rasca un poco. Es cierto que tiene las mismas medidas que el verdadero, pero... pero es de latón, bañado varias veces en polvo de oro y con tres incrustaciones de piedras preciosas falsas.

El conde, por fin, miró extrañado al Maestre; luego, a su amigo el noble; por último, al pobre peregrino vestido ya como guerrero del Temple, y... comenzó a reír y reír sin apenas respirar. Ante un posible ataque a un corazón muy débil, el Maestre templario tuvo que ponerle la mano sobre el hombro para decirle: —Basta, hombre sin fe, que nos puedes contagiar.

Poco después: —Maestre, ahora que se ha despedido el conde y su amigo el noble don... ¿cómo dice que se llama? Al conde siempre le agradaba nombrarlo como noble, pero, ¿su nombre?

—Si lo quieres recordar, en adelante cítalo como don Pedro.

—De acuerdo. Ahora, pues, me gustaría saber qué iglesia de las nuestras guardará esta reliquia.

—Lo he pensado mucho y no voy a darle facilidad a los curiosos que anden tras ella en los años venideros. Tú, ¿dónde la protegerías?

—En nuestra iglesia-fortaleza de Aragón, donde tenemos los catorce hermanos perpetuamente y en la que descansamos cuando volvemos de Oriente.

—Defendida sí estaría por el número de valientes, pero comprenderás que todo ladrón o enemigo sabe que las mejores joyas y grandes riquezas están siempre donde hay más protección.

—Es cierto, Maestre. ¿Y no lo dejarás ahí?

—Guardemos el secreto desde este instante. Dejaremos uno falso en la iglesia-fortaleza de Aragón, pero la custodia del vaso donde bebió el Nazareno irá a la ignorada iglesia de Sione, del reino castellano.

—¿Y quién de nosotros se quedará allí?

—Ninguno, cruzado. En ella hay un religioso puesto por el obispo y dos hermanos ayudantes que son aspirantes a cruzados.

—Maestre, permítame una observación. "Secreto de tres, de todos es", dice el refrán.

—La Iglesia ha previsto esto también. El clérigo estará una semana ausente reunido con otros del oficio, al iniciarse la primavera, para estar al corriente de las normas papales. Ahí está nuestra oportunidad. Dos días hace que inició su camino la primavera. Nos reuniremos con los dos futuros cruzados y bien sabéis que el secreto entre los miembros de la Orden, igual da sean tres que trescientos; secreto eterno es.

—Lo sé. Ninguno quebrantará las normas.

—Y ahora surge el verdadero problema. Tenemos que decidir el lugar exacto donde esconderlo. ¿Ocurrencias?

—Yo, Maestre, creo que el lugar oportuno es la cripta y en ella, bajo el mármol del altar.

—¿Y por qué no, bajo una columna o pilar? —añadió el Maestre—. Es lo recomendado por el arcipreste.

—Buena idea, pero no podríamos sacarlo con facilidad en ocasiones especiales para contemplarlo —añadió otro.

—Cruzado, comprende que más importante es que nos sirva de protección, que tener el placer mundano de verlo ocasionalmente.

—Ahí sí que hablas con la verdad. Sigamos la intención del arcipreste de Jerusalén y veamos cómo llevarlo a cabo.

—No es difícil el proyecto. Primero se han de quitar unas baldosas alrededor de la columna para desprender dos piedras del propio pilar. Luego, se coloca dentro el cáliz envuelto en paño de oro y se coloca una de las dos piedras de tapadera. Colocadas las baldosas, con arcilla húmeda se repasan todas las juntas de todas las columnas como si hubiera sido una restauración general.

—Difícil, no, más bien imposible se lo pones a futuros buscadores de tesoros. Podrían desmantelar el altar, tirar paredes y levantar los suelos, pero derribar columnas no sería una agradable ocurrencia por el peligro de quedar allí enterrados, y ningún ladrón va buscando la muerte.

—Me queda una explicación que hacer. ¿No me preguntáis cómo sabrá la Iglesia futura, la Roma de dentro de un milenio dónde o quién guarda el sagrado objeto?

—No mantengas más misterios y aclaralo pronto, Maestre.

—Seguiremos lo que decidió el arcipreste. El secreto estará bien conservado. En los sótanos del Vaticano estará la lista de las iglesias que hasta hoy se edificaron en la Hispania cristiana. En ella constará también la iglesia de Sione construida en el siglo XII y en el pergamino queda escrito que bajo una de las columnas está el cáliz protector del cristianismo. Roma vigilará atentamente por si algún día desaparece, se derrumba o se destruye esta iglesia, para poder rescatar el Cáliz. Y aquí nos despedimos. Mi última decisión es que vosotros partáis hacia la fortaleza-madre a descansar. Yo iré solo hacia el destino final. ¡Adiós, cruzados del bien!

Y en una dirección, galopando iba el caballo del Maestre, tan veloz como los pensamientos del invencible cruzado. En otra, también iban galopando otros caballos con más tranquilidad. El último de la fila se retrasaba por segundos, pues el animal sintonizaba con las dudas que asaltaban al templario. Breve fue aquel momento en el que montura y jinete se detuvieron para mirar hacia atrás. El caballo sólo escuchaba. El cruzado tenía un mal pensamiento y en aquel respiro y silencio, al caballo se lo contó: —¿Y si el Maestre decide, en otro lugar, el cáliz sagrado esconder?

El Maestre guardará el cáliz

Capítulo XXXII:
El diablo siempre anda suelto

Caminando aprisa iba aquel año de 1251, cuando, de pronto, pareció detenerse en el reino aragonés. Triste andaba el corazón del rey Jaime Primero intentando comprender aquel desenlace. La muerte de su esposa, doña Violante, fue la ocasión para olvidarse de la guerra y que en palacio se aparcaran las intrigas diarias.

Momentos propicios serían para que el señor obispo bendijera el féretro y recitara la última oración ante el mausoleo, proclamando las virtudes de la difunta reina ante el benigno Dios.

De todo el reino aragonés y de otras zonas limítrofes acudirían dignidades, noblezas y ricos a una despedida real.

En el condado del deformado Tora, a la hora del desayuno, la doncella que servía al señor, viéndolo taciturno, trató de aliviar la situación diciendo:

—Amable conde, olvidaría un tanto sus problemas yendo a dar el pésame al gran Jaime, que proezas tiene para contar. Además, sé lo conocéis bien, pues habéis tomado parte en la conquista de Valencia, derrocando al intruso musulmán.

—Es cierto, mujer, pero no creo que el Rey tenga de mí buen recuerdo, que siempre serví en la retaguardia y no perdí caballero a mis órdenes, a parte que acabo de llegar de este segundo viaje a Jerusalén y estoy cansado.

—¿Es que no habéis sido valiente en la caída de Valencia?

—Si tú supieras la verdad, no pensarías igual de mí, aunque años después sí me jugué la vida en el asalto a Sevilla a las órdenes del rey castellano.

—No sea tan modesto y cuénteme, mientras come, algo de su paso por esas tierras valencianas.

—Lo haré por única vez si ello sirve para que me olvide de tanto diablo que me persigue. En la última refriega nuestra retaguardia estaba descansando en la orilla derecha del río, cerca ya del puerto, mientras el Rey y el grueso de la caballería batían sables y esperanzas a lo lejos, rechazando el desembarco enviado desde Túnez. Discutíamos si adelantarnos y reforzar al Rey o esperar órdenes de algún mensajero, cuando nos vimos sorprendidos por la espalda.

—Pues, conde, duro tuvo que ser el combate, que vivo está.

—No fue así, mi querida doncella. Por no morir en la lucha cruzamos a la otra orilla para huir por un descampado, y el musulmán se detuvo comprendiendo que nuestra fuga estaba asegurada. Pero aquel destacamento o grupo de moros era parte del ejército musulmán que venía retrocediendo ante el empuje cristiano. Cómo perdió el Rey moro aquella batalla nadie lo supo explicar. Parece que la tormenta de rayos y truenos que se estaba desplegando sobre la ciudad fue la ayuda que necesitaba el Conquistador. Cristianos del centro de Valencia habían prendido fuego a las casas en varias calles antes de precipitarse la lluvia, quedando la tropa mora entre dos fuegos. Las armas regaron de muertos las avenidas y fue hecho prisionero el rey moro Zeid. La leyenda cuenta que desde aquella hazaña el rey Jaime recibió el título de Conquistador, y bastaba su lejana presencia para hacer huir al enemigo.

—Conde Tora, me emociona lo que cuenta, pero descanse y coma un poco más, que tiempo hay para que siga la historia.

—Gracias, doncella, por tu interés. Perdona que me haya extendido, mas es que las nubes que cubren mi alma no me dejan ver la realidad y el final de mis angustias. ¡Oh, doncella! Las tormentas se pasean por mi mente hasta en sueños. No me presentaré ante el rey Jaime, pues quizás recuerde aún lo inútiles que fuimos sirviéndole en aquella gloriosa batalla.

—No se desprecie tanto, conde. ¡Ánimo!

—De nuevo te doy las gracias, pero me estoy viendo como una estatua de arena que en cualquier momento se desmorona. Meditaré enseguida a quién mandar. Y a propósito, ¿has oído algo sobre mi odiada esposa, si va también al entierro?

—Así es, amable conde; es que no me ha dado ocasión de contárselo, que de casi todo se entera una. A mediodía la recogerá en las puertas de la muralla su padre, el duque.

Y de tal forma ocurrió. La plateada carroza o lujoso carruaje del duque de Olivera, con Inés y un pequeño séquito de caballeros, partió veloz para llegar al día siguiente a palacio, unas horas antes del sepelio. Por otro camino arribaron también dos cocineros del conde Tora con un regalo y un destino especial. Ellos portaban el único vino que tenía fama en la comarca. Con él quedaría muy bien el Rey en el brindis de despedida.

Cumplió el obispo con la pomposa aunque triste ceremonia de las exequias reales, alabando a Dios por haber dado doña Violante dos herederos varones al virtuoso Rey.

Después, comenzó la hora de una sabrosa comida con una sopa de ajo, pan y menuditos de perdiz. Luego, carne de corderos jóvenes.

Los casi doscientos personajes invitados comenzaron a olvidar la despedida de la difunta Violante. Surgieron pronto amenas y largas conversaciones entre tanto rico comensal, con proyectos para defender sus tierras y poder desterrar para siempre al musulmán. Ayudantes de cocina, muy hacendosos y atentos, había ese día para servir los flojos vinos que acompañaban a las olorosas carnes, ya que para el final estaba reservado el "caldo" de más calidad y nombre, enviado por el conde Tora.

En la despensa de la cocina los dos sirvientes o ayudantes ocasionales tenían la última conversación: —Recuerda bien lo pactado. Cuando llegues a la mesa del duque de Olivera haz como si ya no quedara vino en el pellejo. Descuelga del cinturón el odre de cabrito donde sólo está la cantidad exacta para doña Inés, el duque y los tres caballeros que les acompañan. Luego, vuelve a echar del primero.

—No le fallaré al conde, descuida. Tú sirve por la otra fila con la más amplia sonrisa y siendo parco de lengua como yo. Vamos allá.

A esa hora, la última noticia que comentaban algunos ricos nobles era la conquista que había hecho el rey castellano Fernando III al tomar Sevilla, unos años antes. Otros seguían proponiendo planes para terminar de derrotar al moro. Algunos más habían perdido el habla de tanto comer. Y como en toda reunión importante, los menos callan, observan y dialogan con parquedad. El duque de Olivera era uno de ellos.

Desde el principio hizo que Inés se fijara con discreción en si le eran conocidas aquellas caras que servían los aguados vinos y que servirían el caldo del brindis.

—¡Oh, padre, sí! Uno es sirviente del conde Tora, al otro no lo conozco bien.

—Pues, hija, ellos pueden ser tus enemigos y míos.

—Ahora comprendo, querido padre. La sabia matrona me dio el consejo, al partir, de ser hoy astuta como la serpiente del paraíso.

—Bien, hija, ¿y cómo vamos a despreciar el brindis final ante el Rey? Hasta ahora nos han servido comida de la misma fuente que los demás y nos han servido vino del mismo pellejo, pero de la reserva que nos han puesto para el final no debemos fiarnos.

—La prudencia nos ayudará. Levantaremos la copa llena al mismo tiempo que lo haga el Rey y todos los invitados. Lo demás, te lo cuento al oído, querido padre.

Llegó, por fin, la hora de la despedida cuando la tarde iniciaba su melancólico andar. El banquete donde se hacían amigos había transcurrido con total discreción en memoria de doña Violante rumbo hacia la eternidad.

Las circunstancias exigían una última ceremonia. El Rey se levantó y cogió la copa rebosante del exquisito vino invitando a los demás a hacer lo mismo, para luego pronunciar el adiós: —Gracias os doy, ricos hombres y mujeres de nuestra Hispania, por la ayuda que me habéis prestado en algunas ocasiones y por acompañar al cuerpo de mi esposa a su postrer morada. Que este brindis sirva para unir nuestras armas contra el invasor y que sea a la vez un sincero recuerdo del viaje de doña Violante. ¡Salud, caballeros y damas de Hispania!

Al unísono levantaron las copas, abrieron sus pesados labios y casi al unísono descendió el aroma y cuerpo de Baco por las sedientas gargantas. ¿Al unísono? Eso creyó cada uno del otro que tenía al lado, pero no fue así. Inés, duque y escolta lo dejaron caer bajo la mesa, tan rápido como los demás lo degustaban.

Y cada cual tomó de inmediato el sendero que la tarde les marcaba hacia sus castillos o palacios, antes de que les cayera la noche cerrada.

Tras aquella jugosa comida, el veneno haría su oficio de enterrador en el séquito del duque a la media hora de camino, mas... dos días después el diablo todavía andaba suelto y el conde Tora sí estaba preparando el verdadero veneno para dos inútiles sirvientes.

Los planes de la hechicera seguían manteniendo la ilusión de que su querida Inés heredara algún día un gran condado.

El Rey Jaime I, tras la muerte de doña Violante

Capítulo XXXIII: El eclipse

Regresaba feliz el maestro albañil después de inspeccionar las fuentes que alimentaban el depósito del agua, a la vez que el atardecer se iba acostando sobre los viñedos de la colina. Feliz, además, por haber cazado una liebre. Esa noche la cena sería en la vivienda de la sabia, con la que compartía, a veces, mesa y plato. El conde, la condesa y la anciana eran las personas de palacio que siempre comían en sus aposentos, a donde acudían con frecuencia los invitados de estos.

Una amena cena se prometía ese día el maestro, pudiendo así conversar tranquilamente sobre el oscuro porvenir del condado.

Mientras el maestro aseaba su cuerpo, la hechicera se entretenía despellejando al frío animal. Degustando iba su paladar los sabrosos trozos que arrojaba en la cazuela, cuando al quitar la hiel dejó caer el cuchillo. Sus ojos veían lo increíble. Aquel animal joven no podía estar enfermo, pero lo estaba. Tres enormes tumores sobre el hígado lo confirmaban. Se acercó a otra mesa, cogió el cofre de los amigos invisibles y lo abrió. El espectáculo de aquel escenario que estaba contemplando le aclaró el problema. Lo volvió a cerrar y esperó a que el maestro entrase, una hora más tarde, a cenar.

Con pocas viandas se llenaron esa noche sus estómagos. Después, el maestro leyó un roído pergamino de piel con lo escrito por la hechicera y se fue a dormir tras escuchar el último consejo de la sabia: —Sólo quedan tres días. Mañana tienes que llevar el mensaje al viejo duque de Olivera.

En otro lugar lejano los templarios tenían una batalla intelectual. Los discursos eran acalorados, pero respetuosos. Discutían sobre la aventura que pasaron al lado del noble aragonés y el conde Tora, volviendo de Jerusalén, centrándose en la desgracia que acorralaba al conde. Unos proponían ayudar a éste, ya que estaba enfrentado a una sabia médica. Otros decían que el problema pertenecía a la Iglesia y al Rey. Si había una hechicera practicando su arte, la Inquisición era el tribunal encargado para estos casos, y sino, el Rey. Ellos podían ayudar a un amigo, mas no en estos difíciles casos. Al final se impuso la idea del Maestre: harían algo, sin excederse. Por descontado que ni la Inquisición ni el Rey podían tener noticia del evento. De la jerarquía eclesiástica era mejor estar siempre lejos y a sus órdenes. Y del rey Fernando III, que era un hombre sabio y justo, no iban a conseguir permiso para indagar en la vida privada de los cristianos, por muy sospechosos que fueran. Ellos, los templarios, no eran jueces, sino guerreros defensores de todos los fieles.

Con yelmo, cota de malla y espada iban haciendo kilómetros, sin prisa, los intrépidos templarios. No llevaban escudo para no llamar la atención, y una ligera capa tapaba el pecho y la cruz del Temple, para total discreción.

—Maestre —dijo uno de ellos—, ¿será suficiente el número?

—Multiplica tu valor por tres y lo comprenderás —le contestó el Maestre—. Cada uno podemos derribar a tres o cuatro enemigos. Un combate con pocos es victoria segura para el Temple.

—Convencido estoy de ello, Maestre. Adelante, pues.

—No olvidéis que nuestro deber es saber quién es y qué hace esa sospechosa médica en el palacio del conde. Si descubrimos algo grave, dejaremos a la Iglesia que obre.

La tarde iba alargando sus pasos y los benéficos rayos del sol escribiendo estaban las primeras sombras entre los rugosos pinos que tenían al frente. El Maestre detuvo el corcel y exclamó: —Hagamos un descanso antes de cruzar el bosque, que al salir veremos ya las tierras cultivadas y la pequeña fortaleza del conde.

—Bien por el reposo, Maestre —añadió un compañero—. Llevamos el zurrón lleno y el estómago vacío.

—Pues hagamos honor al contenido —respondió el tercero.

Apenas habían atado las cabalgaduras, cuando oyeron el lejano galopar de un animal que se fue perdiendo entre los árboles.

Tras un breve silencio, los oídos de los templarios dieron por perdido al caballo y su jinete, pero sus ojos estaban contemplando cómo el campo y el horizonte se cubría de una siniestra sombra. Al astro rey le faltaba menos de una hora para ocultarse, pero entre aquellas dos cumbres por las que se iría, la naciente luna iba subiendo, subiendo con rapidez y ocultando la faz del sol. Se estaba produciendo un eclipse. En esa penumbra del atardecer, la tierra entraba en un mar de tinieblas no esperado.

—¡Vuelta a montar y alerta! —dijo el Maestre.

Los templarios se colocaron formando un triángulo, siendo cada cabeza animal un vértice. De esta forma no habría sorpresa. Cada uno podía enfrentarse a cuatro a la vez.

El fenómeno de los eclipses era bien conocido por los instruidos templarios y no eran tiempos para darse aquel fenómeno, mas sí se estaba dando.

Se enfrentaban, de golpe, a dos sorpresas. El jinete que se alejó sin ser visto y las misteriosas tinieblas que se proyectaban sobre ellos y sobre el entorno desequilibró la lucidez de aquellas privilegiadas mentes.

—¡Maestre! —se atrevió a decir un caballero templario—, ¿tendrá que ver esto con la hechicera?

—No lo sé, hermano. La cruz que llevamos en el corazón y en el pecho siempre ha vencido al mal, pero el demonio existe, que hasta tomó apariencia humana para tentar al Profeta en la soledad del desierto. Quizás tenga pactos con brujos y hechiceras de este mundo, y es el momento de confiar solamente en nuestra fe y valor. Recemos.

¿Cuánto tiempo pasó? Los templarios no lo supieron con seguridad. Sus sentidos y su corazón se habían perdido en la concentración interior. Y de golpe, el relincho de un caballo los volvió al mundo real. ¿Dónde estaban las tinieblas? La sombra o aparente luna que se interpuso entre la tierra y el sol ya no lo ocultaba. La vuelta a la realidad fue tan brusca que por la frente de los templarios se extendieron las arrugas. Cada caballo y jinete tenía delante un grupo de 12 caballeros con escudo y espada. 36 enemigos rodeaban al Temple, y el Maestre comprendió quién iba a ganar esa batalla. El valor estaba encadenado por el destino, tras aquel fenómeno celeste. No había otra solución que pactar. Enfundó, pues, la espada y mandó bajar de los caballos a sus hermanos, dirigiendo la palabra al enemigo:

—Somos templarios y no estamos en tierra de infieles. Venimos en son de paz.

Del pequeño ejército presente se adelantó el canoso duque de Olivera respondiendo: —En son de paz podéis entrar en cualquier territorio, pero no en esta ocasión. Vuestra presencia no es bien recibida.

—¿Es que conocéis a qué obedece nuestra misión?

—Por supuesto, Maestre y compañeros. Queréis saber quién es la sabia médica y qué trabajos hace, ¿no es verdad?

—En parte es así, mas no es nuestro deseo maltratarla, sino conocer, sólo saber.

—Pues yo responderé a vuestra preocupación. Ella es la médica en todo el condado y no hubo ni habrá otra mujer mejor en esa sabiduría que ella. El que al conde no le guste, es algo que admito.

—¿Por qué están enfrentados, si no es mucho preguntar?

—Las razones son muy sencillas. El señor conde Tora no puede dar varones al condado. Su naturaleza sólo produce mujeres y comprobado está el hecho, pues ha dejado simientes por todas partes y de cada una brota siempre la misma flor, una niña. El conde le echa la culpa a la sabia, llamándola hechicera. Y la sabia dice que es una maldición la que persigue al conde, o quizás es su propia naturaleza la que se niega a dar varones.

—Señor duque de Olivera, el conde afirma que su esposa, doña Inés, ha tenido un varón con otro y que no está dispuesto a que éste herede.

—Eso es cierto, Maestre. La verdad es que dicho varón es de un clérigo, el antiguo obispo, quien se ha retirado a pasar sus últimos días en Roma. Si los templarios queréis acusar de engaño a la condesa, tendréis que enfrentaros a la Iglesia, de quien es propiedad ese niño.

—Siendo así, volveremos a nuestra casa-fortaleza y confirmaremos con total discreción vuestras palabras.

—Hallaréis en ellas la verdad, Maestre. Hacedlo.

El ejército del duque emprendió el regreso y lo mismo hicieron los valientes templarios. Sólo el Maestre cabalgaba meditando cómo la hechicera supo el día que ellos la iban a visitar y cómo se enteró de que serían tres; de ahí que les presentó un pequeño ejército en batallones de 12, para derrotarlos. La única conclusión convincente era que la serpiente del Edén, el Angel caído, Lucifer existía, como dicen las Sagradas Escrituras, y ante ese enemigo el único recurso era defenderse con la cruz y la oración. En este mundo vivían hechiceras, brujos y demonios. Lo mejor era no tropezar con ellos.

Mientras la noche iba abrazándose a la tierra, en el castillo del conde Tora el maestro albañil estaba llamando, con débiles golpes, en la puerta que lo separaba de la sabia. Al no contestarle, la abrió con delicadeza y observó qué había a su alcance. El perfume del tomillo llenaba el vacío. Dos velas encendidas hacían guardia a los lados del cofre, que estaba abierto. Lo extraño era que la anciana no se hallaba por ningún rincón. Creyendo podía molestar a sus amigos invisibles, se volvió, cerró la puerta y se acostó meditando en el caso. En ese preciso instante, la luna entraba plenamente por la ventana y en el taburete frente a la mesa con el cofre... se sentaba la hechicera.

¿Provocó el eclipse la hechicera?

Capítulo XXXIV: El secuestro de doña Inés

En la toma de Sevilla, el rey Fernando III se fijó en él. Aquel capitán de valientes guerreros, conocido como don Alfonso, le ayudó con éxito en el último asalto a la ciudad. Su astucia para cortar el abastecimiento a la fuerza mora hizo fácil que las tropas reales aplastaran la gran resistencia que el enemigo ofrecía desde adentro. Y aquel joven caballero fue uno de los pocos a quienes el Rey otorgó dinero y tierras.

Regresó, pues, el capitán a sus futuras posesiones con oro y plata suficientes para construirse un pequeño palacio, rodeado de fértiles prados, bosques y ganadería. Pero no le importó tanto el dinero como sí el título que le dio Fernando III por su sacrificio, ya que perdió a casi todo el grupo de escuderos que mandaba en la victoria final. El Rey le donó unas tierras del reino al Norte-Este de la Hispania, cerca de la corona de Aragón, nombrándole conde, título que podía pasar a sus descendientes.

Este descanso en la larga Reconquista lo tenía que aprovechar para reclutar jóvenes fuertes que quisieran volver otro día con él a dominar el Ándalus; viaje que no iba a tener lugar.

Construido el palacio, aprovechó el joven Alfonso su título condal para enlazarse con una mujer rica del territorio cercano, dentro de la corona Aragonesa. Pronto, aquel nuevo conde fue noticia por todo el reino. La invitación a su boda no se la quiso perder ningún privilegiado a quien le llegó el recado. El duque de Olivera, ya con indicios de vejez y mala visión, fue el primero en aceptar. El marqués de Linoes, dueño de tierras fronterizas con Aragón, acudiría igualmente a la cita. El conde Tora rechazó de plano la asistencia. Deformado como tenía el rostro, no quiso exponerse a los chistes de algunos enemigos, pero sí habló con su amigo de aventuras, el noble aragonés don

Pedro Alegre, a quien pidió no se perdiera los chismes y proyectos de la nobleza, advirtiéndole tuviera ojos y oídos para la infiel condesa Inés, que aunque nunca la había visto de cerca, sería fácil de reconocer pues iría acompañada de su padre el duque de Olivera. La respuesta de don Pedro fue instantánea: —No te preocupes, que amigos somos también en las desgracias. Haré algo por ti. Quizás pueda hasta hacer desaparecer a la condesa.

Pero lo que no sabía don Pedro era que la hechicera entregó a doña Inés una misteriosa bolsita, aconsejándole que sólo usara de ella en caso de extrema necesidad.

Y a cita de tanto prestigio no faltaron muchos ricos más.

La ceremonia religiosa resultó tan pomposa como si el enlace matrimonial hubiera sido entre personas reales. Luego, un vino tinto hizo el aperitivo ante una mesa repleta de olorosas carnes asadas, que bendijo el señor obispo. Títulos, caballeros, escuderos y hasta parientes sin honores comenzaron a disfrutar de una larga tarde llena de sorpresas culinarias.

El nuevo conde dejó ocupar el asiento que cada uno elegía de acuerdo a sus más próximas amistades. Sólo uno esperó al final para situarse lejos del duque de Olivera y su hija Inés. Su intención era observar lo mejor posible las actitudes de aquellos con sus vecinos.

Con las horas, don Pedro Alegre dejó de beber para prestar más atención al duque y a doña Inés. Había prometido al conde Tora hacer algo por él. Fácil era, si se mantenía sobrio, preparar una venganza, pues para eso se trajo a un grupo de siete caballeros que llegaron a distintas horas, como si vinieran por su cuenta.

Perdía la tarde su sonrisa y la gente comenzaba a levantarse para ir al aposento que tenían señalado con un número, dado según la llegada a palacio. De repente, don Pedro casi pierde la compostura y se le escapa una exclamación. Doña Inés se levantó para ayudar a su padre con la intención de retirarse a descansar: —¡Qué estampa! —exclamó, para sus adentros, don Pedro Alegre—. Ninfa o diosa, es esta Inés. ¿Cómo el conde Tora la puede haber repudiado? ¿Que no le ha dado varón? ¡Qué importa! Corto de miras es. Con ese cuerpo no necesita un príncipe o un noble más riqueza. ¿Será verdad que una maldición persigue a tal conde, mi amigo? Posible es, pero a una mujer así, uno que esté cuerdo no la abandonaría jamás. Quizás cambie la venganza por una conquista tan sabrosa. Ahora que este nuevo joven y rico noble está tan alegre viendo cómo disfruta la gente de su hospitalidad y el duque se ha perdido en la galería, intentaré averiguar cuándo partirán el señor y su hija:

—Joven y noble Alfonso, honrado fuiste por el Rey, y mis deseos sinceros son que el destino y tu bella esposa llenen de felicidad tus días y a quienes vivan en tu mansión.

—Gracias, amigo Pedro. Igual os deseo a vos y familiares.

—Bien, joven Alfonso, antes de retirarme quiero entregaros el regalo que contiene este pequeño arcón, en día tan señalado. Abridlo en vuestra intimidad con la condesa. Y un último detalle, y perdonad la molestia, ya que otros quieren saludaros o entregar sus obsequios. Quisiera saber a qué hora partirá el duque de Olivera, para no coincidir con él, pues vos sabéis que no es persona de mi simpatía.

—Ah, no, molestia no es responder a tu pregunta: partirá justo antes del mediodía.

—Gracias, pues. Yo saldré muy temprano. Y mi último deseo es que la hermosa condesa os dé pronto varón, a cuyo nacimiento vendré si tenéis a bien invitarme.

—Recibirás a tiempo la noticia, que de amigos es conservar la amistad.

Por el horizonte se fue cayendo la noche y en el palacio se despertaron los sueños. Horas después, el amanecer abrió camino a las intrigas y venganzas. Los siete caballeros defensores del noble aragonés se reunieron con su dueño al entrar en la acogedora sombra del primer bosque:

—Don Pedro, siguiendo vuestras órdenes nos hemos encontrado en el punto que has fijado. Esperamos tu última o nueva decisión.

—Lo vais a tener fácil. Por aquí han de pasar, después del medio día, el duque y su hija Inés, para tomar dirección sur, a la salida del pinar. Yo me largo inmediatamente y os esperaré en palacio mañana a la hora del almuerzo. Pasad la noche en la mina abandonada y que la condesa Inés no pase frío ni hambre. Haced vigilancia por turno.

—Cumpliremos con esmero esos deseos, don Pedro.

—Caballeros, el asalto ha de ser por sorpresa y con la máscara puesta. El duque ha de pensar en ladrones y bandoleros. Al duque y su escudero atadlos bien a un árbol, que alguno más pasará por la tarde y los soltará.

Escribió el sol todas las páginas de la mañana, pero desde el mediodía débiles nubarrones redactarían el epílogo de tal día. Se vio el duque de Olivera sorprendido, y junto a su escudero quedó atado a un rugoso tronco, esperando el paso de algún samaritano. Doña Inés perdió, de momento, el habla y sobre un viejo caballo se encontró rodeada de malnacidos asaltantes, camino de la vieja mina para pasar la noche. Extrañada por el buen trato, le vinieron ganas de soltar la lengua, pero prefirió observar desde su mutismo y no perderse cómo eran de jóvenes o viejos los caballos, si ocasión tenía de fugarse. De los vestidos y armas que portaban los hombres no pudo sacar conclusión. ¿Quiénes la habían raptado o secuestrado? Decidió seguir el consejo de la sabia o hechicera: si alguna vez estás en peligro, calla y observa quién es el más débil, intentando seducirlo, y en caso de verte perdida acude a la bolsita de cuero recubierta de seda.

El cansancio, más que las preocupaciones, le cerró esa noche cada párpado. Cuando despertó sólo recordaba el mismo sueño: encerrada en una torre, le visitaba siempre el mismo hombre acompañado de una doncella. Este le sonreía, le dejaban la comida, se iban y más tarde volvía la muchacha a retirar la bandeja de plata con las sobras. Muchas horas más tarde, se encontró con la realidad. El sueño era casi real. En la torre aislada de un palacio se vio tratada como una reina, pero reina encarcelada. La alcoba tenía todas las comodidades soñadas. Tras la doncella que le sirvió de comer, se presentó el señor a saludarla. Un hombre de baja estatura, mas de robusta complexión:

—Bienvenida a esta mansión, doña Inés, y disculpas te pido por este rapto. Otra era mi intención por querer ayudar a mi amigo el enfermo conde Tora, pero he cambiado esa intención.

—¿Cambiado de intención? Me parecen una maldad todas esas intenciones que has tenido, noble...

—Don Pedro Alegre, noble por nacimiento.

—Por nacimiento, noble serás, pero no por educación y méritos.

—Cálmese, condesa Inés. Y voy al grano: no me vas a creer en esta primera rueda de amistad, mas intentaré aclararte lo que pretendo. Tú vives despreciada y odiada por un mal esposo. ¿Es cierto?

—Tan cierto como lo es tu perversa intención de retenerme aquí.

—No me juzgues tan aprisa, condesa. Sé que has sufrido mucho y que el conde está viviendo entre una maldición y la locura, y puede hacer un disparate con vos.

—Deja ese problema y termina.

—Me falta poco para el final. El conde y quien te admira teníamos planeado eliminarte para satisfacer su ansiedad de venganza, pero créeme, condesa, al conde le persigue una eterna maldición. Cuando he contemplado tu cuerpo en esa boda, sólo pensé que una belleza así merece más atención noche y día. Trastornado ha de estar quien no ve tanta armonía.

—Deja tus halagos y devuélveme la libertad.

—¿Libertad? Esta conseguirás cambiando tu castillo por éste, que es también grato palacio. Yo no tengo esposa, pues soy estéril y tú y tu hijo podríais heredar estas tierras, en lugar de aquellas, que sólo os han traído traiciones y penas.

—Cierto puede ser lo que dices, pero aquel condado ya me pertenece según me lo han confirmado la sabia y el propio obispo. No voy a cambiar posesiones seguras por una propuesta que me hacen después de un secuestro.

—Secuestro, no, condesa. Un amoroso rapto, deberías llamarlo. Estoy enamorado de vos y pondré mi pequeño reino a tu nombre y el de tu hijo.

—Gracias, por las supuestas buenas intenciones. Pero quien tan rápido cambia de amigos, igualmente cambiará de amores. Dejar a tu amigo el conde Tora por una mujer, indica lo frágil de sentimientos que eres. Hasta que tengas otra propuesta mejor, y adiós Inés de tus actuales admiraciones.

—Tú decides, condesa. Te daré tiempo, y aunque estés encerrada no lo tomes como castigo, sino como el deseo que tiene un caballero de hacerte feliz.

—Te lo vuelvo a recordar; sin libertad, sin mi familia y condado, no aceptaré jamás ceder a un secuestro.

—Rapto de amor, condesa. Hasta mañana.

Al noble Pedro Alegre, la seguridad de aquella mujer lo desorientaba. Sus deseos de yacer con ella le provocaban pensamientos de violarla si no accedía a su petición. Nada le echaría en cara su amigo en este caso, sino todo lo contrario; sería una satisfacción saber que su infiel esposa había sido humillada al no consentir en el acto. Dos días más asaltó don Pedro a la deseada condesa y las respuestas de ella fueron cada vez más rudas. Entonces, cambió don Pedro de actitud y decidió insinuarle las torcidas intenciones que le obsesionaban al no ser correspondido su amor.

No le pasó desapercibo a doña Inés el peligro que corría. Cazó al vuelo el yugo que le podían poner para servir al señor, y tras la primera sonrisa desde aquel cautiverio obsequió a don Pedro con las palabras que éste quería oír: —Aceptaré por una sola vez conocer cómo es tu sabor y poder. Mañana será nuestra primera noche de intimidad. Breve tiene que ser la cena para que largo sea el banquete nupcial.

No pudo expresar don Pedro cómo había ganado aquella primera batalla. Inclinando la cabeza se retiró orgulloso diciendo: —Gracias, ninfa y diosa de estos tiempos. Volveré para esa cena, encantadora princesa.

Durmió esa noche el noble saltando de estrella a estrella y persiguiendo a doña Inés, sin alcanzarla. La doncella que le trajo el desayuno lo despertó al llamar con el puño del aldabón.

Se pasó las primeras horas de la mañana hablando, a ratos, solo. Repartió el trabajo de la jornada como era costumbre, pero aconsejando cenaran pronto ese día y dando descanso, una vez más, a los dos centinelas de la avejentada muralla. La paz que él sentía tenía que ser una paz absoluta en el pequeño castillo. Los únicos despiertos o vigilantes esa eterna noche iban a ser su preciosa Inés y él.

Por fin, con el silencio en el castillo, comenzaron a dialogar, en la alcoba de la torre, miradas y gestos de dos posibles enamorados. Un vino tinto de cosechas anteriores abriría el escenario a la pasión. Fue el momento elegido por doña Inés para expresar su última voluntad o deseo: —Noble y apuesto caballero, antes de ver lo que tienes en mente, pasaré al aseado retrete a dejar los bajos olores y lavar la venus que te he de entregar. Luego irás tú, mientras yo perfumo el cuerpo con el agua de romero que ha traído la doncella.

Pasó la condesa al cuarto reservado y salió, poco después, envuelta sólo en su belleza. Casi no pudo el señor contenerse, pero doña Inés lo empujó a aliviar su vientre y lavarse. Cuando asomó, le esperaba la condesa, como luciérnaga encendida, a la luz de las cuatro velas, una en cada rincón. Perdió el viejo don Pedro Alegre la noción del tiempo y del espacio. Se clavó donde estaba. Los deseos del placer lo agarrotaron, y fue doña Inés quien se acercó para animarlo con dos copas de buen vino, a fin de brindar antes del lujoso asalto: —Por cierto, don Pedro, ¿quién te regaló estas copas con motivos femeninos?

—Ahora sólo tengo ojos y pensamientos para vos, pero si lo deseas saber, te lo diré. Es plata árabe con escenas de amor, que compré tras la toma de Sevilla. Ponte en lugar del vino, preciosa mujer, al menos por esta noche.

Dejó don Pedro su rigidez cogiendo con ambas manos la copa que le acercaba Inés. Chocaron lentamente los metales, perdido el hombre en la felicidad al verse dueño de aquel sueño, y mientras la condesa empinaba su vino, don Pedro Alegre empujó el licor de su copa por la garganta, creyendo ver estrellas ante sus ojos y sintiendo ya el placer de una divina Inés que arrimaba su vientre a la piel del toro en celo. Recogió la condesa aquella copa vacía y depositó ambas en la silla cercana, tirando de la mano del noble, que al fin salió del sueño primero. Se dejó llevar el señor hasta la cama nupcial, donde lo dejó sentarse mientras ella se apartaba lentamente insinuando las curvas de su figura, para decirle: —Tus deseos voy a cumplir y las palabras te van a sobrar. Mírame bien, don Pedro Alegre, si es que aún puedes ver. Tus pensamientos, sangre no llevan ya, y tus deseos son ilusiones vanas. Tienes morados los labios y cuando te levanten de ahí será para visitar el acogedor cementerio.

Don Pedro se fue de espalda sobre el lecho nupcial sin sospechar que un veneno letal haría de manta, colcha y mortaja, a la vez. La bolsita de la sabia hechicera acababa de salvar a doña Inés, por el momento. Pero, ¿cómo huir sin ser vista y perseguida? Tenía a su favor la orden del noble aconsejando a todos acostarse pronto y dando noche libre a los guardianes de la muralla. Todo parecía estar ahora a su favor, mas no se precipitó. Tenía que cruzar el largo patio que la separaba de las caballerizas, con una luna llena paseando sobre la tierra y luego, poner la montura a un caballo que fuera dócil y fuerte para después hacer correr y correr al pobre animal que le tocara en suerte. Todo eso sin contar con las sorpresas del destino.

Lo primero, fue observar por la ventana enrejada para recibir el primer susto. Alguien caminaba por la galería. ¿Hacia dónde iba?: —Peligro resuelto —pensó—. Va hacia los servicios comunes.

Pronto contempló su regreso, aunque con cierta inquietud. Era un hombre alto y joven. Uno de los muchos escuderos o guardianes del castillo, con los que no quisiera tropezar en su huida. En tal caso, estaba perdida. ¿Perdida? Y se quedó meditando ante la luz que despertó en su cerebro el posible peligro: —Mira que lo tengo fácil. ¿Y si me visto con las ropas del señor? Probaré fortuna, que si alguien me ve de mujer, la huida doy por cerrada.

La baja estatura del noble le ayudó al acomodarse la vestimenta. Sólo tenía un problema, don Pedro Alegre o don Pedro difunto era de ancho tórax y espalda. ¿Solución? Meter debajo de aquellas ropas sus propios vestidos a modo de pequeñas almohadas para conseguir el aspecto del difunto señor.

Tras dar unas vueltas por la habitación se encontró segura de caminar sin llamar la atención. Dejó la puerta arrimada sin dar vuelta a la llave, por evitar cualquier ruido. Cruzó el largo patio de tierra, paralelo a la galería, hasta llegar feliz a las caballerizas. Alguien salió de nuevo hacia los servicios, pues el chirrido de unos goznes lo anunciaba. Se quedó inmóvil junto al caballo que estaba acariciando, antes de colocarle la silla de cuero. Poco más tarde la puerta que se cerraba a lo lejos le devolvió el valor para seguir y segundos después el tranquilo animal se vio vestido como de costumbre. Le faltaba un detalle clave en el que no había pensado hasta entonces. ¿Cómo subir a la montura, cargada con prendas que le daban más peso y hacían lentos sus movimientos? El taburete o banco de la entrada a las cuadras, en el que se sentaban los criados para descansar, lo resolvía. Arrimó el corcel al mismo, y desde allí, metiendo su pie en el estribo, se encontró sobre la silla de montar aquel falso y disfrazado don Pedro Alegre.

Al llegar a la muralla creyó encontrarse con lo imposible. ¿Cómo levantar la tranca del portón? Lo imposible no era tal. Aquella palanca tenía un grueso cordel que pasaba por el agujero de un extremo yendo a una rueda con manivela. Girándola, obligaba lentamente a levantarse el travesaño. No necesitó bajarse del caballo. Sólo tuvo que doblarse sobre su cuello y dar vueltas a la manivela. Cuando se volvió para despedirse del maldito castillo, desde la galería o corredor contemplaban al falso noble dos escuderos soñolientos que coincidieron al ir a orinar. Se creyó descubierta la condesa, pero no se precipitó. Observó con atención la actitud de los hombres y creyó oír que conversaban, a pesar de la distancia. Con la mano les hizo un gesto, como que ellos cerraran el pesado portón. Se volvió sin prisas y dejó que el caballo caminara lentamente, como si el dueño quisiera ver cómo cerraban las puertas de la vieja muralla.

—¿Has visto bien, amigo? Don Pedro se va buscando la compañía que aquí no le dan. La paloma no quiere salir de la jaula.

—Al segundo día te lo dije: un collar tan precioso no le va a un señor tan arrugado. Dejémosle desahogarse.

Camino de otro condado, la luna... iba haciendo de antorcha a una Inés victoriosa.

Inés se libra del encierro

Capítulo XXXV: La trampa

El silencio de la noche en el castillo tenía más de relámpago que de paz. Relámpago que anunciaba la furia de los dioses y del averno.

Sobre la mesa estaba el pequeño cofre que recibió la médica el día que vino a este mundo al pie del haya milenaria. Fue el único regalo que le dejaron sus creadores, visitantes de las tinieblas. Abrirlo era jugar con el destino y ella lo sabía. Era una forma real de conocer el futuro inmediato y pocos estarían dispuestos a meterse en ese juego, pero en ella había nacido una tentación irresistible. Los rumores de palacio anunciaban venganzas del conde. Llevaba días sin hacerse ver y las órdenes llegaban a través del escudero mayor. Unos, los más leales, hablaban de una fiebre causada por la gripe y otros susurraban que el conde tenía arrebatos de locura y le habían aconsejado reposo.

La anciana no comprendía aquel aislamiento y creyó oportuno saber si ya le había llegado la hora de volver ella al vientre de donde salió o era la muerte que venía por el irresponsable conde.

Colocó, pues, ambas manos sobre la tapa del cofrecillo, fijó su vista en la cerradura y las pupilas hicieron de llave corriendo el cerrojo. Luego, sintió que un hada cogía sus manos para levantar la tapa del enigmático cofre. El hada se fue y sus ojos contemplaban un cofre vacío. La anciana se estremeció. El cofre no era cofre. La hechicera estaba contemplando un molino, el gran molino del condado, a tres horas a caballo. Situado a la orilla del río que cruzaba la ciudad episcopal. Sobre su orilla derecha se construyó una ancha compuerta; esta, cuando se abría la mitad del caudal, entraba en una anchísima acequia o canal, que después se iba cerrando, por donde la corriente se aceleraba entrando en el molino con una fuerza endiablada que movía las aspas o palas que hacían girar las ruedas que trituraban el grano. El maestro había sido el hombre ingenioso de tan prestigioso y útil molino.

—Le tendré que poner en alerta —se dijo la vieja.

Y fue al cerrar el cofre o lo que tenía delante cuando vio la imagen del maestro cayéndose al canal. Se detuvo, esperó, pero no observó más detalles. Aquella noche la conversación entre el albañil y la anciana fue tensa. Ella trató de convencerlo del peligro aconsejándole no fuera sólo a las inspecciones los días de moler, pero el maestro se consideraba seguro de su trabajo y de la honradez de los tres siervos que hacían de molineros. Terminó aquella discusión el maestro diciendo: —Me basta tu alerta, anciana. Tomaré medidas sin necesidad de llevar compañía. Me cuidaré por el bien de ambos. Dale gracias o ponle una vela a tu cofre, querida anciana.

Lo que nunca sospechó el maestro era que el peligro viniera de donde vino. Cada 15 días se molía el trigo necesario para el pan del numeroso personal de un palacio que hambre no pasaba, era cierto. En cada ocasión el maestro vigilaba la corriente del canal acompañado de los molineros y cuando consideraba que la fuerza era la requerida mandaba a los tres peones comenzar su trabajo.

Cuatro días faltaban para la próxima molienda, la harina ya escaseaba en el almacén. Las horas corrían desapacibles y el conde vivía casi como los monjes. ¡Qué temporada tan siniestra para un rico sin suerte!

Cabalgando iban los retorcidos pensamientos por la negra mente del conde, cuando el guardián de turno llamó a su puerta y el señor dejó, así, la tormenta cerebral, abriendo con dejadez, para enseguida añadir: —¡Oh, qué sonrisa ve mi ojo! Buenas noticias traes a esta batalla que estoy perdiendo. Habla ya, que alivio necesito.

—Lo será, conde; lo puede ser. El maestro albañil está quitando los viejos y carcomidos barrotes de madera que recogen ramas, hierbas y desperdicios que entrarían hasta las aspas del molino, y los está colocando provisionalmente lejos, en un tramo de canal más estrecho hasta que terminen la nueva reja de noble hierro.

—Explícame algo más tu idea sobre este problema.

—Bastante claro lo tengo, conde. La nueva reja la están haciendo en la herrería de la ciudad y tardarán un mes en entregarla.

—Ahí está la clave, entonces. Al final de esta semana toca moler, y la antigua reja de madera estará colocada, según dices, lejos de la entrada y de las aspas del molino. Trabajaré sin descanso en la solución. No es fácil sorprender y prescindir de un enemigo en alerta, pero los vientos no siempre van en la misma dirección. Gracias, guardián, por tu discreción.

Aquella noche lo decidió. Muy claro lo tuvo el conde en su locura. Hacer caer al maestro entre aquellas aspas, cuchillas o palas sería como recibir la muerte convirtiéndose en pedazos. Otras veces había intentado eliminar al maestro y el fracaso de sus esbirros le llevó a pensarlo mejor. Los tres siervos molineros eran ciertamente honestos y gente de bien, pero su astucia llegó al límite. Al día siguiente cambió en la ciudad parte del oro que aún conservaba por monedas de plata y llenó pequeñas bolsas de cuero con ellas; dinero suficiente para que aquellos peones pudieran vivir muchos años sin trabajar en cualquier ciudad del reino.

En secreto, llamó uno a uno a los pobres molineros y más que con buenas palabras, usó la amenaza para convencerlos del sucio trabajo: —Esta bolsa con plata, una por cada cabeza, es vuestra última paga. Realizada la tarea, tenéis que desaparecer. En la próxima inspección para la molienda tenéis un trabajo extra, que de no realizarlo os colgarán de una soga. Cuando el maestro vigile la corriente que baje por el canal, cerca ya del molino, vuestro deber es arrojarlo a la impetuosa corriente, pues en este reino y condado nadie sabe nadar ni lo necesita. Lo que pase después dentro del molino no necesitáis verlo. Huid. Ya mandaré escuderos por la tarde a terminar la labor. Usad los caballos que han llevado la carga y el del maestro.

Y llegó el fatídico día. El canal fue recibiendo el agua del río al abrirse las compuertas, mientras los cuatros hombres contemplaban cómo iba aumentando el caudal.

—Bien, muy bien —dijo el maestro—. La velocidad y fuerza del agua es ya imparable. Podéis ir a vuestros puestos y volcar los granos entre las ruedas. Yo seguiré controlando esta corriente.

No acertó a decir algo más el desprevenido maestro. Seis manos lo empujaron por la espalda y allá se fue aquel fornido cuerpo, dispuesto a entrar en los bajos del molino y ser troceado por las aspas o cuchillas incrustadas en el madero que movía las ruedas en el piso superior. Sin pensarlo dos veces, los tres peones tomaron camino de la caballeriza y subiendo cada cual en un caballo, la pradera fue escuchando el galope perdido de tres futuros delincuentes. En la vieja ciudad episcopal venderían el ganado, se cambiarían de ropa e intentarían crear algún pequeño negocio.

Pasó el tiempo de esa mañana y llegó la tarde recibiendo el molino a dos escuderos del conde que venían a hacer de molineros, sin preocuparse por dónde irían navegando, río abajo, los trocitos del maestro albañil.

Uno de ellos bajaba los sacos de trigo del carruaje y los iba llevando con tranquilidad al interior. El otro, los abría y con cierta parsimonia arrojaba el grano entre las pesadas ruedas que giraban, lenta pero armoniosamente, triturando el valioso fruto. Transcurrida una media hora de trabajo, el molinero del interior dejó de recibir sacos, para exclamar:

—Este imbécil seguirá bebiendo como siempre y estará otra vez borracho. Vaya compañero me asignó el conde. Veré dónde se ha dormido.

Salió el escudero y vio a su amigo de trabajo recostado sobre uno de los sacos con cereal:

—Vamos, hombre. Muévete, que ya beberás a la vuelta.

Pero aquel individuo y compañero no se movió. De pronto se fue de lado y cayó de bruces. En su espalda llevaba hundido hasta el mango un pesado puñal.

—¡Horror! ¿Qué te ha pasado, compañero?

El miedo acudió a sus pies y sólo pudo mantenerse quieto mirando al frente, mirando y observando cómo otro puñal salía desde el carruaje y se le clavaba en el centro del pecho.

—¡Enhorabuena, conde! –decía el maestro en su soledad—. Estoy seguro que cuando esta noche no lleguen tus huestes con el resultado, mandarás a otros a recogerlos mientras yo duermo tranquilo.

Más tarde, a la hora de visitar el mundo las primeras estrellas, unos golpecitos en la puerta que separaba su vivienda de la de la anciana conseguían que aquella se abriera para conversar.

—Quiero darte las gracias por la advertencia. Tu preocupación era real. Días antes de la molienda metí en el camino de las aspas un largo madero o viga y lo atravesé sobre el canal como un puente, pocos metros antes del peligro.

—Creo, amigo maestro, comprender tu acertada decisión.

—Así resultó de útil. Cuando me arrastró el agua y entré en el molino sólo tuve que agarrarme al puente y salir. Con los cinco sentidos alerta pasé al exterior, observando que faltaban los caballos. A medio día oí el galope de otros que se acercaban. Como comprenderás, me fue fácil esconderme y luego deshacerme de dos inexpertos que creían que el maestro iba río abajo en pedacitos de cebo para los peces.

—Descansa, amigo maestro, que quien pasará la noche despierto será el loco conde esperando una visita que no tendrá.

—Y tú, querida anciana, sigue poniendo una vela encendida junto al cofre, aunque los habitantes de las tinieblas no necesiten de esa luz.

El maestro se libra de caer entre las aspas del molino

Capítulo XXXVI: Sanadora contra hechicera

—Conde Tora, desde hace unos días lo veo triste y decaído. Estamos pasando malos momentos y como su salud no es buena, ya que tiene el corazón tocado, quisiera exponer una idea un tanto descabellada que me asalta desde que enterramos a los del molino.

—No pierdas tiempo, fiel servidor de un gran señor venido a menos, y cuéntame tu inquietud.

—Verá, señor conde. Cuando dejé la ciudad en busca de un trabajo nuevo que encontré aquí, recuerdo que al lado del pobre hogar de mis padres vivía una sanadora que decían tenía pactos con el mismo diablo, aunque nunca pudo la Iglesia probarlo. Ella ejercía la medicina en casos perdidos para los galenos y cuentan que muchos desahuciados han vuelto a vivir largos años.

—¿Y qué me quieres insinuar con ello?

—Fácil, creo, sería traerla a palacio y contarle tus males para enfrentarla a la sabia médica. Quizás podamos o pueda ella hacerla huir a tierras del duque.

—¡Oh, oh, qué idea! Genial es tu ocurrencia. Espero que mis reservas de plata la impulsen a destruir a esa vieja hechicera, protectora de la condesa y de su hijo.

Pocos días después, bajo una cortina de agua pasó por el arco de la muralla uno de los carruajes condales, con un guía en el pescante y con la nueva inquilina sentada cómodamente en su interior. Esta iba a ser presentada como la primera consejera o ayudante económica del condado, oficio que creaba el conde para tener saneadas cuentas.

¿Creyó la servidumbre en la necesidad de aquel nuevo cargo? Poco tiempo llevaba el personal murmurando del tema, cuando la sanadora juzgó poder enfrentarse a la enemiga del conde:

—Señor, vuestra generosidad me obliga a poner ya en práctica mis poderes. Necesito una estancia con poca luz, una amplia mesa, determinadas hierbas de vuestros montes y unas codornices, más algunas palomas mensajeras para sacrificar, sin olvidar que necesito una chimenea en la habitación que esté encendida día y noche con leña de roble.

—Tu petición y deseos serán cumplidos desde mañana por mis sirvientes. Sólo te pido que tu relación con el personal sea la mínima, pues la vieja hechicera tiene ojos y oídos por doquier.

—Intentaré llevar la venganza en secreto. Tu generoso dinero y tu futura salud es merecedora de mis mejores artes ocultas.

—No esperaba menos de vos, señora. Te dejo en tu oficio.

Desde otro punto del castillo, la verdadera sabia observaba cómo salía siempre por aquella chimenea el mismo color de humo, algo que la intrigaba:

—Únicamente necesito saber —decía— qué leña lo produce, porque igual se trata de plantas y aromas que yo domino.

Horas más tarde, unos golpes en la puerta la sacarían de su ignorancia.

—¿Quién es? ¿Puedo escuchar tu voz?

—Anciana, soy la doncella Ana. Traigo noticias.

—Pasa, pasa y cuéntame.

—Querida anciana. Un peón ha traído ramas o leña de roble para calentar la vivienda de la consejera y unos campesinos han recogido hierbas entre los abedules del monte, pero desconozco sus nombres. Y lo último que he conocido por un ayudante de las caballerizas es que le llevan codornices criadas en nuestros corrales y palomas mensajeras.

—Gracias, doncella. No necesito conocer más. Cuídate mucho. Aunque, espera un momento. ¿Has dicho palomas? ¿Segura estás que le llevan palomas?

—Segura estoy, querida anciana. Es más, ese peón es experto en la cría de palomas mensajeras.

—Valiosa información, mujer, la que acabo de oír. Gracias y sigue atenta al porvenir.

Ya a solas, la hechicera balbuceaba una maldición tras otra. Luego, se serenó y buscó la solución al peligro que se cernía sobre ella. Si la falsa bruja o sanadora usaba aves mensajeras tenía que haber una explicación. Quizás las usara para que el mensaje llegara antes. Era posible que asociara la palabra mensajera a la llegada rápida del mensaje a la enemiga. Difícil era enfrentarse a tal hecho sin consultar al más allá.

Y sus amigos le ayudarían explicándoselo, como así ocurrió: los dolores y espasmos que sufrirían las palomas mensajeras iban a llegar con seguridad y fuerza al destino, a ella, la sabia, pues la asociación entre mensajera y el mensaje de la bruja no se perdería.

—Pero, decidme, espíritus del bien, ¿dónde aprendió la sanadora esa lección propia de ultratumba?

—No será fácil saberlo, pero es un hecho al que tú, verdadera hechicera, tendrás que hacer frente. No te queda otra solución, hermana, que dejar tu cuerpo por un breve tiempo y salir con tu doble a combatirla. Perderás años, te encontrarás al regreso algo más envejecida, mas aún no es tu hora de partir. Lo tendrás que hacer.

Y llegó el día que tanto esperaba el maltrecho conde. En la habitación de la consejera o sanadora los perfumes de flores silvestres impregnaban cada rincón. Varias aves abiertas a la vez despedían olores de muerto, mientras la medio bruja insertaba agujas en los órganos de las aves tratando de poner sus pensamientos en los mismos órganos de la sabia anciana. Aquella energía mental llegó, aunque débilmente, al cuerpo de la anciana y esta se sobresaltó.

—Por fin —se dijo—. Alguien quiere destruirme con malas artes y no lo conseguirá. La condesa y su hijo han de reinar un día y ahora me tendré que enfrentar de nuevo al destino. No sé cuántas veces me defenderá este cofre. Si es la última, no importa. Yo me iré, pero ellos, el conde y esa mujer sanadora, se irán también. Dejaré el camino abierto al dominio de la condesa.

Los pensamientos de la sanadora iban de ave en ave, atormentando unas vísceras aún calientes y tratando de herir los órganos vitales de una enemiga, la verdadera hechicera.

—Esto —volvió a repetir la anciana —no lo soporto más. Peligra mi salud y el futuro de mis protegidos. Esa astuta mujer domina el poder del mal, pero no será por mucho tiempo. Decidida estoy a abrir nuevamente el cofre del más allá.

Colocó ambas manos sobre él, invocó el poder de las tinieblas y el Hada, que ya había adivinado lo que pensaba la anciana, corrió el cerrojo y levantó la tapa. En el fondo estaban los espíritus haciendo corro.

Ella sabía que si dejaba el cuerpo por muchas horas al volver lo encontraría unos años más viejo, pero era lo único que podía hacer por doña Inés. Mientras, en la estancia de la sanadora, esta estaba invocando el poder del primer ser envidioso: —¡Serpiente del Edén! ¡Acude a mí y lo mismo que engañaste a Eva, confunde la mente de la anciana y provócale un largo sueño mientras yo destruyo cada uno de sus órganos y vísceras!

La sanadora enviaba un mensaje diabólico hacia la sabia pinchando con rabia en las aves abiertas.

Volvió a sentir la anciana cómo entraban agujas invisibles en su interior y cómo se estaba doblando o encorvando su cuerpo, y entonces se decidió a pedir ayuda: —¡Dríade, dios y diosa de los bosques, sácame pronto de aquí y llévame a cumplir una misión!

Dejó la anciana su cuerpo dolorido y unida al espíritu de la Dríade llegó a la chimenea por donde salía el humo del roble que dentro se quemaba. En la estancia, la sanadora se hallaba tan concentrada que creyó necesario dar el salto hacia el éxtasis o trance tomándose la droga que perfumaba el ambiente y disipaba el fuerte olor desabrido de los cuerpecitos abiertos.

—¡Ayúdame, Serpiente del Edén, a destruir a mi enemiga! Y tras esas palabras vació por su garganta el líquido de la taza.

—Estoy esperando tu decisión, anciana. ¿Qué deseas? —le dijo la Dríade al espíritu de la anciana.

—Como diosa de los bosques, trae hojas y verdes ramas para tapar la salida de la chimenea.

—Así lo haré, pero acuérdate, sabia anciana, lo que leíste una noche en el convento que te acogió. Yo soy precisamente la protectora no sólo de los árboles, sino del roble. Mi nombre procede de aquellos sabios antiguos conocidos como druidas. Soy el espíritu del druida que murió al pie de un roble para vivir en él y defenderlo de aquellos que lo maltraten por capricho, que lo corten porque estorba o saquen de él armas para hacer el mal.

—Lo recuerdo, amable Dríade.

—Pues recuerda la historia completa. Como diosa y protectora del roble, tengo el poder de herir o matar a quien no me utiliza para calentarse, hacer un mueble o una herramienta de campo. Y tu enemiga, la sanadora, no conoce nuestros secretos. Ha elegido el árbol equivocado. El roble y su espíritu druida se vengarán por emplearnos para hacer daño. Cumplidos serán tus deseos, pero observa, espíritu amigo, cómo con el mismo humo que sale voy taponando las tres salidas que tiene.

Y ahí comenzó el calvario para la sanadora. Creyéndose poseída por la Serpiente bíblica y que entraba en un éxtasis divino no se dio cuenta de que el humo se iba concentrando en la vivienda y la estaba intoxicando plácidamente, como entrando en un agradable sueño.

Volvió la anciana con la Dríade al cofre y pidió ayuda al Ogro: —Ven conmigo, que tienes un banquete preparado. Tú eres el dios que se alimenta de sangre. En la vivienda de la sanadora hay aves aún con sangre en sus órganos y además, hallarás a una falsa bruja inconsciente a la que puedes beber toda la sangre. Es mi venganza y vuestra. Ella odia a los verdaderos espíritus de las tinieblas. Termina, pues, con ella.

—Lo haré, lo haré, espíritu que un día creamos. Pero vuelve ya a tu cuerpo que está envejeciendo mucho.

Pasaron las horas de la mañana y pasaron las horas de aquella primera tarde en la que tanta esperanza habían puesto conde y escudero. Si la bruja no daba señales de vida era prueba de que estaba logrando su fin. Les había pedido que la dejaran sola, aislada, sin ser molestada por nadie ni por nada. Llegó la noche y conde con escudero brindaron con vino añejo esperando que la bruja abriera a las doce de la noche, hora fijada para salir del trance. De pronto, un guardián llamó con fuerte golpe a la puerta del salón condal: —Conde, conde. Sale humo de la alcoba de la sanadora y algo se debe estar quemando.

—¡Corramos, corramos! La sanadora tenía que estar ya aquí —fueron las palabras del conde.

Ni los porrazos, ni los gritos dieron pie a que se abriera la puerta. Fue una llave maestra la que dejó horrorizados a los presentes. Tras las bocanadas del humo, que salieron con ímpetu, pudieron observar un espectáculo macabro. Las aves solamente eran esqueletos retorcidos y secos. ¿Y la sanadora? Lo que contemplaron fue una piel arrugada recubriendo los huesos. Alguien le había bebido o absorbido todos sus líquidos.

En la otra punta del castillo, la anciana había recobrado un cuerpo más viejo, y ahora sí parecía una anciana de verdad.

Antes de cerrar el cofre, la sabia contempló cómo se despedían sus amigos o espectros: haciendo un corro unieron sus manos y, cuando levantaron sus brazos, entre ellos crecía de nuevo un haya que los fue escondiendo bajo su densa sombra. Al bajar la tapa, desde el interior, la Dríade o diosa de los bosques corría el cerrojo.

La sanadora intenta ayudar al conde

Capítulo XXXVII:
Refinada muerte

Podía ser la última oportunidad. El cocinero jefe era un fiel espía y servidor agradecido del conde, al que debía un puesto honorable y de absoluta importancia para la salud. Servía en palacio desde tiempos en los que aún el conde era jovencito.

Doblando iban los años su espalda, pero no su entrega a la cocina. A su lado tenía un aprendiz que vino el día que se trasladó la sabia desde el ducado, pues era conocedor de los gustos culinarios de Inés y la hechicera. Obediencia le debía al cocinero mayor y como animal con yugo se portaba, aunque era un auténtico soplón para los intereses de la hechicera. Además, trabajaban allí otros dos como ayudantes temporales y que eran las verdaderas celestinas para ambos bandos, según los intereses.

Larga temporada llevaba deprimido el cocinero mayor sabiendo que su amo y protector iba ya sin rumbo por la pendiente de la locura. Y aquello le impulsó a tomar una decisión arriesgada en la entrevista: —Necesito, señor, hacer una visita a la ciudad, por el camino le expondré la idea.

—Concedida la tienes.

Corría el tiempo y el carruaje. Corría la transparente mañana hacia el medio día y corrían las tramas mentales en el horno cerebral del cocinero, ante la pasividad del conde que miraba cómo el cochero manejaba hábilmente las riendas.

A la vista de la ciudad, preguntó el conde:

—¿A dónde quieres llegar? Es la hora de tu decisión, fiel cocinero.

—Al suburbio de los desheredados.

—¿Entrar allí?

—Esa gente, conde, sólo necesita ver el brillo de la espada para huir como ratones. Piensan que la justicia va por uno de ellos.

- Está bien, cocinero. ¿Y qué hemos de buscar ahí?

—Alguna tienda con cartel musulmán. En ellas se venden las hierbas o drogas venenosas que quiero comprar.

—Enfrente tenemos una —añadió el conductor—. Conde, entra tú con el anciano, que yo vigilaré, espada en mano, al pie de la misma tienda.

¿Qué compró el experto cocinero? Posiblemente algo que pudiera terminar con una vieja maldición que tenía secuestrada la felicidad del conde.

Próximo estaba el feliz acontecimiento. Doña Inés cumpliría años y todos sus cumpleaños gozaban de cierta pompa, como estrenar un vestido blanco confeccionado en el mismo palacio y gozar de un día entero de ocio el numeroso personal. No faltaban los juegos que cada grupo eligiera con tantas horas de riguroso descanso. Una costumbre que el conde respetó desde el primer cumpleaños que con ella celebró. La parte íntima consistía en esperar a las once de la noche, que fue la hora de su venida al mundo, y cenar sólo con su hijo y la doncella de compañía, mientras sirvientes y caballeros navegaban en sus sueños.

Por menú, siempre lo mismo: perdices al horno, trucha y queso fresco de oveja. De postre, lo único delicioso e importante del cumpleaños, la especialidad del cocinero mayor: pastel de nueces molidas, nata y mucha mora, recogida el día anterior. "Dulces lágrimas de Santa Inés", llamaba a su postre el experto cocinero. Y era tanta la ilusión que provocaba este plato que en alguna ocasión la cena comenzó por el postre y ahí terminó.

Siendo un tormento para el conde esta fiesta desde que tuvo un hijo doña Inés, no con él, cada nuevo cumpleaños se olvidada del palacio visitando a amigos lejanos y practicando ejercicios de caza.

Se vistió con estrellas la noche anterior. Doña Inés tenía una excelente salud al cumplir un año más, pero iba perdiendo fragancias, al mismo tiempo que su hijo Albo recogía el vigor que ella perdía. La doncella, ya no tan doncella, arrugas iba sembrando.

La cena estaba lista y un cocinero viejo, pero aún hábil, perfumando los corredores, llegó al aposento con la exquisita bandeja del cumpleaños:

— Señora condesa y familia, felicidades un año más.

—Gracias... y que tú lo puedas ver el que viene; mas sé, que nos lo ha contado el aprendiz, que pronto vas a dejar tan digno oficio, pues tu vejez necesita paz en los últimos días de nuestra vida. Hoy, quedas invitado a participar de esta cena.

—¡Oh, no, amable condesa! Toda la fiesta es para vos y familia. Se lo agradezco de corazón, pero un sirviente no queda bien dentro de esta noble familia.

De golpe, interrumpió la doncella aquella conversación con invitación y disculpa.

—Doña Inés, tu hijo y yo quisiéramos empezar por el pastel; primero el postre y para luego o mañana, las perdices, trucha y el queso.

—Os concedo el permiso. Todos, pues, a por el pastel. Y el primer trozo para nuestro invitado, el experto cocinero. Nadie como él merece gozar de este honor.

Enmudeció el sorprendido anciano, sin saber los demás por qué. La visión no perdió, pero su sencillo cerebro se convirtió en un laberinto. Sus pensamientos se desconectaron, a la vez que su mirada se perdía en lontananza. Se olvidó de dónde estaba. Doña Inés, entonces, le puso un plato lleno de pastel entre las manos, y el anciano, por reflejo, se comió la nuez, la nata y las moras, sin saber que las comía.

La doncella hacía lo mismo, comía hasta por la nariz.

Mientras, Inés y su hijo reían sin contenerse contemplando a un estático cocinero y a una divertida doncella.

Doña Inés volvió a partir el pastel para dar el correspondiente trozo a un hijo que no dejaba de reír ante aquella ridícula situación.

—Albo, hijo mío, deja de reírte de ellos y come, anda.

En ese instante, cuando alargaba el plato al pequeño, el anciano cocinero se desplomó. Los ojos del niño se agrandaron tanto como el mismo plato. Era el momento en el que la doncella llamaba la atención dando vueltas como en un baile de carnaval, para terminar estrellándose contra la mesa. Hijo y madre se contemplaron nerviosos.

—No comas, hijo, no comas. Llamaré a la sabia médica, que ella nos dirá qué ha pasado.

El silencio se extendió por el castillo como una peste.

Ni ronquidos del personal, ni búhos y lechuzas cazando alegres, ni bufidos en las caballerizas, ni el sexto sentido de los perros intuía aquel fatal desenlace. Hasta el murmullo de las fuentes de la explanada había desaparecido. Quizás era el silencio y el miedo impuesto por el último paseo de dos espíritus que querían despedirse de cada rincón, en un palacio mal gobernado.

Cuando ya el frío se estaba adueñando de cuerpos tan diferentes llegó la hechicera a la pequeña mansión de una condesa con suerte.

—Cuéntame qué pasó.

—¡Oh, sabia matrona! Comían y comían los dos de tan sabrosa tarta, mientras Albo y yo nos reíamos de ellos sin poder contenernos. Cuando dejé de reír y separé una porción para mi hijo, el anciano se desplomó y luego, la doncella se estrelló contra la mesa. Pálidos y sin respiración estaban. ¿Por qué no estamos nosotros en su lugar? ¿Nos salvó la protección de Santa Inés?

—Podría ser, querida condesa. Quizás la santa hizo honor al nombre que lleva el pastel: "Dulces lágrimas de Santa Inés". Lágrimas son las vuestras en este momento, pero no amargas y crueles como serían para mí si alguno de vosotros hubierais dejado este mundo.

—Sabia y médica, ¿podrás averiguar qué mal o veneno contenía el pastel?

—Pronto lo adivinaré, condesa. Llevaré este postre a mi cuarto y la pareja de pichones que duermen, despertarán con las velas. Preparados, sin comer, los tenía para conocer tu nuevo futuro. Ahora me ayudarán a componer qué había en este macabro escenario.

Con el buche plegado estaban las aves. Acercó la hechicera su jaula a la viva luz de las velas en el centro de la mesa. La desesperación por comer lanzaba a los pichones contra las paredes perdiendo en el intento las jóvenes plumas.

—¡Esperad, inocentes! Si supierais el destino que os aguarda no tendríais tanta prisa. Vuestra inocencia será el verdugo.

Sacó la sabia de la cárcel a uno, pero no para darle la libertad. Lo dejó sobre la mesa y el hambriento ser se cebó con el pastel. Dos minutos escasos disfrutó del placer. Luego, dobló sus patas para descansar y al final cerró los párpados, como embrujado por un sueño profundo. Moría plácidamente.

El segundo pichón ignoraba la suerte de su compañero. Perdía plumas desesperado por salir. Por fin, lo cogió la sabia, lo soltó sobre la mesa y no tardó en darse por satisfecho. La hechicera lo contemplaba viéndolo morir. Igual actitud que el anterior. Se quedó plácidamente en el limbo eterno. La muerte no era violenta ni dolorosa. Se moría como entrando inconscientemente en otro lugar o mundo, sin posible retorno. Encontró así la solución. Un veneno tan seguro como las drogas que aplacan el dolor instantes después de aplicarse, pero con otro fin. Sutil veneno que no avisaba del peligro ni daba otra oportunidad: —¡Cicuta, la cicuta del sabio y antiguo pueblo griego! —exclamó la hechicera—. Y el espíritu de Santa Inés salvó a mis protegidos.

Otra vez más la intervención del más allá tenía éxito en este mundo humano de almas unidas a cuerpos.

La estrella del conde Tora se quedaba sin tierra que iluminar y él lo ignoraba. Días de alegría fueron aquellos de la cacería. Hasta se permitió el lujo de traerse una piel de zorro y unos patos abatidos poco antes de partir hacia el condado.

Silbando iba una canción de trovadores que repetía a menudo el bufón de palacio. Avistó las murallas desde muy lejos, a pesar de gozar de poca visión. Espoleó al joven corcel y el carruaje cubrió la distancia a su castillo en segundos. El portón le detuvo cuando el guardián vigía estaba corriendo las trancas. Mas... no eran las puertas de la fortaleza quienes lo detuvieron, sino las dos nuevas cruces que contempló a su derecha, en el pequeño cementerio situado justamente a la salida para que todo el personal se acordara siempre de lo poco o nada que es el hombre en este mundo.

—¡Guardianes! —gritó desde la carroza—. Decidme, si lo sabéis, de quién son estas dos nuevas cruces.

Por la espalda del señor un frío punzante chocaba con un brote de felicidad: —¿La condesa Inés y su hijo? —se le escapó decir en voz alta—. Presiento que aquí termina la maldición. ¡Guardianes! ¡Dadme, si es así, la enhorabuena!

Mas... sus fieles servidores temblaban sin despegar los labios. Todos temían la ira de un conde golpeado otra vez por un destino siempre adverso. No esperó la respuesta. Bruscamente saltó del carruaje para leer la breve y congelada memoria de cada cruz: "Descanse en paz la doncella", y giró la cara, para no creer lo que leía: "Descanse en paz nuestro anciano cocinero".

Pasó el conde bajo el arco de la muralla enroscado en fúnebres pensamientos. ¿Veía? En su único ojo sólo contemplaba al experto cocinero comprando veneno en el barrio de los desheredados. ¿Pensaba? Ya dentro de su salón preferido, el conde razonaba enredándose cada vez más por el abismo en que iba cayendo. Al fin se decidió a pedir consejo: —Escudero fiel, pasa y ayúdame a entender lo que ocurrió en estos accidentes. ¿Todos creen en lo mismo?

—Por desgracia para el conde, la fortuna no está con mi señor. La sabia hizo comer del pastel de nuez y moras a dos aves enjauladas y confirmó que en el postre había un veneno letal. Ella lo llamó cicuta por ser causa de una muerte feliz.

—¿Y cómo o quién envenenó al cocinero?

—Difícil será saber esa verdad, señor.

—Más difícil será conocer cómo será mi futuro. ¿No hay respuesta, pues?

—Conde Tora, quédese tranquilo por la actitud que tomó el cocinero. Es mi opinión, y la de otros, que el anciano murió por no traicionarle. Posiblemente se encontró entre dos espadas. La condesa le invitó al cumpleaños poniéndole delante el exquisito postre y no pudo rechazar la invitación, por no levantar alguna sospecha. Descubrir el proyecto de asesinato y retirar el pastel traería sobre él la furia, el enojo, el desprecio y el castigo de un engañado conde. Y...

—Sigue, escudero y completa la mejor respuesta posible.

—Creo que el viejo decidió seguir haciendo a su señor el último favor, morir sin crear sospechas, con la esperanza de que los otros también comieran. No acertó. Lo único cierto es que comieron solamente la doncella y nuestro querido anciano cocinero.

—Escudero, hoy prometo enfrentarme al desconocido destino. La hechicera o yo. Uno de los dos sobramos en el condado. Siempre ha vencido ella. No tengo otro camino: la quitaré de en medio personalmente o moriré en el empeño dejando el castillo a sus diabólicos espíritus.

Cocinero y doncella mueren al comer tarta envenenada

Capítulo XXXVIII: El poder de lo invisible

A veces, la confianza mata. No podía la hechicera creer lo que estaba viendo. El cofre de madera, su cofre, había desaparecido. El regalo del otro mundo, con sus amigos y defensores invisibles, no presidía la mesa de las adivinaciones. ¿Un descuido fatal? Una salida que realizó al campo durante dos horas para recoger las flores nuevas fue el tiempo que alguien aprovechó, aquella relajada mañana, para hurtar el poder del más allá. Con los sirvientes adecentando el patio, los servicios públicos y el corredor, la sabia había dejado la puerta sin echar la llave. Nunca pensó que un empleado se atreviera a violar la intimidad de su hogar.

Colocó las plantas recogidas en distintos tarros y se sentó a meditar en lo ocurrido. En la otra punta del palacio el nerviosismo progresaba. El diálogo entre una doncella de la limpieza y el conde iba desde la curiosidad al miedo:

—¿Cómo se te ha ocurrido robar un objeto a la malévola hechicera?

—No es así, señor. Los siervos saben que la anciana consulta al cofre cuando uno llega a su pequeña casa con grave enfermedad. Hay algún poder oculto en este cofre.

—Podría ser como dices, pero nunca osé tocar nada que perteneciera a esa bruja. Si ya me persigue una maldición, no quisiera que me cayera otra. Debes devolverlo.

—Bien, señor; pero he pensado que quitándole esa ayuda a la anciana podría el señor conde servirse de él para menoscabar la influencia de la vieja.

—Es verdad. Si fuera así, todavía tendría ocasión de recuperar algo mi salud y vencerla antes de morir, que camino de ello voy.

—Eso esperaba oírle, señor. Quien adquirió por ley este palacio y bienes, no debería perderlos.

—Lo pensaré, querida y fiel doncella. Mas, ¿cómo sabré invocar o pedir al cofre el poder vengativo que necesito? ¿Tú qué harías, preciosa doncella? Las mujeres tenéis más intuición y malicia. ¿Por dónde empezarías?

—Conde y señor, respeto su opinión, pero lo de malicia no es tan acertado afirmarlo. ¿Por dónde comenzar? Ya lo he pensado por el camino. Abrirlo es el primer paso.

—¿Abrirlo, dices? ¿Y si es la propia bruja quien se halla dentro?

—Señor, nadie cabe dentro de un cuarto tan pequeño.

—Caber, no, pero su espíritu puede estar ahí agazapado esperando presas para devorar.

—No sea supersticioso, querido conde. Yo no he barrido ninguno con la escoba, ni nunca me han ayudado a trabajar, a pesar de las invocaciones a tantas almas de santos que hago. Probar no cuesta, conde.

—Ayúdame, pues, antes de irte. Ábrelo tú y ya veré qué hago o le digo después.

El silencio dejó de ser silencio en ese momento. Aún sin acercar la mano a la cerradura, una brisa caliente besó el rostro de ambos para dejar paso a un murmullo de vuelos desconocidos. Conde y doncella se miraron fijamente. La joven se agarró con una mano al brazo del señor y con la otra empujó hacia arriba la tapa del cofrecillo. Cuatro ojos se perdieron en un fondo abismal. La nada a la vista. ¿Joyas? ¿Imágenes preciosas, amuletos? Ninguno. De pronto, del infinito surgieron nubes fantasmas con forma de feos saltamontes y horribles cucarachas. Doncella y conde sintieron que una espada irreal atravesaba sus pechos, y se lanzaron hacia atrás.

—No había nadie, conde. Es el miedo quien nos amenaza y crea ilusiones.

—Miedo o realidad, observa hacia dónde va ese enjambre de insectos.

Y como si fueran débiles ráfagas de viento, las cortinas danzaban de izquierda a derecha bajo el peso y balanceo de seres transparentes.

—Los veo, doncella, los veo. Son los espíritus de mis antepasados. La hechicera los tiene encarcelados en este maldito cofre y por eso no me pueden ayudar. Ella es la causa de mis desgracias. Qué poder es el que tiene esta bruja, no lo sé, pero no quiero enfrentarme a ella. Cierra, si puedes, ese maldito cofre y vuélvelo a su aposento.

—No será fácil, señor. Ahora me pueden ver y si la vieja se entera, su venganza será nuestra muerte. Tengo, señor, una solución.

—Dilo rápido, que los insectos van a saltar sobre mí.

—La respuesta es sencilla. Lo llevaré al obispado para que el exorcismo aleje el mal de nuestro mundo. Así, la hechicera perderá su poder. ¿He razonado bien, conde Tora?

Dos nubes de traslúcidas cucarachas volaban ya sobre la deformada cabeza del señor.

—Me atacarán, doncella, esos transparentes bichos. Moriré en tu presencia si esperas más.

La doncella cerró los párpados, extendió el brazo y colocó la tapa del cofre en su sitio. Desapareció la brisa. Cesó el murmullo y regresó la paz al salón. Los diminutos y horribles seres volvieron a su eterna mansión. Regresó el conde a su estado normal de tristeza y desamparo.

—Ahora, doncella, oculta ese cofre con tela dentro de una cesta y cámbiate de vestido. Partirás inmediatamente con un escudero de confianza, en la segunda carroza condal, hacia la ciudad episcopal. Allí le explicarás a la autoridad qué maldición se encierra en el aparente cofre, que el obispo sabrá aplicarle la oración oportuna ante el crucifijo, y con el agua bendita devolverá la naturalidad a ese objeto.

—Gracias, señor conde. Es una misión que me agrada, saber cómo desde aquí se puede dominar a los que habitan el más allá.

Extrañado iba el conductor de aquel carruaje. La inquietud lo zarandeaba tanto como los baches del camino. La doncella compensaba la inseguridad que tenía narrando los percances de aquel robo.

Kilómetros detrás, otro viejo carruaje destartalado, pero útil aún, rodaba sobre las mismas huellas del primero. Un hombre hacía de guía y una mujer meditaba, aislada de todo, en los asientos de atrás. El mutismo de ambos era el mejor escenario para planear un asalto feliz.

Por fin, llegaron el escudero y la doncella a la santa casa episcopal, a la vez que un manto de luces lejanas se deslizaba por el horizonte celeste y los serenos encendían las antorchas de las calles principales.

El aldabón, dos puños de hierro colado, golpeó el regio portón del obispado. A la segunda llamada, el propietario salió al encuentro diciendo: —Empujad la puerta, que la casa de Dios siempre está abierta.

Tras el respetuoso saludo, el escudero del conde Tora y la humilde joven no tardaron en convencer al ilustre señor de la extraña misión que traían.

—Casi no lo puedo creer. Pocas veces he tenido que ejercer como exorcista, pero esta ocasión que se me presenta está fuera de lo común. Testigos seréis de cómo el poder divino desaloja a quien viva en un cofre endemoniado.

Vistió el obispo las más brillantes ropas religiosas. Colocó sobre una mesa el hisopo, cuatro velas encendidas, el ancho jarrón con el agua bendita, un Cristo crucificado sobre metal y abrió el libro del exorcista. Tras las primeras oraciones acercó el cofre al jarrón o cuenco del agua y destapó, con aplomo, el cofrecillo. Cogió el hisopo con la mano derecha, lo impregnó del líquido y arrojó abundantes gotas dentro del maldito cofre. No hicieron las gotas de agua más que sonar en el fondo, cuando una oscura nube de seres o insectos cubrió el cofre y dejó inmóvil al señor obispo. Miró al libro para leer las oraciones salvadoras, pero no acertó a más. Se paralizó aterrado. Los saltamontes se hacían grandes, gigantes, y saltaban a los señoriales sillones del opulento despacho. El obispo sólo movía los ojos. Su mirada iba desde el sillón y sillas ocupadas por aquellos extraños seres a las cortinas de lino por las que subían y bajaban ahora unas traslúcidas cucarachas. El obispo se desmayó y la doncella tomó una decisión inesperada. En lugar de ayudar a la autoridad, saltó hacia delante, se apoyó en la mesa, cerró los párpados y aplastó a los saltamontes cerrando con rabia la tapa del cofre. Eso era lo que ella creía, mas no fue así. Los insectos se habían vuelto otra vez invisibles y estaban de nuevo en su pacífica sombra. El cofre guardaba el secreto.

La doncella tomó el jarrón del agua bendita y lo vació sobre el rostro del clérigo, que así recobró el conocimiento.

Momento de escalofrío fue ese instante. El aldabón sonaba de nuevo, y escudero, mujer y obispo creyeron volvía la pesadilla. Los espíritus enjaulados podían estar otra vez presentes y enfadados por haberlos sacado de su hogar natural.

Los tres creyeron sentir acercarse la muerte con la guadaña apocalíptica. Sus pelos se volvieron alfileres y el sudor comenzó a caerles por el rostro. Los pasos de los seres invisibles se acercaban al despacho, abrían la puerta y tomaban forma humana. Dos seres, fantasmas o desconocidos, se presentaron sin saludar. El hombre sacó de la funda su espada para proteger a la mujer. Esta sopló sobre las cuatro velas encendidas en la mesa, recogió entre las huesudas manos su cofre, y caballero con dama desaparecieron.

La hechicera recupera el cofre robado

Capítulo XXXIX: Telaraña sin víctima

Con luces blancas se iban cubriendo las tierras del condado y de verdes y altas hierbas vestía la primavera a las dehesas y hondonadas, para felicidad del ganado. A las colmenas iban llegando las abnegadas y sumisas abejas cargadas de riqueza. Siervos, escuderos y caballeros gozarían de buena mesa un año más en la propiedad del conde. Praderas, cerros, montes y pinares tenían la paz que no había entre las sólidas murallas, donde rencillas y contenidas envidias cortaban el aire días y noches enteras, a la vez que un enfermizo conde se desvanecía sin pausa.

Días de incertidumbre corrían también para el duque de Olivera, postrado en cama, aunque algún alivio podía llegarle, pues su hija Inés camino emprendería hacia el ducado. Pero alguien tejería al mismo tiempo una oscura telaraña para atrapar a la condesa.

Terminaba el conde un copioso desayuno sin apenas disfrutar de los apetitosos platos, cuando llegó la doncella a retirar los restos y, viendo al señor decaído, trató de animarlo diciendo: —Amable conde, quizás pueda tranquilizarse sabiendo que estará solo por unos días. Doña Inés parte mañana para visitar a su enfermo padre.

—Gracias, doncella, por adelantarme la noticia, pues ella no tiene obligación de anunciar sus salidas hacia parientes y amistades, que a ello me comprometí el día del matrimonio ante el obispo y el propio duque.

—Bien, conde Tora. Sólo he pensado que quizás un tiempo sin la presencia y vigilancia de su odiada esposa podía ser una ocasión para descansar de sus preocupaciones.

—Has hecho lo que es tu obligación, que debo saber lo que pasa en palacio, ya que oídos no tengo para todo y vista, menos. Puedes retirarte con la satisfacción de haberme dado una alegría en horas tan penosas.

Le bastó, pues, aquella mañana y la tarde para tejer una asfixiante telaraña. Lo que no sospechó es que los demás también aprecian la vida, que el escorpión siempre vive en alerta y que la mantis religiosa termina devorando al intrépido y galante macho.

Galopaban las nubes como ejército vencido que huye. De pronto, el silencio entre dos truenos se vio preñado de una furiosa catarata de agua. Los relámpagos herían el negro horizonte y la maldición del rayo se ensañaba con los altos álamos del arroyo. En la torre del castillo cada búho y lechuza escondían su cabeza bajo el ala. Solamente en la estancia de la sabia un palomo abría sus párpados más y más cada segundo, viéndose atado, rodeado de cuchillos y ante una vela encendida haciéndole la guardia. Sus entrañas iban a adivinar un suceso futuro y cuando observó cómo la vieja mojaba en aceite la cuchilla, el ave tuvo un colapso, muriendo del susto, para evitar que la hechicera se sintiera cómplice de una muerte inocente. La sabia intentará conocer la suerte de doña Inés al viajar para visitar a su padre, el duque.

Y comenzó la diversión para los ayudantes de la hechicera. Antes de practicar la primera incisión quitó al animal una fila de plumas, pero hoy cada pluma que caía era un aliciente para los de ultratumba, que las usaban como caballos voladores y tomaban a las sillas, mesas y cortinas por obstáculos a evitar.

—¡Quietos ya, compañeros! Primero, ayudadme, que es mi hija, la condesa, quien puede estar en peligro.

Y se hizo un profundo silencio. La hechicera no tuvo necesidad de abrir al fenecido animal. Los hábiles espíritus lo habían seccionado en las cuatro direcciones y la vieja contempló con asombro que el ave sólo tenía diminutas piedras en un riñón.

—No es importante la enfermedad. El duque cree llegada su hora, pero no es así. Superará este trance tan doloroso. De poco me sirve esta ave. Abriré la paloma antes de que su tristeza la mate. Triste está desde que llegó. ¿Por qué? Sólo encuentro la respuesta en que los machos la han picado, herido y maltratado con tanto acoso. La mesa de operaciones lo aclarará.

De nuevo, los invisibles ayudantes montaron en las plumas voladoras abandonadas y rompieron el silencio de la sala. Nos les hizo caso en esta ocasión la sabia anciana, por ser también compañía e inspiración. Sacó al ave de la jaula y en cuanto la colocó encima de la mesa conoció el futuro de la paloma y de su protegida Inés. Parte del cuello y de las alas del triste animal tenían la huella de los insaciables machos. Se veían pequeños hoyos infectados por las moscas.

—¿Hoyos, cuevas, cavernas? Aquí puede estar el aviso. Mi hija, mi querida condesa, podría morir abandonada en una gruta, en la soledad del monte. Por hambre o por alimañas, el final sería el mismo.

Se apagó la vela que iluminaba la alcoba. Se volvieron al cofre los duendes del más allá y la pared que separaba a la hechicera del maestro albañil abría su puerta para que éste conociera la predicción.

La carroza, tirada por un solo caballo y al mando de dos escuderos como protectores de doña Inés, una vez se perdió el castillo tras los primeros cerros, empezó a rodar por un camino paralelo al ancho río que iba hacia la ciudad episcopal, y a la sombra de los viejos chopos de una sinuosa ribera. Siguiendo bajo el frescor de la arboleda, unas horas más tarde se podía avistar el palacio ducal sobre una alta planicie, lejos del caudaloso río. Pero atentos, muy atentos estaban los conductores, pues pronto la carretera se abriría en tres brazos; uno, en dirección al obispado; otro, hacia los dominios del duque y un tercero que se perdía en los pinares del Norte, de los que se extraía la leña para muebles y chimeneas. Pinos que terminaban frente a unas pétreas murallas horadadas desde tiempos romanos y hoy el hogar del lobo y pequeños roedores. De golpe, el corcel se clavó ante el árbol que cortaba el ancho sendero. El cochero de las riendas salió despedido y el compañero cayó sobre el animal. No tuvieron tiempo a más. Se vieron desarmados y atados de pies y manos por un grupo de tres asaltantes o bandidos. Instantes después la carroza partía hacia las cuevas, dirigida por uno de ellos, mientras los otros decidían cómo obrar:

—¿Qué hacemos con estos incautos? —se decían uno al otro, contemplándose.

—Lo acordado —dijo el capitán— es arrojarlos al turbulento río. Es una muerte más agradable que pasarlos por la espada. Allá, pues, con ellos.

—¿Y ahora?

—Lo mejor es reponer fuerzas. Abrimos el zurrón y echamos leña a las muelas. Luego, a reunirnos con el compañero.

—Capitán, ¿tú has visto alguna vez esas cuevas o cavernas donde morirá la condesa?

—Por suerte, sí. Todas se comunican. Están a una hora del Ducado de Olivera, pero son tierras de otro noble. Acudí para aniquilar a unos lobos que diezmaban los rebaños cada invierno. Y buen dinero me llevé por tal hazaña.

—Explícate mejor, pues dicen que hay osos también.

—¿Osos? Nunca los hubo por allí. El oso vive más al Norte y no hay quien pueda enfrentarse a ellos, salvo un ejército. Espero no tener nunca que luchar con esas bestias para ganarme la vida. En trabajos como el de hoy no corremos peligro, créeme.

—¿Y cuál es la suerte que correrá la condesa?

—Nosotros cumpliremos con la promesa hecha al conde. La sangre no ha de correr ante nosotros. Hemos de dejarla bien atada en el interior de la gruta y abandonarla al azar.

—La verdad es que no me parece justo lo que hace el conde con su esposa. Claro, que nosotros no tenemos la culpa y si hemos elegido vivir sirviendo a los caprichos de ricos y nobles, hay que seguir adelante.

Aquellos dos aparentes caballeros iban consumiendo el tiempo a la vez que las reservas, narrándose aventuras y hazañas que otros habían contado, no vivido.

Carruaje, Inés y caballero comprado, frente a unas viejas cavernas se hallaron. Sabiendo cómo eran de glotones sus compañeros tras cualquier misión, aunque fuera a medio realizar, se dispuso a descansar, alejado un tanto de la carroza, para no tener que observar la mirada de una asustada y llorosa condesa.

Y en aquel nuevo atardecer eligió la muerte el camino más seguro. Los pasos del matón hacia las grutas iban a confirmar los fervientes anhelos de la eterna "guadaña" por coleccionar esqueletos.

—¡Por todos los diablos! Qué turbias ideas me están asaltando —se decía el asesino—. Pero una generosa recompensa bien merece el esfuerzo de quitar esa espina que está gangrenando al maltrecho conde. Si los compañeros no llegan, yo cumpliré.

Doña Inés seguía atada dentro del carruaje y el caballero se comenzó a alarmar, aburrido de estar sentado en la entrada de una gruta o refugio de alimañas. De pronto, cuando de los bostezos pasó a cabecear, creyó oír los pasos del lobo viniendo del interior. Asustado, se levantó recordando que había dejado la espada enfrente, apoyada en la rueda de la carroza, mas sí se atrevió a volverse para ver qué animal podía ser. Y no vio más. El puñal de la matanza de cerdos y corderos paralizó su corazón. En unos instantes desapareció su cuerpo en el interior de la oscura caverna. El maestro albañil se dirigió al carruaje y la condesa dejó de llorar:

—Doña Inés, no le pasará nada. Siga el consejo que le doy: obre en adelante como si no hubiera pasado nada. Seguirá atada para que los otros no sospechen que algo les salió mal. Trate de convencerlos de que su compañero se arrepintió y se largó. Se convencerán al no ver a los dos caballos. Me llevo a ambos para esconderlos donde el mío.

Tiempo de sobra tuvo el maestro para alejarse y volver, escondiéndose de nuevo en la caverna principal.

La discusión entre los dos caballeros al llegar fue una auténtica bronca. Las palabras de doña Inés no eran del todo convincentes, pero la ausencia de los caballos sí lo fue:

—No nos enfrentemos más —soltó el capitán—. ¿Acaso no lo ves? Los caballos no se van solos, idiota. La condesa sigue atada y los caballos no tienen manos para soltarse. ¿Tú crees que ha llegado hasta aquí la hechicera para soltarlos? Pongámonos a trabajar. Tú busca un tronco grande o pequeño, da lo mismo. Cuando lo encuentres, llámame, que igual te ayudo a traerlo; mientras, me voy a hacer las necesidades mayores, y no preguntes nada.

—¿Nada? Como tú digas, capitán. Pero atrás dejamos un árbol carcomido y podemos ir los dos a por él.

—Que me dejes en paz, que estoy para reventar y hago las necesidades delante de ti, idiota, o de la recatada condesa.

—Pues... que le importaría mucho, antes de morir, ver cómo echas el estiércol. Ya me largo, ya.

Uno se fue a trabajar y el otro, por respeto a la condesa, se metió en la boca de la gruta a "trabajar de vientre" para poder descansar.

Pasaba el tiempo y el del árbol esperando estaba una ayuda que no llegaba. Y el de la gruta, esperando igualmente su cuerpo estaba, pero a la ayuda de los gusanos para hacer de enterradores.

Volvió el caballero con el árbol arrastrado por el animal y preguntó, de mal humor, dónde estaba el compañero:

—Todos sois grandes y miserables ladrones. Tu supuesto amigo huyó como lo hizo el traidor anterior, ¿o es que no lo ves?

—Condesa, mejor te callas, que responder así no me agrada. Si ellos se han ido, razones tendrán, mas yo cumpliré la promesa hecha al conde. Siempre he trabajado para matar y no voy a tener escrúpulos ahora.

—Rata ruin tenías que ser para atacar a una mujer.

—Si no te callas, lo haré yo antes de olvidarte en la caverna. Baja, pues, de ahí.

—Lo tendrás que hacer tú, maldito bufón, que atada me tenéis hasta de pies.

—Con gusto lo haré, que si espero más y cae la noche no sabré por dónde huir.

Abrió con rabia la portezuela e intentando estaba soltar los múltiples nudos que la soga tenía, cuando sintió un golpecito o saludo en la espalda. Creyó que su compañero había vuelto y siguió soltando la cuerda al tiempo que decía: —Podías haberte arrepentido antes y estar aquí ayudándome, que tú la has atado, no yo.

Con medio cuerpo fuera y el otro medio doblado dentro, seguía intentando deshacer los apretados nudos sobre los pies de la condesa, sin sospechar que la muerte no tiene vista ni corazón ni cerebro y que lo mismo siega a la derecha que a la izquierda. Por fin pudo exclamar, enderezándose y mirando fijamente a la mujer:

—Libre estás de pies y manos, condesa, para dejar de serlo en una gruta. Baja por tu propio pie, que tan ruin caballero no debe su mano manchar con tan alta dignidad. ¿Has oído, compañero arrepentido?

Se volvió el ladrón con la maligna sonrisa de haber despreciado a una verdadera dama, pero el puñal que en él se hundió, a un tiempo congeló aquella estúpida sonrisa y su malvado corazón.

—Amable condesa, a la sabia le debes tu suerte hoy. Ahora te acompañaré hasta el ducado y los caballos de esos miserables irán de regalo. El duque te prestará escuderos el día que vuelvas.

—Mil gracias, maestro. No sé si podré devolverte alguna vez el favor.

—Condesa, olvida lo que has pasado y lo que ibas a pasar, y piensa sólo en el duque. Las mujeres en esta sociedad sois auténticas esclavas. La sabia, no sé por qué, no parece mujer de estos tiempos. Obra con más libertad y he comenzado a entenderla. Quizás llegue el día en el que podáis tener más igualdad, aunque no será pronto.

Camino del palacio del duque de Olivera, doña Inés escribía alegres pensamientos en su vida y el maestro albañil no dejaba de pensar en lo que vio en las cuevas mientras esperaba a sus enemigos. ¿Cómo era posible aquello? En el castillo del conde, cuando alguien robaba o no era disciplinado tenía como castigo el ser abandonado en la ciudad, sin posibilidad de perdón y regreso. En pocos años habían desaparecido hasta once siervos o personal menor. ¿Expulsados y abandonados en la ciudad episcopal? El conde Tora los mandaba asesinar para que nadie hablara mal de su persona fuera de palacio. No los había contado, pero en una de las cavernas había varios esqueletos incompletos devorados por las alimañas. Atados a grandes troncos todavía se conservaban algunos huesos de los brazos. Y por los restos de la ropa pudo reconocer al pastor a quien se le extraviaron varias ovejas, aunque pronto se comprobó que las había vendido. ¿Y qué había sido del leñador que perdía con frecuencia el hacha? Un mes hacía que fue llevado a la ciudad. Pero, no; allí, en la caverna estaba parte de su calzado comido por los roedores, que del cuerpo no quedaba nada. Aquel hombre era muy hábil y fabricaba sus botas con piel de carnero, que él mismo curtía y cosía. Aquellas piezas, roídas por ratas, eran únicas, pertenecían al leñador desaparecido. Engañado y bien, estaba el personal. Por eso algunos quebrantaban las leyes con facilidad. Total, serían expulsados hacia el grande, pero turbulento, episcopado. Sería un castigo llevadero. Si alguna vez tenía que enfrentarse al conde, con este descubrimiento podría fácilmente hacerle callar, insinuándole dónde yacían los expulsados.

¿Guardaría el secreto? No. Había una persona que lo debía conocer. La hechicera y él tenían ya la misma misión, el defender a doña Inés y a su hijo.

La condesa Inés es rescatada por el maestro albañil

Capítulo XL:
Asalto a la vivienda

El último fracaso contra su aborrecida esposa estaba conduciendo los pensamientos del conde por un laberinto sin salida. Antes de enfrentarse personalmente al destino decidió que otros hicieran el papel de Caín eliminando a la hechicera, la verdadera espada y escudo invisibles que protegían a doña Inés.

¡Qué dos coincidencias se estaban dando aquel atardecer que iba camino de acostarse!

En una vivienda del castillo tenía lugar una conversación relajada entre la vieja hechicera y el maestro de obras:

—No sé cómo explicártelo, pero si en algo puedes prestarme ayuda, no dudo lo harás.

—Adelante, pues, cuéntalo sin rodeos.

—He tenido un corto sueño en la hora de la siesta. En él se me ocurrió abrir el cofre donde viven mis protectores y los he visto arrancar con facilidad los barrotes de una ventana. De la impresión que me causó, desperté.

—Si crees en esos amigos invisibles no me queda otra respuesta que decir: se refieren a tu vivienda. Este palacio sólo tiene rejas en tres ventanas. Una es del conde, otra la mía y la última es la tuya, con la diferencia de que solamente en una de ellas los barrotes son de madera y esa es la de tu vivienda; las demás están defendidas con hierro.

—Podría ser un juego de mis amigos, pero también un aviso. ¿Es que alguien podría escalar hasta esa ventana?

—Difícil, no es. Aun sin escalera, es posible. Basta con arrimar un caballo al muro y ponerse el ladrón de pie sobre el lomo o la silla de montar. Dime, entonces, querida anciana, si algún detalle te indicó que podría ser pronto.

—No recuerdo nada más, pero estamos entrando en luna llena y nadie, creo, se expondría a ser visto con tanta luz.

—Esa reflexión me convence. Encontraré cómo contrarrestar un posible asalto. Si alguien lo intenta no será con esta luna y yo sólo necesito tres o cuatro días. En adelante, tu única preocupación ha de ser... vigilar. Pon oloroso incienso a tus espíritus del cofre y recuerda que tu destino es proteger a Inés y su hijo, que en ello te ayudaré hasta el final.

—¿Destino? También lo es curar enfermedades, mas algunos, como el conde, no me han dejado. Allá él.

En otro lugar muy distante, casi a la misma hora, los serenos de la ciudad episcopal encendían las antorchas en las calles principales donde vivían los ricos, nobles y autoridades. Era la hora esperada por pobres, desheredados y vividores para hacer ronda por las callejas olvidadas, los centros de intercambios prohibidos y los tugurios dedicados al juego clandestino. Y en uno de estos entablando estaban conversación el conde Tora y su escudero con dos facinerosos dedicados a trabajos sucios, pero rentables. Aquí no jugaban las ánimas del más allá, pero sí salían a pasear sombras con espadas y dagas de verdad. Las oportunidades de sobrevivir elegían siempre la noche.

En una esquina del salón la jarra se quedó sin vino, el acuerdo no llegaba y el conde se acaloraba.

—Pedís mucho para tan poca faena —dijo el conde Tora.

—Vayamos por el final —añadió el forajido—. ¿Cuánto, en concreto, nos ofreces por ese encargo a muerte?

—Vuelvo a repetir que no dispongo de lo que pensáis. Sólo puedo ofrecer hasta medio kilo en plata, nada en oro.

—¿Y el adelanto? No piense, señor, que nos vamos a guiar por su palabra y apariencia.

—En eso, estamos de acuerdo. Ahora puedo entregar un cuarto y el otro vendré hasta aquí a entregarlo tres días después del trabajo cumplido. Y empeño mi palabra de caballero, aunque desconfiéis hasta el último momento.

—Nos quedamos, pues, con la oferta. Apariencia de rico, tenéis. Lo de hombre de palabra se comprobará, y pediré disculpas si así es. Salgamos, entonces, de este salón, que aquí hay ojos curiosos en todas las mesas y sillas. Afuera, cambiamos la plata de bolsa.

Y tras la entrega, el conde detalló dónde vivía la vieja hechicera y la altura aproximada hasta la ventana con barrotes de madera de su casa. No pudo, además, despedirse sin advertirles que cumplieran lo pactado sin remordimiento.

—¿Remordimiento, señor? Nunca lo hemos tenido, que de otra profesión no sabríamos vivir. Guarde bien el cuarto de plata que adeuda.

Se fue el tiempo y creció una pequeña esperanza en aquel corazón corrompido del conde, como también creciendo iba, cada día, la chispa que iluminaba la ambición de dos desposeídos de moral. La luna llena estaba perdiendo su redondez y las noches ya vestían casi de funeral. Sólo las estrellas serían guías para aquellos dos expertos en asaltos a indefensos.

Por fin la luna dejó de ser farolillo de la oscuridad, al tiempo que las dos siniestras sombras montadas sobre caballos ni siquiera perturbaban el profundo silencio. Ya tenían cerca la negra mole de muralla y castillo, mientras sólo las estrellas iban besando los campos de cereales y por la mente del conde galopaban siniestras venganzas.

—Por la izquierda, compañero, nos dijo el conde. Hacia lo que parece un cerro, que a sus pies comienza el muro sobre el que se levantan las viviendas indicadas.

—Prisa no tengo, que aquí de poco valen los ojos. Lástima no haber nacido también como luciérnaga. Y antes del asalto quisiera saber qué opinas de la preocupación que tengo.

—No levantes la voz y explícate con brevedad.

—Difícil lo tengo, pero ahí voy. Nunca nos hemos enfrentado a un ser tan extraño. ¡Una hechicera! Siempre he oído decir que las ánimas y espíritus diabólicos están con esas mujeres.

—¡Al diablo con tu pregunta! Si tan difícil lo ves, haber pedido más plata. Retirarte ahora es perder el cuarto que nos debe, pero lo haré yo solo y tú no cobrarás una moneda más.

—Claro que te entiendo, mas todas las brujas y hechiceras conocen el pasado y el futuro; por eso la Inquisición las quema, a fin de no dejar ni rastro de ellas.

—Vamos, compañero, no te arrugues. Que exista otro mundo, no quiere decir que los de allí puedan venir a éste.

—Respóndeme, pues, a la última duda: ¿Por qué no lo ha hecho ese tal conde, quien dispone de escuderos, siervos y poder?

—Escúchame bien. Si siempre te hubieras hecho tantas preguntas estaríamos ya criando malvas. Aunque sea la primera vez, vayamos a por esos espíritus.

—Te seguiré como siempre, a pesar de ser demasiado negro el entorno en que nos movemos.

—Con la luz del cielo nos basta, como en otras ocasiones. Si seguimos hablando nos pasaremos de largo. Fíjate bien. En este lugar, sobre la muralla, han construido unas viviendas y esa primera ventana lleva lo que decía el aparente conde, los barrotes de madera, si la experiencia no me engaña.

—Tengamos cuidado con la ilusión y las prisas.

—Ya lo sé, ya. Por eso vamos a arrimar un caballo y subiendo uno sobre su lomo lo comprobaremos.

—Yo seré el primero, déjame. Y si lo vemos mal, ¿qué hacemos?

—Lo de siempre, salvar el pellejo y perder el resto apalabrado, que tiempos mejores habrá. Toma la cuerda, que yo sujetaré al animal pegándome a él.

Una vez de pie sobre la silla de montar, el forastero intentó pasar la gruesa soga por detrás de la primera barra y siseó: —Compañero, hay tres barrotes. Atando el cordel a dos, una vez arrancados, me quedaría espacio suficiente para entrar, dejando la otra barra como apoyo. ¿Qué hago?

—No pierdas tiempo, ata la soga a dos de ellas y espera.

Realizada la operación, el compañero se acercó al otro animal, le ató el extremo colgante al cuello y ante el pequeño pinchazo que el corcel recibió en el anca, los dos barrotes salieron de sitio, causando sólo un leve ruido.

Escucharon durante unos segundos. Al parecer, nada se movía dentro de la vivienda. El que estaba sobre el caballo se sentó sobre la silla para que éste siguiera tranquilo. El otro le dio de nuevo la soga diciendo: —Asegúrate que llevas la daga sin abrochar e intenta asegurar la soga al único barrote que te queda, que ayuda necesitarás. Abre lo que puedas ojos y oídos.

Y aquél se colocó otra vez de pie sobre la silla y después de sujetar la cuerda al barrote notó una extraña sensación en la nariz que le hizo decir:

—Compañero, me llega un olor a incienso como el que tienen en las casas de diversión.

—Eso no es mala señal, entonces. ¿No será que te estás huyendo por detrás? ¡Anímate, por el cuarto de plata que nos falta!

—También podría ser el incienso que agrada a las ánimas, como hacen en las ceremonias de la catedral.

—Y lo mismo podría ser el perfume de las velas del día que te cases. Ni una palabra más.

—Oye, tranquiliza al animal que está muy inquieto y me puedo resbalar. Si estoy dejando pasar el tiempo es por estar seguro que no hay movimientos dentro.

Y el amigo compañero comenzó a sosegar al caballo. Le pasaba una mano por la crin y con la otra le acercaba a la boca unos granos de trigo que sacaba de la bolsa colgada al cinturón, mientras le susurraba al oído: "compañero de fortuna y aventura eres. Te queremos como a un hermano. Tranquilo, que tú también comes del dinero que robamos."

—Acarícialo mejor, que cada vez se mueve más y aún no he decidido entrar.

Y la verdad era que el caballo intuía cosas. Había sentido cómo algo se movía bajo sus cuatro patas, pero su dueño seguía empeñado en hablarle al oído.

De pronto, el suelo debajo de la ventana se desplomó, y animal, más el forajido que le hablaba, se hundieron en el lodo de una gran letrina de seis metros de profundidad. Colgado de la cuerda quedó el otro salteador, creciéndole el sudor y el pánico. Perdió el habla por temor a ser descubierto. Miró hacia abajo y no vio a nadie. Solamente sentía el chapoteo de pies, patas y manos intentando flotar sobre un pestilente estiércol. El hombre enfangado se agarraba al cuello del pobre cuadrúpedo, pero los bruscos movimientos de éste terminaban siempre por golpear al bandolero contra las paredes, siendo el hombre el primero en ahogarse. Luego, se fue al fondo el inocente animal.

Colgado y mudo seguía el otro junto a la ventana. Con una mano apretó fuertemente la soga y soltó la otra para sacar la daga del cinturón, y cuando levantó la vista para intentar subirse a la ventana... perdió la visión del entorno al ver asomarse un rostro arrugado, con los pelos sobre la frente y una sonrisa burlona. Allí estaba la verdadera hechicera portando una hoz en la mano que rápidamente cortó el cordón que unía al forajido y salteador con la casa. Y allá se fue a compartir tumba y abono con los otros dos compañeros de oficio.

—Ahora sí —dijo la anciana— podré poner incienso hasta el amanecer a mis espíritus del cofre.

Regresó el maestro del trabajo realizado en el sótano, para exclamar: —¡Dos enemigos menos, anciana!

—Tres, amigo querido, que un caballo también se fue. Y ya puedes contarme la parte del truco que no sé.

—Ha sido tan sencillo, como eficaz. En el sótano que hay bajo tu casa estaban las viejas herramientas y las trampas para la caza del zorro, de lobos y pájaros. Una vez vaciado hice dos agujeros en el muro introduciendo por ellos delgadas vigas que pasaban en el exterior bajo los gruesos tablones que tapan la letrina, sustituyendo estos por una tarima delgada. Luego, le eché tierra y paja por arriba a fin de no descubrir lo que se ocultaba. No obstante, el caballo sí lo notó y de ahí su inquietud, pero fue un detalle que pasó totalmente desapercibido para los dos bandidos. Mas... lo importante estaba en el sótano. Até los extremos de ambas vigas a un asa o collar del que iba a tirar, como si fuera un carro, el viejo burro. Llegado el momento, el animal arrancó ante mi voz, las vigas cayeron dentro del sótano y la oculta tarima exterior se desplomó.

—Admirable, sencillo y muy eficiente, maestro.

—Ahora, querida anciana, atiende a tus amigos invisibles, que tengo faena exterior antes de que amanezca.

Fracasa el asalto a la vivienda de la hechicera

Capítulo XXXXI: Sellaba la tumba

Miradas cómplices se cruzaban cada día en los patios del palacio y en las horas de trabajo. El personal se comunicaba con la mirada por miedo a que escucharan sus siseos. Muchos eran quienes desconfiaban del conde y de ciertos escuderos que por las tardes subían al salón condal para recibir órdenes o charlar con el señor.

Pagó el conde con puntualidad el mes y hasta se atrevió a darles un aguinaldo, aunque no fuera la ocasión. Quería acallar las murmuraciones sobre lo acontecido con la consejera que se trajo para llevar las cuentas del condado. Quería el conde tenerlos distraídos ante lo que se avecinaba entre cortinas. Su venganza se iba a concretar un día muy próximo. Reunió a dos escuderos de confianza, repartió hasta unas pepitas de oro por barba y espada, prometiendo una recompensa aún mayor.

Tenía el conde Tora un floreciente condado con grandes rebaños, tierras fértiles para cereales, madera abundante para viviendas y chimeneas, y últimamente no había ociosos entre sus hombres de armas, que obligados estaban a trabajar en el monte. Tenía el conde un cuerpo maltrecho por circunstancias adversas y además no tenía heredero que le hiciera morir feliz. Todo había estado en su contra y deseó jugársela al destino cuando algunas voces secretas le hicieron comprender que la causa de tantas desgracias era la sabia anciana que protegía siempre a doña Inés y a un varón que no procedía del conde. Era ella la poderosa por sabia, por médica, por conocer lo oculto y por ser una hechicera real, según se decía en voz baja. Los poderes de otro mundo gobernaban en éste por medio de ella. Meditó mucho el conde si enfrentarse al más allá o dejarse morir como un perro herido, que de feas cicatrices estaba lleno su rostro.

La rabia le brotaba por todos los poros y decidió dar la batalla final al enemigo oculto. Si la sabia gobernaba en la sombra, había que eliminar a esa sabia y a la sombra. Sólo su muerte era el remedio. No importaba que el personal se enterara y, además, el obispado también se enteraría de que él, el conde Tora, había librado al cristianismo de quien practicaba la brujería y artes prohibidas, quitando así un trabajo a la Inquisición.

—Mensajero, cuando vuelva el maestro de su trabajo en el campo, dígale que el señor conde le espera antes de ir a su vivienda.

—Cumplida será su orden. ¿Algo más?

—No, no, vete.

Sonó el cuerno de buey anunciando que era la hora de servir la copiosa cena. Se adelantaba un tanto el horario por haber sido un día de larga faena en los campos. Ató el maestro su noble animal en la caballeriza, le sirvió su capazo de avena, y sin cambiar su atuendo, se presentó a que el conde le diera órdenes para el próximo día.

—No es nada de gran importancia, hábil maestro, pero tengo una honda curiosidad por conocer ese túnel del que me habló el fraile que cuidaba la capilla y que tan poco duró entre nosotros.

No se perturbó el maestro lo más mínimo. Era una pregunta que creía nadie le iba a hacer, aunque siempre sospechó que alguno de aquellos peones albañiles que le ayudaron al principio podía llegar con el tiempo a palacio buscando trabajo y hablar de la boca tapada de un túnel. Preparado, pues, estaba para la ocasión.

—Ah, sí, señor. Ese túnel lo cerré por inútil, colocando, primero, a unos pocos metros de la salida, una puerta de troncos rematando las juntas con resina para que no pasara la humedad, y la boca de la mina está cerrada con otra puerta de roble, tan gruesa como el portón de las murallas. Ambas tienen un sencillo truco de palancas para mantenerlas cerradas, pero la seguridad está en la cerradura, cuyo pestillo sólo se puede correr desde el exterior. Tendrá usted, señor, la llave. Puede visitarla cuando quiera, que la entrada es por el leñero que hay bajo mi vivienda.

—Esto era lo que deseaba oír de un buen albañil que tanto ha hecho por el castillo. Mañana, antes de partir para tus ocupaciones, acudiré con un escudero a fin de aprender cómo se entra en un territorio desconocido de mis dominios.

Y aprendieron el conde y su acompañante cómo quitar y poner aquellas trancas tan sencillas e inocentes, que no tenían ninguna función especial, y que daban acceso al interior de una olvidada mina de oro que aún podía tener reservas. Luego, probaron la llave. Aquello funcionaba bien desde el exterior.

Tres días habían transcurrido desde que el maestro enseñó cómo poder ver la mina. Pero ese tercer día ocurrió un hecho extraordinario al anochecer. En la puerta de la vivienda de la sabia apareció un ave muerta. La anciana la abrió sobre la mesa de las adivinaciones, igual que hacía siempre, y se quedó extrañada. No encontraba en sus entrañas nada que explicara su muerte. Limpió su interior para poder embalsamarla y cuando había terminado de coser... un espíritu relámpago la iluminó: —No he mirado si tenía órganos fertilizantes. Veamos, de nuevo. Ahora que la tengo abierta me doy cuenta que es una hembra. ¡Maldición! Me anuncia que la próxima víctima ha de ser una mujer. ¿Muerte? ¿De quién? ¡Hados y espíritus de las tinieblas, acudid a mí! La concentración de la sabia le hizo olvidar quién era y se dejó rodear por una nube de energías poderosas. De golpe vio cómo la llama de su lámpara de aceite se moría.

—¡Idos, espíritus del mal! ¡Sé a quién le toca morir! ¡Dejadme meditar por unas horas!

Esa noche tuvieron una charla amistosa, en el más absoluto secreto, el maestro albañil y la anciana.

Unas horas más tarde de la salida del sol el conde Tora se dirige al mensajero de turno:

—¿Cuánto personal queda en palacio?

—Señor conde, la mayoría ha partido hacia sus trabajos. Sólo quedan dentro los cocineros y los que tienen lavandería.

—¿Y has visto también salir al maestro?

—Sí, señor. Llevaba su hacha, sierra y martillo como cuando va a inspeccionar el estanque del agua.

—Mensajero, puedes retirarte a cumplir con tu deber sin apartarte de tu puesto.

—Cumpliré con mi obligación, conde.

Mientras, el maestro iba acercándose al estanque del agua, pero una y otra vez echaba la mano al cinturón asegurándose de que llevaba la llave de la puerta oculta de la caballeriza por la que él podía entrar o salir sin ser observado por los empleados de palacio.

A las doce de la mañana según el reloj de sol de la fachada palaciega, el conde estaba seguro de conseguir su esperada venganza. Amparado por dos escuderos de total confianza se plantó en la vivienda de la sabia. Los golpes en la puerta fueron acompañados de un: —Anciana médica, el conde Tora espera que abras la puerta.

Intuyó la sabia lo que deseaba el conde y cuando abrió, antes de ser apresada, pudo decirle: —¡Cuídate de tocarme! Si lo haces, te esperaré pronto en el otro mundo.

—Escuderos, atad bien a esta vieja hechicera, que igual intenta encantarnos. No hay tiempo que perder. Vámonos aprisa al túnel que allí podrá decirnos cómo encontrar más oro.

La sonrisa que se le escapó al conde era la sentencia final. La sabia leyó en ella su funeral y preparó su propio entierro. Por el camino pensaba: "¿Por qué me han traído a esta época? Aquí no hay libertad. La mujer, los sirvientes y el animal son los esclavos del hombre con poder. He nacido a destiempo y aunque he podido proteger a dos seres queridos, el resto de la humanidad seguirá igual de sometida. Estoy deseando, esa es la verdad, regresar al mundo oculto."

Instantes después: —Escudero, gira y levanta la palanca, que aquí tienes la llave.

—Fácil será, conde.

El portón se abrió lentamente sin hacer ruido, que engrasados estaban, y bien, los pernos de sus bisagras.

—Haz lo mismo con esa segunda puerta, escudero.

—Así lo haré. Curioso y seguro es el truco, aunque sólo se abran y se cierren desde afuera. No sé cuál sería la razón del maestro al hacerlo.

—No hables tanto y actúa, que la vieja se está desmayando. Después se lo preguntas. Y ahora, deja esa antorcha encendida en ese gancho de la pared y enciende la otra.

Entre la luz parpadeante y las sombras que se agitaban fueron empujando los tres a la débil anciana hacia el último tramo del túnel, donde empezaban los peldaños de una escalera trabajada en la tierra. Al fondo solamente se vislumbraba el oscilar de las tinieblas.

—Es tu hora, vieja embustera —dice el conde—. Atravesada serás por tres espadas y tu sangre y tú, después, seréis el alimento de los negros demonios. Preparados, pues, escuderos. Los tres a un tiempo clavaremos la espada en ese cuerpo que tanto me ha hecho sufrir. Que sienta el dolor que me acompañó a mí toda la vida.

La atención que los tres ponían a la voz del conde les impedía ver cómo se iba transformando todo el cuerpo de la anciana.

—¡Ya, escuderos! ¡Muerte a la hechicera! —exclamó el conde.

Salieron los sables de su vaina. Los pies se clavaron al suelo y el codo de cada hombre se dirigió hacia atrás cogiendo impulso. Fue un instante de rabia y ferocidad. Cada brazo se catapultó hacia delante y las espadas atravesaban un cuerpo de luz sin encontrar resistencia. Las antorchas se apagaron y el túnel quedó iluminado por millones de puntos azules y rojos. Conde y escuderos se quedaron sin habla. La hechicera se había esfumado. Ella pertenecía a otro mundo y había vuelto a su vida anterior.

Al volverse, unos segundos después, un escalofrío eterno recorrió la mente y cuerpo del conde y sus escuderos. Las puertas de la galería se cerraban con el mismo silencio con el que se abrieron. El maestro albañil, colocando las palancas y echando llave, sellaba la tumba de aquellos tres, los últimos enemigos.

Elfos, Gnomos, Ninfas, Hadas, Trolls y otros seres de un mundo paralelo se reunían por segunda vez en un viejo bosque rodeando al haya milenaria para recoger las energías de una compañera del más allá. De nuevo se paralizó el tiempo y el suave murmullo del viento enmudeció. Y otra vez se congeló la luz para dar el segundo nacimiento a aquel extraordinario ser. El espíritu de la hechicera regresaba con sus amigos invisibles. Volvían a reír las estrellas mientras se iba escondiendo la luna.

Y la hechicera se fue, olvidando el cofre.

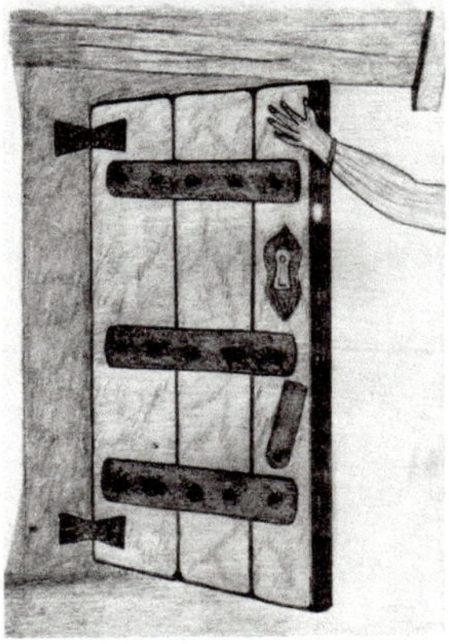

El conde morirá encerrado en la mina

ÍNDICE